Alexander verlässt das Dorf, er studiert, geht zur Armee, kehrt nur selten nach Hause zurück. Sein jüngerer Bruder Jakob bleibt bei der Familie, auf dem Hof, er führt die Landwirtschaft. Sein Vater fabuliert von phantastischen Geschäftsideen, während er heimlich Stück für Stück des Ackerlandes verkaufen muss. Als der Großvater stirbt, richten sich die Augen aller auf die Großmutter: Wen wird sie als Erben einsetzen? Die Zeit vergeht, und es geschieht scheinbar nichts. Und doch ereignet sich das gesamte Drama der Existenz dieser Menschen, die durch das Land, Verwandtschaft, Gerede und ihre Sehnsüchte miteinander verbunden sind. Es ist die Geschichte zweier Brüder, die dieser Welt zu entkommen versuchen.

Reinhard Kaiser-Mühlecker wurde 1982 in Kirchdorf an der Krems geboren und wuchs in Eberstalzell, Oberösterreich, auf. Er studierte Landwirtschaft, Geschichte und Internationale Entwicklung in Wien.
Sein Debütroman ›Der lange Gang über die Stationen‹ erschien 2008, es folgten die Romane ›Magdalenaberg‹ (2009), ›Wiedersehen in Fiumicino‹ (2011), ›Roter Flieder‹ (2012) und ›Schwarzer Flieder‹ (2014), ›Zeichnungen. Drei Erzählungen‹ (2015) sowie ›Fremde Seele, dunkler Wald‹ (2016), der auf der Shortlist zum Deutschen Buchpreis stand. Für sein Werk wurde er mit zahlreichen Preisen ausgezeichnet, darunter dem Preis der Jürgen-Ponto-Stiftung, dem Kunstpreis Berlin, dem Österreichischen Staatspreis und dem Literaturpreis des Kulturkreises der deutschen Wirtschaft. Im Frühjahr 2019 erschien der Roman ›Enteignung‹ (2019).

Reinhard Kaiser-Mühlecker

FREMDE SEELE, DUNKLER WALD

Roman

FISCHER Taschenbuch

FSC
www.fsc.org
MIX
Papier | Fördert gute Waldnutzung
FSC® C014496

4. Auflage 2024

Erschienen bei FISCHER Taschenbuch
Frankfurt am Main, März 2019

Druck und Bindung: GGP Media GmbH, Pößneck
ISBN 978-3-596-03363-8

Kontaktadresse nach EU-Produktsicherheitsverordnung:
produktsicherheit@fischerverlage.de

Du weißt ja, eine fremde Seele ist wie ein dunkler Wald.

Iwan Turgenjew

»Diese verdammten Russen«, sagte Alexander Fischer nach langem Schweigen und schob sein leeres Glas über die Theke, an der er seit dem späten Vormittag stand. »Welche Schwierigkeiten haben wir mit denen schon gehabt! Und welche werden wir erst noch haben …«

Es war zwei Uhr; außer ihnen war niemand im Gasthaus, nur hinten am Stammtisch, in dem Halbdunkel kaum zu erkennen, saß die hochaufgeschossene Gestalt des Postboten, der Zeitung lesend zu Mittag aß; obwohl er bereits vor einer ganzen Weile gekommen war, waren seine Schuhabdrücke auf den Bodendielen noch nicht aufgetrocknet. Unter der Tür wurde ein Blatt hereingeweht – Birke.

»Meinst du? Hört man doch schon lange nichts mehr von dort«, sagte der Wirt, ohne Alexander anzusehen. Er stand hinter der Theke und las ebenfalls in einer Zeitung. Seine gebräunte, pigmentfleckige Glatze glänzte, leuchtete wie aus sich selbst heraus. Er schlug die Zeitung zu und nahm Alexanders Glas. Sorgfältig spülte er es aus, hielt es unter den Zapfhahn und füllte es und schob es wieder hinüber.

»Ich lese gerade ein Buch«, sagte Alexander und umfasste das Glas. »In den vergangenen Jahrzehnten sind immer wieder russische U-Boote in schwedischen Gewässern aufgetaucht. Sogar in den letzten Jahren noch. Aber das ist nur ein Beispiel dafür, wie sie sind. Provokateure. Sie provozieren in einem fort.«

»Die Russen meinst du?«

»Ja doch. Wen denn sonst?«

»Von dieser U-Boot-Geschichte habe ich noch nie gehört.«

»Das hat schon in den Sechzigern begonnen«, sagte Alexander, ließ das Glas los und richtete sich den spiegelbesetzten Kragen seiner Uniform. »Ich muss meine Schwester einmal dazu fragen, vielleicht weiß sie mehr. Sie lebt ja seit ein paar Jahren dort oben, mit einem Amerikaner.«

»In Schweden?«, fragte der Wirt. »Hast du nicht gesagt, sie ist in Wien?«

»Nein, nein.« Alexander griff wieder nach dem Glas. »Schon lang nicht mehr.« Er betrachtete das Glas, als überlege er etwas. Dann wandte er sich zur Seite. »Telefonierst du eigentlich manchmal mit ihr?«

Jakob gab keine Antwort. Er saß auf dem Hocker und hatte den Kopf in die Hände gestützt. Obwohl sie fast fünfzehn Jahre auseinander waren, stach die Ähnlichkeit zwischen ihnen sofort ins Auge. Beide hatten sie dunkle Haare, graublaue Augen und ein kantiges, verschlossenes Gesicht. Beide waren sie schlank, nur war Alexander ein gutes Stück größer als Jakob, aber es war noch nicht zu sagen, ob der Jüngere noch wuchs. Wären Jakobs Augen nicht geöffnet gewesen, hätte man denken können, er schlafe. Der Flaum auf seiner Oberlippe sah aus wie Schmutz, den er sich abzuwaschen vergessen oder übersehen hatte. Alexander stieß ihn an.

»He«, sagte er, »ich habe dich etwas gefragt.«

»Nein«, sagte Jakob und nahm die Hände nach unten. »Sie ruft fast nie an. Irgendwann im Sommer das letzte Mal, glaube ich.«

»Ich höre auch kaum etwas. Seltsam eigentlich, dass sie sich gestern gemeldet hat.«

Alexander nahm einen Schluck aus seinem Glas, stellte es wieder ab und wischte sich über die Lippen.

»Gib ihm auch noch eines«, sagte er, sich an den Wirt richtend.

»Er hat doch noch.«

Der Wirt blickte Jakob fragend ab, aber Jakob zeigte keine Regung.

»Das ist warm. Gib ihm noch eines.«

Der Wirt zuckte mit den Schultern, zapfte ein kleines Bier, stellte es Jakob hin und nahm das noch halbvolle Glas weg.

»Du musst es nicht trinken«, sagte er, doch Jakob hatte bereits danach gegriffen.

»Du hast recht, man hört vielleicht nichts, aber der russische Bär schläft bloß. Da bin ich ganz sicher. Irgendwann wird er wieder erwachen. Dann wird es etwas geben, du wirst schon sehen. Sie selbst, die Russen selbst sprechen von diesem Bild, weißt du? Ein Bär, so sehen sie sich ...«

»Wünsch dir keinen Krieg«, sagte der Wirt. »Das ist das Schlimmste. Meine Mutter hat alle ihre Brüder im Krieg verloren. Und auch wenn ich Gott sei Dank keinen erlebt habe, erinnere ich mich noch gut an die Bilder aus Jugoslawien.«

»Ich wünsche mir keinen. Natürlich nicht. Niemand will das. Niemand will Krieg. Aber du weißt, wie es ist. Was sein muss, muss eben sein.«

Der Wirt seufzte. »Na, es wird schon nicht so weit kommen«, sagte er. Er nahm das Geschirrtuch und faltete es und legte es vor sich hin. »Und da unten? Was tut sich dort?«

»Da unten? Da ist es ruhig. Nur hin und wieder ein paar Schmuggler. Ein paar Waffen, oder Haschisch, so Sachen.« Er lachte auf. »Aber vor kurzem haben wir einen geschnappt, der Tropenholz schmuggelt. Er hatte in seinem Lastwagen Esel geladen, die in großen Holzkisten standen. Wir kannten ihn, er kam alle paar Wochen einmal vorbei. Wir machten sogar Witze über den Eselhändler. Ein komischer Beruf, oder nicht? Ein Kamerad, ein gelernter Tischler, der erst ein paar Tage vor Ort war, hat es sofort gesehen. Er war gar kein

Eselhändler. Die Esel waren nur Ablenkung. Jotoba, so heißt die Holzart, oder Jatoba. Ein dunkles, rötliches Holz, sehr teuer. Es geht um die Kisten.«

»Hm«, machte der Wirt. »Was geschieht mit so einem?«

»Wir übergeben ihn der örtlichen Polizei. Was die mit ihm machen, weiß ich nicht, vielleicht lassen sie ihn auch gleich wieder laufen, wenn er sie ein wenig schmiert. Vielleicht nennen sie ihm sogar eine andere Route. Aber darum kümmern wir uns nicht.«

»Hm«, machte der Wirt wieder. »Solange es ruhig ist, ist es gut.« Es klang, als spreche er zu sich selbst.

»Ich mag es, wenn es ruhig ist, aber allmählich wird es mir zu ruhig«, sagte Alexander. »Ich habe einen Antrag auf Versetzung gestellt. Wird wahrscheinlich abgelehnt. Der erste geht nie durch. Man muss mehrmals beantragen.«

»Wohin willst du dich denn versetzen lassen?«

»In den Norden, an die Grenze zu Serbien.«

»Du musst lebensmüde sein.«

»Warum?« Alexander streckte sich. »In zwei Wochen, höchstens drei, fahre ich wieder. Sobald mein Rücken wieder in Ordnung ist.«

»Wie ist es eigentlich passiert?«, fragte der Wirt.

»Mein Pferd hat gescheut«, sagte Alexander.

»Dein Pferd? Wird noch geritten? Die Uhren scheinen da noch anders zu gehen.«

»Das tun sie wirklich«, sagte Alexander, und da war

etwas in seiner Stimme, das wie Wehmut klang. Er verschwieg, dass der Unfall nicht im Dienst passiert war. Er war der Einzige in der Truppe, der mit einer Sondererlaubnis alle paar Tage das Camp verließ, um reiten zu gehen. Die anderen blieben lieber im Camp und nutzten die Kletterwand oder trainierten im Studio, um in Form zu bleiben und sich die Zeit zu vertreiben. »Das tun sie wirklich. Jedenfalls muss ich deshalb dieses elende Korsett tragen und darf nicht sitzen.«

»Verstehe.«

An dem hinteren Tisch klirrte Geschirr. Der Postbote war aufgestanden, hatte seine dicke Jacke, die das gleiche dunkle Blau hatte wie seine restliche Dienstkleidung, angezogen und suchte etwas in seinen Taschen. Er bückte sich und schaute unter den Tisch, bevor er sich wieder aufrichtete und die Zeitung an die Theke zurückbrachte, sich verabschiedete und ging, ein Bein etwas höher als das andere hebend. Sobald er weg war, machte der Wirt einen Strich in ein Büchlein, nahm das Geschirrtuch und ging nach hinten. Auch er – eine Hand auf die Tischplatte legend – warf einen Blick unter den Tisch, um das vermeintlich Verlorene vielleicht zu entdecken, aber auch er fand nichts; er räumte den Tisch ab und wischte mit dem Tuch darüber. Alexander sah ihm dabei zu.

»Wir sollten auch gehen«, sagte er. »Aber was soll man bei dem Wetter zu Hause tun? Wir können genauso gut hierbleiben. Oder was meinst du?«

»Weiß nicht«, sagte Jakob. »Von mir aus können wir fahren.«

Zum ersten Mal, seit sie hier waren, sah Alexander seinen Bruder genauer an, und er bemerkte den gelangweilten Ausdruck auf dem Gesicht dessen, der ihn immer so bewundert hatte, der nie genug von seinen Geschichten hatte bekommen können: Stundenlang hatte Jakob sich Fotos und Videos von irgendwelchen Übungen und Manövern auf Alexanders Handy angesehen. Plötzlich wurde Alexander klar, dass Jakob schon die ganze Zeit so dasaß und nicht das geringste Interesse an seinem Reden zeigte. Obwohl er sich sagte, dass es nichts mit ihm zu tun haben musste, sondern dass sein Bruder – wie alt war er? fünfzehn? oder doch erst vierzehn? – im Moment vielleicht einfach andere Sorgen hatte, wurde er verdrossen und sogar ein wenig ärgerlich. Er war aus seiner guten Stimmung gerissen.

»Gut«, sagte er trocken. »Gut.«

Er nahm sein Glas und trank es in einem Zug aus. Jakob, kurz zögernd, tat es ihm gleich.

»Wir gehen«, sagte Alexander zum Wirt, der dabei war, das Geschirr in die Küche zu tragen. »Schreibst du es zu dem anderen?«

»Schon in Ordnung, Alexander«, sagte der Wirt und drückte die Schwingtür zur Küche auf. »Wir erledigen das, bevor du wieder abhaust.«

Jakob rutschte vom Hocker und näherte sich mit raschen Schritten dem Ausgang. Alexander nahm die

Zigaretten von der Theke und folgte ihm. Ein zweites Birkenblatt war hereingeweht worden; es war genau gleich groß, und sogar die Färbung war gleich. Alexander blieb stehen, ging, für einen Augenblick wie ein Seiltänzer aussehend, mit aufgerichtetem Oberkörper in die Knie und hob eines der beiden Blätter auf. Das dreieckige, am Saum gesägte Blatt betrachtend, richtete er sich wieder auf. Jakob hatte die Tür geöffnet und wartete. Obwohl Alexander nur wenig von Jakobs Gesicht sehen konnte, sah er doch, wie ungeduldig sein Bruder jetzt war. Wie der Vater, dachte Alexander. Genau wie er. Der Gedanke erheiterte ihn und ließ seinen Ärger verfliegen. Er drehte sich noch einmal um und deutete grinsend einen militärischen Gruß an. Der Wirt, wieder über die Zeitung gebeugt, hob nur das Kinn, als sage er: Ah ja.

Es war spät im Herbst, und aus allen Dingen schimmerte bereits der Winter hervor. Nur fahlgelber, krachtrockener Mais stand noch auf den Feldern; die restlichen Äcker waren öd und leer, wie erschöpft und endgültig ausgelaugt, und auf keinem war irgendjemand zu sehen. Sämtliche Höfe, an denen sie vorbeikamen, wenn viele davon auch herausgeputzt waren, wirkten verwaist. Einzig der Geruch nach Schweinedung, der sich, kaum einmal schwächer werdend, von einem Hof zum anderen zog, bewies, dass sie es nicht waren. Ohne ein Wort zu wechseln, fuhren sie die fünf Kilometer. Kaum war der Wagen zum Stillstand gekommen, stieg

Jakob aus und verschwand in einem der Wirtschaftsgebäude des Hofes. Immer noch regnete es. Der Himmel hing tief und grau über dem weiten, von einer über dreißig Meter hohen Autobahnbrücke überspannten Tal. Alexander stellte den Motor ab, zog die Handbremse an und schüttelte den Kopf. Er musste daran denken, wie sein Leben gewesen war, als er in Jakobs Alter war. Wie lange lag das alles zurück, und wie wenig war es noch wahr. Er war damals Zögling im Stiftsgymnasium von K. gewesen. Und schon als Kind waren ihm alle mit einer Art Vorschuss auf die Achtung, die ihm später als Priester entgegengebracht werden würde, begegnet. Wie bloß konnte es sein, dass zwei Leben, die am selben Punkt ihren Ausgang genommen hatten, schon so früh begannen, unterschiedlich zu verlaufen? Das vermochte ihn immer wieder zu erstaunen. Er legte das Birkenblatt in die Mittelkonsole und schob die Abdeckung darüber. Er stieg aus, versperrte den Mietwagen und ging zwischen den Pfützen hindurch zum Haus. Über die Hintertreppe gelangte er zu seinem Zimmer. Kurz bevor er eintrat, lauschte er. Von unten her, aus der Küche, hörte er Stimmen; es waren wohl die Großeltern; sie, schon schwerhörig, redeten laut. Er betrat das Zimmer. Er musste Licht machen; es war hier noch deutlich dämmeriger als im Dorf. Er schloss die Tür, zog sich um und hängte die Uniform auf den Bügel. In Jeans und Pullover trat er ans offene Fenster, vor dem eine Linde stand; ihre Äste reichten bis an die Traufe und rieben an ihr. Durch die Baumkrone hindurch wehte kühle Luft herein. Ihr Säuseln und das Schlagen der Regentropfen löschten die Geräusche der Autobahn aus. Nur hin und wieder hörte man ein tiefes metallisches Dröhnen, als schreite irgendwo, weit entfernt – oder in einem Traum – ein Ungeheuer, ein Riese über lose aufliegende Eisenplatten. Immer noch war der süßliche Geruch von verrottendem Spargel zu riechen, den ein aus irgendeinem Ostland kommender Transporter geladen hatte, als er vor einem Jahr von der Brücke gestürzt war.

Seit Jahren war er nicht mehr länger hier gewesen, nur zu Weihnachten kam er regelmäßig für zwei oder drei Tage her, und dass er jetzt hier war, kam ihm fast wie ein Zufall vor. Der Militärarzt hatte einen Heimaturlaub vorgeschlagen – und Alexander hatte nicht sagen wollen, dass er keinen besonderen Wert darauf legte, seine Familie zu sehen; er wollte nicht als einer von denen gelten, die nur im fremden Land waren, weil sie es im eigenen nicht aushielten oder vor irgendetwas davongelaufen waren. Also hatte er sich für den Vorschlag bedankt und bei sich gedacht: Was soll's? Gehe ich eben dort ins Wirtshaus …

Er blieb eine Weile stehen, schloss das Fenster wieder, setzte sich an den Schreibtisch und knipste das grün umschirmte Lämpchen an. Er seufzte auf. Es tat gut, zu sitzen. Er rieb sich die Arme; es war kalt in dem Raum. Er schenkte sich ein Glas Schnaps ein und warf einen Blick auf den Wecker auf dem Nachtkästchen.

Drei Stunden am Tag hatte der Arzt ihm erlaubt. Am Vormittag war er eine Stunde gesessen, die kurze Autofahrt konnte man wohl vernachlässigen – zwei Stunden blieben ihm noch. Er nahm ein Buch von dem Stapel vor sich, schlug es an der Stelle auf, an der das Lesezeichen eingelegt war, und begann zu lesen. Wie er sich als Jugendlicher in die Bibel, die Texte christlicher Denker und römischer Schriftsteller vertieft hatte, vertiefte er sich nun in Bücher über Heerführung.

Jakob zog sich seinen Overall über und räumte die Werkstatt auf, kehrte den Boden und machte sich daran, die Fächer mit den Schrauben und Muttern zu sortieren – wie er es manchmal tat, wenn er nicht wusste, wie er sich sonst die Zeit vertreiben sollte. Dabei horchte er immer wieder, ob es noch regnete. Kaum hörte der Regen auf, ließ er das Sortieren und ging Richtung Weide, die jenseits der Brücke lag und auf der die Kühe standen. Seit letzter Woche waren es nur noch vierzehn Stück. Eine junge, gute Kuh hatte zu lahmen begonnen, zuerst lediglich ein wenig, aber kurz darauf war sie nicht mehr aus dem Stall zu bringen gewesen und hatte das Futter nicht mehr angerührt. Jakob hatte den Tierarzt geholt, er hatte ihr etwas gespritzt, doch es war vergebens; am Ende war nichts anderes übrig geblieben, als sie zum Schlachter zu bringen. Immer noch lag der gleiche Ausdruck auf seinem Gesicht, den Alexander für einen gelangweilten gehalten hatte, der jedoch mit Langeweile nichts zu tun hatte. Es war etwas anderes, das über ihn gekommen war, nur wusste Jakob selbst nicht, was es war; er wusste nicht einmal, seit wann es da war. Seit ihm der Bart spross, oder schon länger? Hätte er es beschreiben müssen, hätte er gesagt, es sei etwas wie eine Müdigkeit, die immer wieder über ihn hereinbrach und ihm jede Bewegung erschwerte und die so groß war, dass sie ihm manchmal die Tränen in die Augen trieb. Als wäre irgendwann eine Tür zugefallen, war es ihm, denn tief in sich hörte er bisweilen ein Geräusch wie einen Nachhall, sah aber nicht mehr, wo sich diese Tür befunden hatte; und es kam ihm vor, als streiche er immer nur – suchend, suchend – entlang an einer glatten, fugenlosen Mauer.

Aufgrund irgendeines Fehlers war er viel zu früh eingeschult worden und sollte, weil er dazu nicht reif genug war – das meinte zumindest der Direktor der Volksschule, auf den die Eltern, beide seltsam erleichtert, hörten –, nicht wie seine Geschwister das Gymnasium besuchen, sondern wurde in die Hauptschule im Ort geschickt, die er im Alter von dreizehn Jahren abschloss, wenige Monate bevor sich der Unfall mit dem Lastwagen ereignete. Gleich nach Schulabschluss hatte er es hier und da versucht, aber aufgrund seines jungen Alters wollte niemand ihn als Lehrling nehmen; man riet ihm wiederzukommen, wenn er fünfzehn wäre. Er überlegte, eine weiterführende Schule zu besuchen, wie mancher Lehrer es dem guten Schüler geraten hatte, doch er entschied sich dagegen und beschloss, die fehlende Zeit zu Hause zu bleiben und dem Vater zur Hand zu gehen.

Dem war das nur recht. Mehr und mehr überließ er seinem Jüngsten, der handwerklich der Geschickteste von allen war, geschickter sogar als der Vater selbst, die Arbeit und ließ sich bald kaum noch blicken. Er war ständig unterwegs, und wenn er bisweilen auftauchte, sagte er, er »schaue einmal nach«. Meistens beachtete er jedoch gar nicht, womit Jakob beschäftigt war, sondern redete, auf und ab gehend, rastlos wie eine Elster, immer nur von irgendwelchen Ideen, mit denen man »ein Vermögen« verdienen könne. Das war an sich nichts Neues, auch früher hatte es das gegeben; nur war solches Reden da bloß selten vorgekommen, während es jetzt nichts anderes mehr zu geben schien. Wo er die ganze Zeit über war, ob sein Wegsein etwas mit diesen Ideen zu tun hatte, wusste Jakob nicht – und es kümmerte ihn auch nicht. Er brauchte den Vater nicht, denn er kannte den Betrieb in- und auswendig und war von klein auf mit allen Arbeiten, mit jedem Handgriff vertraut. Er war sogar froh, wenn er niemanden um sich wusste. Brauchte er doch einmal tatkräftige Hilfe oder einen Rat, wandte er sich an den Großvater.

Obwohl diese Zeit nun bald vorbei war und er sich allmählich nach einer Stelle umschauen sollte, tat er nichts dergleichen. Es kam ihm zwar manchmal in den Sinn, aber – und er selbst fand das bisweilen merkwürdig – er konnte sich nicht dazu aufraffen.

Er öffnete das Gatter und zog es weit auf. Die Tiere grasten am Rand des erlenbestandenen Sumpfes, welcher die Weide an der Nordseite begrenzte und sich einige Hundert Meter bis an den schmalen, gewundenen, da und dort mit Konglomeratbrocken und Bauschutt befestigten Bach hinzog. Jakob konnte sie kaum ausmachen in dem Licht, das trotz der noch nicht späten Stunde bereits ein richtiges Dämmerlicht war; er spürte nur, dass sie hersahen. Er schlenderte zum Wasserwagen, klopfte dagegen, um zu überprüfen, wie viel Wasser er noch enthielt, sah nach, ob die Tränke funktionierte, und setzte sich auf den neben dem Wagen stehenden farbbesprenkelten Holzbock. Nach und nach erkannte er die Tiere, welche die Schädel wieder gesenkt hatten und fraßen. Er blieb lange so sitzen und sah ihnen zu. Er mochte diese Stunde des Tages; er mochte es, den Kühen zuzusehen. Etwas ging zu Ende und war doch noch nicht zu Ende; und er konnte diesen Zustand, diese Phase immer noch ein wenig verlängern, fast wie manchmal am Morgen, wenn er zu früh aufwachte, das Aufstehen … Hin und wieder dröhnte es von der Autobahn her, ansonsten war es sehr ruhig; ja, die Stille war sogar fast unheimlich, als wäre das Unwetter vom Vorabend nicht einfach bloß ein Unwetter, sondern eine Züchtigung gewesen, die über sie hereingebrochen war. Am westlichen Ende der Weide, wo das Gelände sanft anstieg, begannen sich Inseln aus Nebel zu bilden, die sich, keine Handbreit über den Halmen, auf irgendeine unnachvollziehbare Art und Weise bewegten, zerflossen und sich zugleich ständig neu formten – Menschen ähnlich, die ziellos umhergingen, verschwanden, wiederkamen oder wegblieben.

»Hia«, rief Jakob, »hia-hia!«, und schon dieser kurze Ruf klang wie ein Gesang. Er stemmte sich hoch, warf die Beine nach vorn und schwang sich vom Holzbock. Er sah zu den Kühen hin und schlenderte Richtung Gatter. »Hia-hia-hiiiaa!«, rief er, ohne sich umzudrehen, noch einmal. Die Kühe blickten auf, wandten die Schädel und setzten sich, eine nach der andern, schließlich in Bewegung.

Jakob ging gemächlich zurück und wartete im Stall auf die Tiere. Obwohl die Türen den ganzen Tag über offen standen, war es immer noch warm in dem Gebäude. Die Fliegen summten schon anders. Jakob hörte, wie die Kühe kamen. Ihre Hufe gruben sich knirschend in den planierten Schotter, der sich zwischen den Gebäuden ausbreitete. Langsam und mit den Schweifen nach den Fliegen schlagend, trotteten sie auf ihre Plätze. Jakob, wortlos auf sie einredend, hängte eine nach der anderen an die Kette. Immer noch sah der verwaiste Platz nur für den Moment verwaist aus, als könnte die junge Kuh – Nachzüglerin – gleich noch hereintraben und ihn einnehmen. Jakob hoffte für Augenblicke immer noch; aber mit jedem Tag gelang es ihm weniger, sich etwas vorzumachen; sie würde nicht mehr kommen. Es tat ihm weh, dass es so war. Er seufzte und nahm sich vor, den Mist, der noch an ihrem Platz lag, am nächsten Tag endlich hinauszubringen. Nachdem er alle

Tiere angehängt hatte, holte er das Fett, saubere Tücher und den Eimer, schnallte sich den Schemel um, stellte den Eimer unter die erste Kuh, säuberte das Euter und fing mit dem Melken an. Auch im Stall herrschte eine sonderbare Ruhe, die anders als sonst war. Man hörte nur das Schnauben aus den feuchten, heißen Schnauzen und das Klirren der feingliedrigen, rostüberzogenen Ketten und wie, Strahl für Strahl, die Milch hart in den Eimer schoss. Sobald der Kübel voll war, brachte Jakob ihn in die Melchkammer und leerte die Milch in den Kühltank, der auf einem Fahrgestell stand und alle zwei Tage an die Straße gebracht werden musste, an welcher der Milchwagen vorbeikam und den Inhalt abpumpte. Nachdem alle gemolken waren, machte er die restliche Arbeit; er fütterte die paar Schweine und streute nach, befüllte im Schafstall die Raufen mit Heu und ging zuletzt zu den Hasen und schüttete Getreide in die Betonschüsseln. Bei ihnen blieb er ein wenig stehen und sah ihnen zu. Geduckt und zitternd saßen sie mit angelegten Löffeln in den engen Käfigen. Sie taten ihm leid. Warum hatte der Vater sie hergebracht? Und warum gleich so viele, vierzig Käfige? Jakob machte ein paar Schritte in die Wiese, pflückte eine Handvoll Spitzwegerich- und Löwenzahnblätter und gab sie einem der Hasen, der es ihm – warum? – besonders angetan hatte, ein fast vollkommen weißer. Blatt für Blatt beschnupperte der Hase, rupfte daran und fraß schließlich hastig. Jakob wischte sich die Hände an der Hose ab, lauschte und ging noch einmal in den Stall zurück. Die frisch zusammengesperrten Ferkel hatten zu raufen aufgehört, sobald sie Futter hatten, aber sie rauften schon wieder. Zerkratzte Rücken und Ohren; einem war das Ohr sogar eingerissen und blutete. Jakob holte einen leeren Sack Kraftfutter, riss ihn auseinander und warf ihn in den Stall, und sofort, einander vergessend, stürzten sich die Ferkel darauf und begannen, ihn zu zerfetzen. Das würde sie beruhigen und ihnen die Rauflust nehmen, hoffte er. Und wenn nicht, würde er ihnen später ein wenig Most in den Trog schütten müssen …

Er sah auf die Uhr. Es war kurz nach fünf. Um sechs gab es Jause. Er zog die Arbeitsstiefel aus und schlüpfte in die Gummistiefel und ging Richtung Bach. Das Unwetter vom Vorabend war wie der Höhepunkt einer langen Schlechtwetterperiode gewesen. Seit Mitte August hatte es nahezu ständig geregnet, und spätestens seit Anfang September gab es Probleme mit dem Widder, der nahe am Bach lag und den Hof mit Wasser versorgte. Schon als Kind war Jakob oft mit dem Großvater hingegangen; der Großvater hatte dem faszinierten Buben die Anlage erklärt und ihm davon erzählt, wie sie sie gebaut, alles aufgegraben und die Leitungen gelegt hatten – irgendwann, als er selbst, zumindest seiner Meinung nach, noch ein junger Mann gewesen war. Jakob blickte, immer noch fasziniert, auf das System.

Aus einem höher gelegenen, gemauerten Becken, das sich aus Quellen speiste, wurde das Wasser über eine

Leitung in einen mehrere Meter tiefen Schacht geleitet. In diesem Schacht befand sich die Widderpumpe. Erreichte das Wasser eine bestimmte Geschwindigkeit, verschloss sich ein Ventil am Ende der Pumpe, und dem dadurch entstehenden Wasserdruck gab ein anderes Ventil mit schnalzend-knallendem Geräusch nach, und Wasser wurde in den Windkessel gestoßen, gelangte in die Steigleitung und wurde zu einem Behälter beim Haus gepumpt. Mit diesem System war es möglich, Wasser über große Höhenunterschiede hinweg zu befördern; hier allerdings gab es nur ein paar Meter Gefälle auf die etwa vierhundert Meter. Manchmal aber kam kein Wasser aus den Leitungen; man brauchte dann nur ein paar Schritte in Richtung des Baches zu machen und die Ohren zu spitzen, um zu hören, dass der Widder stillstand. Hin und wieder stand er, ohne dass man wusste, weshalb; es reichte, die lose aufliegende, mit Steinen beschwerte blechbeschlagene Abdeckung wegzuziehen, in den Schacht hinabzusteigen und das Ventil zu öffnen, und bald lief er wieder. Meistens war es aber die Treibleitung, die verlegt war; wenn es stark geregnet hatte, waren Schlamm und Laub in das Becken geschwemmt worden und hatten das Sieb vor dem Rohr verstopft.

Schön und wie der Herzschlag eines großen urzeitlichen Lebewesens kam Jakob das kurz hallende Geräusch vor, mit dem das Druckventil sich öffnete und wieder schloss. Er warf den Eimer und die Kelle hinunter, nahm die an einen Baum gelehnte Leiter, ließ sie in den Schacht rutschen und stieg hinab. Es war eine Menge Schlamm aus dem Sumpf hereingeschwemmt worden, so dass das Wasser, welches der Widder ausstieß und welches normalerweise versickerte, nicht recht versintern konnte und mehrere Zentimeter hoch stand. Er begann zu schöpfen. Zwischendurch hielt er inne und verlor sich im Anblick der Wände, an denen die Schichtungen des Bodens sichtbar waren: der dunkelbraune Sumpfboden, darunter ein wenig heller, fast ockerfarbener Lehm, an den sich in schiefer, welliger Linie die breite Schicht aus grauem, hier und da ölig schimmerndem, weich aussehendem Schlier anschloss, und schließlich der weiße Kalkschotter. Wunderbar erschien ihm diese klare, wie gezeichnete Gliederung. Sobald der Eimer voll war, schleppte er ihn nach oben, kippte ihn neben dem Schacht aus, kletterte wieder hinab und schöpfte weiter.

Er schöpfte schnell und hatte schon etliche Eimer die Leiter hochgetragen; das Schöpfen wurde immer mühsamer; er wollte sich bald auf den Weg zurück machen, denn es musste bereits auf sechs gehen. Es war schon ziemlich dunkel, aber plötzlich wurde es ganz finster im Schacht, und undeutlich zog ihm der Gedanke durch den Kopf, eine Wolke habe sich vor die Sonne geschoben, und er blickte nicht nach oben und schöpfte weiter; aber nach einer Minute dachte er, dass das Unsinn war und dass er seit langem keine Sonne mehr gesehen hatte und dass es einfach nur schon spät sein musste. Er blickte nach oben – und erschrak. Über den Schacht gebeugt, kniete Markus; seine Augen waren eng zusammengekniffen, eine Ader lief als dunklerer Schatten über seine Stirn, aber ansonsten konnte Jakob, bis auf die Ohrringe links und rechts, die das letzte Licht einfingen, nichts erkennen. Mit vollkommen ruhiger Stimme sagte Markus:

»Kein Mensch würde dich da unten suchen.«

Jakob war in der Schule kein Außenseiter gewesen und alles andere als unbeliebt, aber immer war als etwas Trennendes der Altersunterschied zwischen ihm und seinen Mitschülern gelegen, unaufholbar, unüberwindlich. Er hatte sich daran gewöhnt, lediglich gern gelitten zu sein und nicht wie alle anderen Freunde zu haben, dennoch hatte er sich je und je zumindest einen gewünscht. Und wenn er sich diesen einen hätte aussuchen können, hätte er keinen anderen als Markus Berger gewählt. Wer hätte das nicht getan? Markus war ein kräftiger Bauernbub, laut und verwegen, der schon seit Jahren rauchte und trank und um den sich Jungen wie Mädchen scharten und seinen Geschichten – aus nichts konnte er eine Geschichte machen – lauschten, und obwohl man ihn nie alleine sah, schien er sich nicht um die anderen zu kümmern. Er war in die Klasse über Jakob gegangen, war also fast drei Jahre älter. Jakob hatte ihn oft beäugt und sich vorgestellt, sein Freund zu sein; die Wirklichkeit war aber immer sehr weit von dieser Vorstellung entfernt gewesen, denn nie hatten die beiden auch nur ein Wort miteinander gewechselt. Aber jetzt, da Markus seit ein paar Monaten immer wieder und eigentlich fast immer ohne Grund vorbeikam, war er ihm beinah lästig. Er hatte es sich früher aufregend vorgestellt, mit ihm zusammenzusein, aber auf einmal sah er in dem so lange still Bewunderten nur noch einen Angeber, mit dem er nichts zu tun haben wollte. Nur wusste er nicht, wie er ihn abwimmeln sollte. Er machte ohnehin keinen Hehl daraus, dass er lieber seine Ruhe hatte. War es vielleicht sogar das, was Markus anzog?

Jakob senkte den Blick und schöpfte weiter. Er wollte sich den Schrecken, den Markus ihm eingejagt hatte, nicht anmerken lassen.

»Was willst du?«, fragte er.

Markus gab keine Antwort. In dem bewegten schwarz-durchsichtigen Wasser des Schachts meinte Jakob, sein Gesicht zu sehen, wie es unverändert zu ihm herabstarrte. Aber je länger Markus schwieg und je länger nichts geschah, desto mehr beruhigte sich Jakobs Herzschlag wieder. Plötzlich fragte Markus:

»Was ist das?«

»Was meinst du?«

»Dieses Ding da. Was ist das?«

»Ein Wasserwidder«, sagte Jakob, ohne sich umzudrehen oder über die Schulter nach oben zu blicken, und gegen seinen Willen musste er schlucken. »Er pumpt

Wasser. Ohne Strom. Funktioniert im Prinzip wie ein Perpetuum mobile.«

»Noch nie gesehen«, sagte Markus.

Der Kübel war fast voll; Jakob richtete sich auf. Jetzt blickte er nach oben. Markus sah nicht mehr ihn an, sondern war ganz in der Betrachtung des schlagenden Widders versunken.

»Wie funktioniert er?«

»Interessiert es dich?«

»Ja«, sagte Markus. »Ich verstehe es nicht.«

Jakob schleppte den Eimer nach oben. Als er ihn hinausheben wollte, nahm Markus ihn ihm ab.

»Was für ein Sumpf!«, sagte er im Aufstehen. Die Knie seiner engen Jeans waren nass, und ein wenig dunkle Erde klebte an ihnen.

»Früher muss es noch schlimmer gewesen sein«, sagte Jakob und atmete tief durch. »Bevor sie die Erlen angepflanzt haben.«

Markus sah sich um, während Jakob ihm den Kübel wieder aus der Hand nahm, ihn ausleerte und ausklopfte und die Kelle hineinwarf.

»Siehst du die kleine Erhebung dort?«

»Ja.«

»Dort ist ein Wasserspeicher.«

»Wozu braucht man den?«

In kurzen Zügen erklärte Jakob die Anlage. Markus hörte aufmerksam zu und stellte ein paar Fragen. Jakob hatte sich beim Reden belebt, aber sobald er fertig war, wurde er wieder verschlossen. Er stellte den Eimer ab und schob die Abdeckung über den Schacht.

»Wer hat dir gesagt, dass ich hier bin?«, fragte er.

»Deine Mutter.«

Markus zündete sich eine Zigarette an. Es roch nach Benzin, nach blauem Rauch, der durch die kalte Luft zog, und die blattlosen Erlen rauschten weich im Wind.

»Hör mal«, rief er plötzlich und stieß Jakob gegen die Schulter, »du gehst ja doch ins Wirtshaus!«

Jakob gab keine Antwort.

»Ich habe dich rauskommen sehen. War das dein Bruder?«

»Ja«, sagte Jakob.

»Was für eine Uniform!«

Jakob zuckte mit den Schultern und setzte sich in Bewegung, und Markus folgte ihm. Sie stapften durch den Sumpf Richtung Haus. Bei jedem Schritt sanken sie ein, und ein beständiges Schmatzen begleitete sie. Einmal drehte sich Jakob nach Markus um und warf einen Blick auf dessen Schuhe. Sie erreichten das Haus. Die Lampe über der Tür brannte. Markus' Motocross stand vor dem Haus, gelb und schwarz lackiert; der ebenfalls schwarz-gelbe Helm hing auf dem Rückspiegel, wie immer, Markus setzte ihn nie auf.

»Wie spät ist es?«, fragte Jakob.

Markus zog sein Telefon aus der Hosentasche. »Viertel nach sechs«, sagte er.

»Ich muss hinein«, sagte Jakob.

»Weshalb ich gekommen bin«, sagte Markus, als falle es ihm gerade wieder ein. »Ich habe einen neuen Zylinder. Wenn ich alleine fahre, geht die Maschine« – er meinte sein Moped – »fünfundneunzig. Ich würde gerne ausprobieren, wie viel sie schafft, wenn man zu zweit fährt. Was sagst du? Drehen wir eine Runde?«

Bei den ersten Malen, wenn Markus ihn dergleichen gefragt hatte, war ihm noch der Gedanke gekommen, dass er sich früher um eine solche Einladung geprügelt hätte. Inzwischen dachte er nicht mehr daran, was er früher getan hätte.

»Ein andermal vielleicht«, sagte er, was er immer sagte.

»Sie geht jetzt wirklich wie die Feuerwehr«, sagte Markus.

Jakob setzte sich auf die Türschwelle, trat sich die Gummistiefel von den Füßen und stellte sie neben die Tür. Er zog die Socken hoch und zupfte feine Halme von ihnen. Wieder fiel sein Blick auf Markus' Schuhe; die Hose war sogar bis zu den Waden hinauf schmutzig. Er beugte sich vor und nahm die Wurzelbürste, die neben der Tür lag, und hielt sie Markus hin.

»Willst du sie dir putzen?«, fragte er.

»Wofür denn das?«, fragte Markus und machte eine wegwerfende Handbewegung. »Das soll meine Mutter tun.«

Er zog die Nase hoch und spuckte aus. Ohne ein weiteres Wort stieg er auf das Moped und startete es. Er gab einmal kräftig Gas. Man konnte sofort hören, dass ein größerer Zylinder eingebaut war. Als der Gang eingelegt wurde, krachte es. Markus hob einen Finger zum Gruß, ließ die Kupplung los und fuhr laut knatternd davon. Jakob, die Bürste zwischen den Händen drehend, blieb auf der Schwelle sitzen, schloss die Augen und sog den Geruch von verbranntem Öl und Benzin ein, und erst, als er ihn nicht mehr wahrnehmen konnte, schlug er die Augen wieder auf, warf die Bürste weg, die, kaum federnd, auf den verdrehten und harten Borsten landete, erhob sich und ging, am klemmenden Reißverschluss des Overalls nestelnd, ins Haus.

Außer Alexander, der an der Abwasch lehnte, saßen schon alle um den Tisch und aßen. An einem Ende, dicht nebeneinander, saßen der Großvater und die Großmutter. Nie trat ihr unterschiedliches Äußeres stärker zutage als da: Er klein und hager und sonnengegerbt, die Haare pechschwarz, sie groß und fleischig-üppig und mit weißer Haut und weißem Haar. Sein Gesicht war stets frisch rasiert und glatt, nur die Stirn war zerfurcht, während auf ihrem von Jahr zu Jahr mehr Warzen und Haare wuchsen. Er trug mit Ausnahme des Sonntags immer blaue Arbeitskleidung, sie war nie in etwas anderem als Bluse, Wollrock und Wollstrumpfhosen zu sehen. Sie wirkte ein wenig gestaucht, was daher kam, dass sie die Beine auf einem Hocker unter dem Tisch hochgelagert hatte. Ihnen gegenüber saß die Mutter. Der Platz des Vaters war gedeckt, aber frei. Der Großvater war eben dabei gewesen, etwas zu sagen, brach aber ab, als er seinen Enkel bemerkte.

»Setz dich«, sagte er. »Und greif zu.«

Jakob setzte sich und nahm sich. Er war hungrig.

»Was treibst du dich so lange draußen herum«, schimpfte die Mutter, »du weißt doch, wann es zu essen gibt. Wer war das überhaupt? Schon wieder der Berger-Bub?«

»Ja«, sagte Jakob mit vollem Mund.

»Er sollte sein Moped lieber reparieren lassen, anstatt damit herumzufahren. Man wird ja fast taub davon!«

»Reparieren?«, fragte die Großmutter. »Dafür wird kein Geld sein. Die haben ja auch alles verkaufen müssen.«

»Doch schon vor einem Jahr«, sagte der Großvater.

»Ja«, sagte die Großmutter. »Aber jetzt sogar die Maschinen.«

Der Großvater sah sie überrascht an. Nicht öfter als ein paarmal im Jahr verließ sie das Haus, dennoch blieb ihr nichts verborgen, sie wusste die Neuigkeiten immer vor den anderen; warum, war ein Rätsel.

»Kein Wunder«, sagte der Großvater, seine Überraschung überspielend. »Es ist im Grunde nie ein Wunder.«

»Das ist kein guter Umgang für dich«, sagte die Mutter. »Ich habe es dir schon einmal gesagt. Es heißt, dass er raucht und trinkt.«

Jakob gab keine Antwort, und die Mutter beharrte nicht.

»Daran zeigt sich Charakter, Jakob: ob die Umstände einen verändern oder nicht«, sagte der Großvater. »Freunde, Frauen, Macht, Geld ... diese Dinge.«

Auch darauf antwortete Jakob nicht. Allzu gut kannte er diese Sätze. Nur kurz hob er den Blick und sah in die kleinen, grauen, undurchdringlichen Augen des Großvaters, der auf sich zeigte.

»Ich«, sagte er, »ich war immer gleich. Immer genau gleich. Vor fünfzig Jahren und vor vierzig und vor dreißig und vor zehn auch. Frag deine Großmutter. Und er« – er richtete sich an seine Schwiegertochter und deutete dabei auf Jakob – »er ist genauso. Er gerät nach mir. Da musst du keine Angst haben.«

Die Mutter setzte zu etwas an, winkte aber ab – als wolle sie etwas vielfach Gesagtes nicht noch einmal wiederholen. »Will noch wer Salat?«, fragte sie stattdessen. »Es gibt noch.«

»Ja«, sagte der Großvater und gab damit keine Antwort auf die Frage der Mutter, sondern nahm das unterbrochene Gespräch mit Alexander wieder auf, »jedenfalls verstehe ich nicht, was du redest.«

»Ich sage doch nur, dass sie Mitglied der NATO sind. Deshalb haben sie auch ein Kontingent dort.« Alexander schob sich den letzten Bissen in den Mund und spülte ihn mit Bier hinunter.

»Aber wie kann das sein? Wie können die verdammten Polen Mitglied der NATO sein? Diese verfluchten Hunde?«

»Sie sind es ganz einfach. Und zwar seit bald fünfzehn Jahren. Seit der Osterweiterung neunundneunzig«, sagte Alexander. »Was ist daran so schwer zu verstehen?«

»Was daran so schwer zu verstehen ist, willst du wissen?«, rief der Großvater aus. »Hast du in der Schule nicht aufgepasst? Fehlt nur noch, dass wir beitreten.«

»Die Zeiten haben sich geändert«, sagte Alexander.

»Sieht ganz so aus«, sagte der Großvater verächtlich und kreuzte sein Besteck auf dem Brett. »Du hättest Pfarrer werden sollen. Als Soldat redest du nur Unsinn.«

»Ich rede Unsinn?« Alexander lachte.

»Ja. Du hast keine Ahnung.«

Wieder lachte Alexander und schüttelte den Kopf.

»Was lachst du da? Man müsste dir – ach, vergiss es! Einem Esel kann man nichts beibringen.«

Niemand in der Familie war damit einverstanden gewesen, dass er beim Militär geblieben war, einzig der Großvater hatte ihn verteidigt. Es sei ehrenvoll, dem Vaterland zu dienen … er selbst habe gedient … Aber seit Alexander im Ausland stationiert war, hatte sich seine Haltung grundlegend geändert; die internationalen Truppen missfielen ihm, und er konnte nicht begreifen, wie Alexander sich unter ihren Befehl begeben konnte.

»Hört auf!«, sagte die Großmutter, die ihren nach unten gezogenen Mund beim Sprechen kaum bewegte, und hob ihre dicken Beine vom Schemel. »Komm, Vater, wir gehen.«

Jedesmal war sie es, die den Streit beendete. Auch sie hätte zwar gerne einen Pfarrer in der Familie gehabt, aber sie sah keinen Grund, so mit seinem Enkel zu reden, zumal sie sich längst alle daran gewöhnt hatten, dass es anders gekommen war, und nicht mehr davon sprachen.

»Ist es etwa nicht wahr?«, fragte der Großvater. »Darf man denn die Wahrheit nicht mehr sagen?«

»Alles darfst du sagen«, sagte Alexander amüsiert. »Bitte, bleib sitzen, Oma, ich gehe ja schon ...«

Er stellte das Geschirr in die Abwasch.

Doch die Großeltern hatten sich bereits erhoben. Die Großmutter stellte, mit einem Messer die Essensreste von einem aufs andere schiebend, die Bretter zusammen, legte das Besteck darauf und schob sie an den Tischrand. Der Großvater wandte sich an Jakob, der immer noch aß.

»Warst du noch einmal beim Widder?«, fragte er.

»Ja«, antwortete Jakob.

»Geht er?«

»Ja. Ich habe den Schacht ausgeputzt.«

»Sehr gut.«

Der Großvater strich ihm über den Kopf. Jakob wich der Liebkosung aus. Der Großvater lächelte, als erinnere er sich an etwas. »Gute Nacht«, sagte er.

Kurz nach den Großeltern ging auch Jakob.

»Wohin willst du?«, fragte die Mutter.

»Hinaus«, sagte er schon in der Tür.

»Es wird wieder regnen, Jakob«, rief sie ihm hinterher. »Zieh wenigstens eine Jacke an!«

Laut fiel die Haustür ins Schloss. Es wurde still. Nur Alexander und die Mutter waren noch in der Küche.

»Was hat er nur? Er wirkt dermaßen abwesend.«

Alexander zuckte mit den Schultern. »Wie der Vater eben«, sagte er, was ihm vor ein paar Stunden zum ersten Mal durch den Kopf gegangen war und bereits selbstverständlich vorkam. »Mit den eigenen Gedanken beschäftigt. Oder nicht?«

»Meinst du? Ich weiß nicht«, sagte sie. Dann schüttelte sie den Kopf. »Nein, er ist anders.«

»Mir kommt er nicht verändert vor«, sagte Alexander. »Er wird ein Mann, das ist alles.«

»Nein«, sagte sie. »Das ist es nicht. Irgendetwas ist geschehen.«

»Mama ...«, sagte Alexander. Er wollte etwas sagen, das sie beruhigte, ihr die Sorgen nahm, aber ihm fiel nichts ein. Darauf verstummte das Gespräch. Alexander dachte an die Briefe, die sie ihm regelmäßig schickte, seit er im Ausland war, und die sich durch verblüffende Ausführlichkeit auszeichneten. Erst durch diese Briefe hatte er erfahren, wie es um den Betrieb stand und dass der Vater Hektar um Hektar verkaufte und zugleich verzweifelt auf der Suche nach neuen Einnahmequellen war – und dass der Großvater bei all dem bloß zusah, als gehe es ihn nichts an, und sich, anstatt einzugreifen, nur Jahr für Jahr wieder einen nagelneuen Jaguar kaufte, vom Zinsengeld, wie er betonte. Wie, es gebe keine Zinsen mehr? Er bekomme noch reichlich ... Hahaha ... Dass sie versuchte, den Vater zu überreden, seinen Stolz aufzugeben und den Alten zu bitten, ihnen zu helfen, aber dass der nichts davon wissen wollte und sagte, er wolle dieses Geld nicht, und es sei nicht Stolz, es sei Ehre ... Und sie nicht wusste, was er damit meinte ... Und dass sie auch nicht wusste, wohin das alles führen sollte, und manchmal der Verzweiflung nahe war ... Alexander wurde es schwer zumute, wenn er diese Briefe las; dennoch dachte er oft weniger über den Inhalt nach als darüber, wie fehlerfrei die Rechtschreibung der Mutter war. Ihm fiel ein, dass es tatsächlich so war, dass ihm seine Mutter als eine andere entgegentrat, wenn sie schrieb; stand er ihr gegenüber, sah er eine blasse, fast durchsichtige Frau mit dünnem, hellem Haar, die kaum Worte fand – und wenn, dann immer nur die gleichen.

Die Luft war feucht und schwer, als Jakob das Fahrrad aus der Garage holte. Er hatte nur wenig von dem mitbekommen, was bei Tisch gesprochen worden war. Er hatte zwar zugehört, aber irgendwie waren die Worte nicht bis zu ihm durchgedrungen. Nie hatte er sich seiner Familie ferner gefühlt; auch zu Alexander, so lange sein Idol, empfand er keine Verbindung mehr. Was war er? Einer, der immer lauter redete ... Einer, der allmählich zum Trinker verkam und sich darauf sogar etwas einzubilden schien ... Lächerlich, wie er in seiner Uniform herumstolzierte! Zudem mochte Jakob es nicht, wie sonderbar wohlwollend, ja bisweilen fast wunderlich der Großvater ihn neuerdings behandelte – als Einzigen im Haus – und zugleich immer irgendeine Art von Dank dafür zu erwarten schien, den Jakob, selbst wenn er gewollt hätte, nicht zu geben wusste; er konnte nicht einmal danken, wenn er das Geld nahm, das der Großvater ihm regelmäßig zusteckte.

Im Sommer hatte er ein eigenartiges Erlebnis gehabt. Es gab eine Stelle am Fluss, zu der er manchmal fuhr. Sie lag an einer Biegung, ein schmaler, unter einer luftigen, Schatten spendenden Weide liegender Streifen, an den sonst niemand kam. Oft wehte der Geruch von Lagerfeuer und Gegrilltem, bisweilen sogar von in der Glut verdunstendem Bier von den Schotterbänken her, die ein Stück flussauf am anderen Ufer lagen und in einem Kalkweiß leuchteten. An einem heißen, sonnigen Tag, nachdem die Gerste und das Stroh eingebracht waren und gerade nichts Dringendes zu tun anstand, fuhr Jakob wieder hin, um den Nachmittag dort zu verbringen. Er mochte es, nach der anstrengenden Arbeit nichts zu tun, als dort zu sitzen und auf den Fluss zu schauen; ein paar Mal ging er hinein, sonst saß er nur da und blätterte, ohne recht zu lesen, in einer Zeitung, die er sich mitgebracht hatte. Irgendwann wurde er ein wenig müde; er warf sich ins Wasser und war wieder munter. Danach legte er sich hin, um sich trocknen zu lassen. Innerhalb kürzester Zeit war er eingeschlafen.

Als er aufwachte, war das Licht bereits gebrochen, und über allem lag der Vorausschatten der Nacht. Das sonst so klare, jetzt unergründliche, da und dort einen Abglanz des Tageslichts in sich bergende Wasser floss vorbei. Weiter den Fluss hinab, am Ende der Biegung, war Nebel zu sehen. Jakob stand auf und packte seine Sachen zusammen. Er verschnürte den Rucksack und warf ihn sich über die Schulter. Bevor er sich zum Gehen wandte, blickte er noch einmal zu der langgezogenen Schotterbank hin. Leer und hell lag sie da, überspannt von einer farblosen, wie ausgegossenen Himmelsschale. Er spürte, wie es ihn zu der Bank hinzog. Ohne nachzudenken, streifte er die Sandalen von den Füßen, nahm sie in die Hand und stieg in das eiskalte Wasser. Sogar am Ufer war die Strömung stark; sie drängte wie mit runden, weichen Klingen gegen seine Beine. Manche Steine lösten sich unter seinen Fußsohlen. Er mühte sich ans andere Ufer und stapfte bis zur Schotterbank flussaufwärts.

Hier und dort blieb er stehen, rieb sich die Hände über einem in einen Steinkreis eingefassten, noch warmen Aschehäufchen, aus dem silberne Kronkorken blitzten; er stieß gegen eine Säule aus aufgetürmten flachen Steinen, die darauf fast lautlos zerfiel; im Umkreis standen noch zwei weitere solcher Säulen, auf die man im Gebirge oft stieß und die Kinder errichtet haben mochten. Etwas entfernt sah er einen formlosen Haufen, den er in der ersten Sekunde für angeschwemmtes Treibgut, dann für einen Biberbau, dann für hier abgeladenes Gerümpel hielt. Erst als er näherkam, nahm er das leichte Wogen wahr, das über den Haufen hinging. Er dachte an ein liegengelassenes oder von irgendwoher herangewehtes und hängengebliebenes Stofftuch, das der Wind bewegte, und er hatte schon seine Hand danach ausgestreckt, als er zurückschreckte. Vor ihm, wie geformt aus Nachtluft und Flusswasser, stand das Gesicht eines Mädchens, auf dessen Wangen kleine Lichter nach unten zu wandern schienen. Noch bevor er etwas sagen konnte, erkannte er seine frühere Klassenkameradin Nina, die da in ein dünnes Tuch gehüllt saß. War sie nicht auf dem Grillfest, das ein Stück weiter flussab vor kurzem erst begonnen haben musste – und zu dem Markus ihn sogar hatte mitnehmen wollen? Er wusste, dass sie hinter Markus her war, sie behauptete sogar, sie hätten etwas miteinander, auch Markus, sagte sie, sei in sie verliebt, zeige es bloß in der Öffentlichkeit nicht. Er hatte Nina in der Schule nicht besonders gemocht, dennoch setzte er sich zu ihr, weil er sich nicht entscheiden konnte zu gehen. Als hätte sie ihn davor nicht bemerkt, hob sie den Kopf und sah ihn an, sagte aber nichts. Immer noch liefen Tränen über ihre Wangen. Zum ersten Mal seit er sie kannte, dachte er, dass sie hübsch war. Unter dem dünnen Tuch konnte er ihren Badeanzug sehen. Er blieb bei ihr sitzen, und nach einer Weile lehnte sie sich an ihn. Einige Tage nach dieser Begegnung hatte sie sich seine Nummer besorgt und ihm eine Nachricht geschickt und ihn gefragt, ob er vorbeikommen wolle, ihre Eltern seien nicht zu Hause, aber er hatte Arbeit vorgeschützt, geschrieben, er könne nicht, und gedacht, damit wäre es erledigt. Aber sie schrieb wieder und wieder, und sie tat es so oft, bis er nachgab. Ein Mal, dachte er, könne er sie doch treffen. Denn anfangs dachte er, es werde bei einem Mal bleiben. Doch auch danach schrieb sie immer wieder, und, als wäre mit dem ersten Mal etwas in Bewegung gesetzt worden, das er nicht mehr aufhalten konnte, das sich wie ohne ihn bewegte, fuhr er immer wieder hin, fuhr zu ihr, wo sie beisammensaßen und sich küssten, und jedesmal nahm er sich danach aufs Neue vor, nicht mehr hinzufahren, nicht nur, weil er gar nicht hinfahren wollte, sondern weil ihn die Vorstellung ärgerte, dass sie beim Küssen nicht an ihn dachte und er bloß ein Ersatz für einen anderen war, und weil er sie immer noch nicht besonders mochte. Er wusste jetzt auch, weshalb: Er mochte ihren Geruch nicht.

Obwohl die Unterhaltung zum Erliegen gekommen war, blieb Alexander in der Küche und blätterte in der Bauernzeitung, während die Mutter aufräumte und den Boden kehrte. Ein paar Mal las er eine Schlagzeile oder einen Satz aus einem Artikel laut. In der Mitte der Zeitung stieß er auf eine ganzseitige bunte Anzeige zu der in diesen Tagen stattfindenden Landwirtschaftsmesse. Eine junge Frau mit blondem Zopf und eine weißbraun gescheckte Kuh waren darauf zu sehen. Die Mutter warf im Vorbeigehen einen Blick darauf, und plötzlich fiel ihr ein, zu fragen, wozu sie schon zuvor einmal zu fragen angesetzt hatte: aus welchen Nationen sich die Truppen zusammensetzten und wie es mit der Verständigung funktioniere, wenn jeder eine andere Sprache habe. Sie konnte sich das nicht vorstellen. Alexander legte die Zeitung weg und begann zu erzählen. Englisch, sagte er, sei die offizielle Sprache. »Du weißt ja, wie es heißt: ›English is like a pig: very ugly, but sometimes useful.‹« Aber manche könnten nicht einmal das kleinste Bisschen. Vor allem die Russen nicht, sagte er, man müsse sich mit Händen und Füßen verständigen. Es freute ihn, dass sie fragte, es war das erste Mal, seit er hier war, dass ein anderer als der Großvater sich dafür interessierte. Die Mutter hörte aufmerksam zu; als sie mit dem Saubermachen fertig war, setzte sie sich an den Tisch; »hm, hm«, machte sie, und von Zeit zu Zeit schloss sie die Augen und wirkte ein wenig verträumt. Ob es nicht gefährlich sei, wollte sie wissen. Sie mache sich Sorgen. Auch der Vater mache sich Sorgen. Es sei nicht gefährlich, sagte er, jedenfalls nicht besonders, immerhin sei das Ganze eine Friedensmission, bei der es im Wesentlichen nur darum gehe, Präsenz zu zeigen. Präsenz? Anwesenheit. Ah ja. Zum Beispiel durch Patrouillen, sechsstündige Fahrten zweier Radpanzer mit je sechs Mann bis in die entlegensten Bergregionen, wobei man hin und wieder einen TCP – Temporary Checkpoint – errichte, Verkehrskontrollen durchgeführt würden. Was er dabei tue? Einen der beiden Radpanzer befehligen. Und wie reagierten die Kontrollierten? Meistens friedlich. Immer? Meistens. Sie kontrollierten ohnehin nur den Ausweis und das Kennzeichen, wenn einer besoffen sei, kümmere sie das nicht. Und die Österreicher und die Deutschen seien dort ohnehin eher beliebt. Übrigens trage man dabei kugelsichere Westen. Also sei es doch gefährlich? Nein, Mama ... So ging es eine Weile lang dahin, und Alexander ließ sich zunächst nicht davon stören, dass der Vater nach Hause kam und in der Küche auf und ab zu gehen begann, und redete weiter, doch auf einmal bemerkte er, dass die Mutter ihm nicht mehr zuhörte und ganz auf ihren Mann konzentriert war, dessen Wandern sie sorgenvoll, beinah ängstlich beäugte. Mitten im Satz brach er ab, stand auf, wünschte eine gute Nacht und zog sich zurück.

Es war halb neun, als er sich an den Schreibtisch setzte und sein Buch aufschlug. Draußen regnete es wieder. Er las bis neun, bis er feststellte, dass er ständig abschweifte. Seufzend schlug er das Buch zu und zog sein Telefon aus der Tasche. Gerade da piepste es: Ein Kamerad schickte ihm eine Nachricht – einen kurzen Gruß aus der Bar, in der die Kompanie abends beim Bier zusammensaß. Mit einem Mal empfand er ein Bedauern, hergekommen zu sein. Doch gleich darauf sagte er sich, dass die Zeit bisher rasch vergangen war und die verbleibende es sicherlich ebenso tun würde. Bevor er noch einen letzten Schluck trank, schaltete er das Telefon ab. Er ging ins Bad, zog sein Korsett aus und legte sich – früher als sonst – schlafen.

Er schlief schlecht; obwohl es kühl war, schwitzte er und wachte immer wieder auf. Dazwischen träumte er verworren.

Kaum dämmerte es am frühen Morgen, warf er die Decke zurück und stand auf. Es regnete nach wie vor. Vielleicht würde es in wenigen Tagen bereits schneien. Er stieg die Treppe nach unten. In der Küche, das Telefon am Ohr, ging der Vater auf und ab, als wäre seit dem Abend keine Zeit vergangen. Er warf dem Hereinkommenden nur einen flüchtigen Blick zu. Alexander trat an die Anrichte, wo die Kaffeemaschine stand; es war frischer Kaffee in der Kanne. Er nahm sich und wollte wieder gehen. Da fragte der Vater, ohne das Telefon vom Ohr zu nehmen:

»Willst du auf die Messe?«

Alexander, der gedacht hatte, der Vater telefoniere, fragte:

»Auf welche Messe?«

»Die Landwirtschaftsmesse. Willst du hin? Ich habe Karten, kann aber nicht.« Er fingerte zwei Streifen aus der Brusttasche und hielt sie ihm hin. »Nimm Jakob mit; er soll ruhig mitfahren. Bei dem Wetter ist draußen ohnehin nichts anzufangen.«

Alexander nahm die Eintrittskarten und betrachtete sie; auch auf ihnen waren die Blonde und die Kuh zu sehen. Er dachte nicht daran, hinzufahren. Was interessierte ihn diese Messe? Er überlegte, wann er zuletzt dort gewesen war, konnte sich aber nicht erinnern. Es musste lange her sein, irgendwann, als er noch ein Kind gewesen war, bevor er ins Internat gekommen war. Der Vater legte auf und steckte das Telefon weg.

»Hebt nicht ab«, sagte er zu sich selbst. Dann sah er Alexander an. »Ich muss ein paar Tage weg«, sagte er.

»Wohin fährst du?«

»Spanien«, sagte er und setzte nach einem Augenblick hinzu: »Es geht um ein todsicheres Investment.«

Alexander fiel nichts ein, als anerkennend zu nicken.

»Solaranlagen«, sagte der Vater. »Dreißig Prozent Rendite, mindestens.«

Das Telefon läutete. Der Vater wurde ganz fahrig, zog es mit beiden Händen aus der Tasche, als wäre es ein Stück glühender Kohle, und hielt es ans Ohr. »Ja? Ja, Fischer hier. Warum ich anrufe, Folgendes ...« Damit stürzte er aus der Küche.

Alexander ging wieder in sein Zimmer. Er trank den Kaffee und legte sich noch einmal hin und döste eine Stunde. Dann stand er wieder auf. Es war erst acht. Wie sollte er diesen Tag überstehen? Er hatte nicht einmal Lust, ins Wirtshaus zu gehen. Nachdem er sich das Korsett geschnürt und sich angezogen hatte, saß er eine Weile am Schreibtisch, bevor er aufstand und sich auf die Suche nach seinem Bruder machte.

Die Landwirtschaftsmesse von W. war eine der ältesten und größten des Landes; die Besucherzahlen gingen in die Hunderttausende. Als Alexander und Jakob gegen Mittag am Messeeingang in der Schlange standen, ging immer noch in feinen Schnüren Regen nieder. Obwohl es nicht kalt war und kein Schneegeruch mehr in der Luft lag, kroch ihnen die Feuchtigkeit unter die Kleidung. Alexander hatte das Gefühl, dass Jakob nur ihm zu Gefallen mitgekommen war und sich in seiner Gegenwart schrecklich langweilte – dasselbe Gefühl wie am Vortag. Doch die Erinnerung an die besorgten Worte der Mutter ließ diesmal keinen Ärger aufkommen, vielmehr sagte er sich, er müsse sich ein wenig um den Kleinen kümmern, ihn ein bisschen unter seine Fittiche nehmen. Kurz nach dem Eingang verloren die Brüder sich in dem Gedränge, das mit den Stunden immer weiter zunahm. Es war warm; die Luft dampfte zwischen den sich aneinander vorbeischiebenden und mit lauten Stimmen sprechenden Menschenmassen. Den Regen spürte man in der Menge kaum. Die vorwiegend bäuerlichen Besucher befanden sich in einer Feststimmung.

Alexander streunte ein wenig herum, blieb einmal hier, einmal dort stehen und ging in manche Ausstellungshalle; in jener, in welcher der Verband der Pferdezüchter ausstellte, hielt er sich am längsten auf und kehrte mehrmals in sie zurück, um sich die zum Verkauf stehenden Pferde in ihren Boxen anzusehen und den Gesprächen der Fachleute ein wenig zuzuhören. Es waren wunderbare, perfekt gewachsene Rösser, die dort standen. Nichts sonst konnte seine Aufmerksamkeit besonders auf sich ziehen. Einmal glaubte er, Jakob zu sehen, aber als er sich zu ihm durchgeschlagen hatte, war sein Bruder, oder wen er dafür gehalten hatte, nicht mehr da, und er suchte nicht weiter. Schließlich ging er in ein Zelt, setzte sich auf einen freien Platz, bestellte sich ein Grillhuhn und ein Bier, aß und trank und blieb eine Stunde sitzen und hörte den Zoten des Witzeerzählers auf der Bühne zu. Danach trank er noch ein Bier im Stehen.

Erst am späten Nachmittag fanden die Brüder einander wieder. Jakob sah sich an einem Stand einen Werbefilm für irgendeine Gerätschaft zur Bodenbearbeitung an; Alexander stellte sich zu ihm. Auf dem Bildschirm sah man in einer Animation, wie die Scheiben des von einem grünen Traktor gezogenen Geräts sich drehten und die Stoppeln zerkleinerten und zugleich in den Boden einarbeiteten. Ein paar Meter entfernt war eine große mechanische Tierwaage aufgestellt, wie man sie nur noch selten sah; Kinder wogen sich darauf. Als sie gerade unbenutzt war, stieg Alexander hinauf, wartete, bis der Boden unter ihm sich nicht mehr bewegte, und verschob die schweren und weniger schweren, von feuchter, ammoniakgesättigter Stallluft angegriffenen Gewichte so lange, bis die Zünglein einander still gegenüberstanden.

»Fast fünfundachtzig«, sagte er, sich zu Jakob umdrehend. »Wie viel hast du?«

Jakob löste sich von dem Bildschirm, nahm eine Broschüre aus einem Ständer und stellte sich auf die Waage.

»Weiß nicht«, sagte er. »Sechzig vielleicht.«

»Sechzig«, murmelte Alexander und verschob die Gewichte.

Jakob ließ seinen Blick über die Köpfe der Menge hinwegschweifen. Er war sehr viel allein und wunderte sich, wie wenig es ihm ausmachte, unter Leuten zu sein, ja, dass es ihm sogar gefiel. Es war etwas Harmloses an einer Masse, während ihm von Einzelnen immer irgendeine Gefahr auszugehen schien. Von der Masse wurde man übersehen, während der Einzelne einen immer sah ... War es nicht so?

»Genau hundertvierzig«, sagte Alexander. »Das heißt, du hast sechsfünfzig. Ohne Kleidung fünfundfünfzig oder eher vierundfünfzig. Sag mal, habe ich mich verrechnet oder isst du nichts?«

Vom Vergnügungspark erscholl ein Bündel spitzer Schreie. Eine große weiße Kugel, aufgespannt zwischen elastischen Seilen, wurde in die Luft geschleudert; von dort kamen die Schreie. Die Kugel schien für einen Moment in der Luft zu stehen, bevor sie – neuerliche Schreie – wieder nach unten fiel und, wie ein Ball, auspendelte. Alexanders Blick verließ die Kugel und wanderte über die Stände und Hallen hinweg. War das nicht –? Ja, es gab keinen Zweifel, neben dem Eingangstor einer Halle stand der Vater. Er stand dort mit einem Mann, von dem nur der Rücken zu sehen war und der zudem eine Schirmkappe trug, so dass Alexander nicht erkennen konnte, ob er ihn vielleicht kannte; die beiden schienen in ein hitziges Gespräch verstrickt.

»Was ist?«, fragte Jakob.

Alexander antwortete nicht sofort. Er war doch nicht mehr sicher, richtig zu sehen. »Ich glaube«, sagte er schließlich zögernd, »ich glaube, da drüben steht der Vater. Dort, neben dem Tor. Siehst du ihn?«

Jetzt hatte auch Jakob ihn erspäht.

»Ich dachte, er wäre weggefahren?«, fragte er.

»Er hat zu mir gesagt, er würde wegfahren.«

»So ist es immer bei ihm.«

»Aber das ist doch seltsam«, sagte Alexander.

»Ich höre schon lang nicht mehr zu, wenn er etwas sagt.«

»Wer ist der andere? Ich kenne ihn irgendwoher«, sagte Alexander. »Ist das nicht – wie heißt er noch? Der an das viele Holz gekommen ist, du weißt schon.«

Ohne noch einmal hinzusehen, zuckte Jakob mit den Schultern. Er verschob das große Gewicht ein wenig, und der Balken schlug nach oben; dann stieg er von der Waage. Alexander sah noch einmal zu dem Tor hinüber, bevor er seinem Bruder folgte. Für einen Augenblick kam er sich als der Jüngere vor. Er sah Jakob an. Wirklich, dachte er, er ist kein Kind mehr. Vielleicht war ich in dem Alter noch eines, aber er ist keines mehr. Warum bemerke ich das erst jetzt? Und bemerkt es eigentlich sonst jemand? Er erinnerte sich daran, wie der Großvater Jakob durch die Haare gefahren und Jakob ausgewichen war. Freilich bemerken sie es, sagte er sich, sie können es gar nicht nicht bemerken, denn wie es aussieht, führt er den Betrieb ganz alleine. Und doch wollen sie es irgendwie nicht wahrhaben ... In dieses Überlegen hinein – und als wäre wirklich Alexander der Jüngere und derjenige, der bloß mitgenommen worden war – fragte Jakob:

»Möchtest du noch irgendetwas anschauen?«

Alexander blickte sich um. Wie in einen unablässig sich bewegenden Raum waren sie zwischen all den Menschen eingeschlossen.

»Nein«, sagte er, »ich habe genug gesehen.«

Sie schoben sich Richtung Ausgang. Die Dämmerung hatte bereits eingesetzt, doch je näher sie dem Ausgang kamen, desto heller wurde es. Zehn Minuten später hatten sie das Gelände hinter sich gelassen. Die Stimmen von vielen Tausend Menschen, durchsetzt von Wellen an- und abschwellender Schreie aus dem Vergnügungspark, lagen wie eine Wolke über der Messe. Der Lärm klang mit einem Mal unwirklich, und alles, obwohl nur ein paar Hundert Meter entfernt, schien sehr weit weg. Rasch und fast im Gleichschritt näherten sie sich dem Parkplatz, auf dem das Auto stand. Es gab kaum Lücken; immer noch kamen Autos angefahren, die von Einweisern auf die freien Plätze gelotst oder abgewiesen und weitergewunken wurden. Alexander sperrte auf, sie warfen ihre Jacken auf die Rückbank und stiegen ein. Als sie wegfuhren, stellte sich sofort jemand auf den freigewordenen Platz.

Sie überquerten den breit angeschwollenen, erdbraunen Fluss, durchfuhren den aus Neubauten und Supermärkten bestehenden Vorort und gelangten auf die Bundesstraße Richtung Süden. Es gab nicht allzu viel Verkehr. Leise kam das Ting-ting irgendeiner Popmusik aus den Lautsprechern in den Türen – eine CD, die, von irgendwem vergessen, im Auto gelegen war. Mit kaum achtzig fuhren sie dahin; ein paar Mal wurden sie überholt. Sobald sie das Becken, in dem die Stadt lag, verlassen hatten, wurde tief im Süden das Gebirge sichtbar. Dunkel stand es unter dem bläulich grauen, von Minute zu Minute dunkler werdenden Abendhimmel. Immer wieder löste Alexanders Blick sich von der Straße und ging zu den Bergen hin. Ihm fiel ein Gasthaus ein, in dem er lange nicht gewesen war. Er hatte auf einmal große Lust, hinzufahren.

»Was meinst du, kehren wir noch ein?«, fragte er.

»Ich muss in den Stall.«

»Ach ja«, sagte Alexander und beschloss, alleine hinzufahren. Er erinnerte sich, dass irgendwann am Nachmittag sein Telefon geläutet hatte, er aber nicht drangegangen war. Er zog es aus der Hosentasche und reichte es Jakob hinüber.

»Kannst du nachsehen, wer angerufen hat?«, fragte er. »Irgendwer hat mich angerufen.«

»Wie ist dein Code?«, fragte Jakob und nahm das Telefon.

»Gibt keinen.«

Jakob wischte über das Display.

»Luisa«, sagte er. »Um 14.39 Uhr.«

Er wollte Alexander das Telefon zurückgeben, aber als der nicht reagierte, legte er es in die Mittelkonsole, in der das Birkenblatt immer noch lag und in der sich Aschenreste gesammelt hatten.

Einige Minuten später tauchte vor ihnen die Kreuzung auf, an der sie abbiegen mussten.

»Das ganze Jahr über ruft sie einen nicht an, und plötzlich gleich zweimal hintereinander. Das soll einer verstehen«, sagte Alexander, setzte den Blinker und bremste ab. »Dich ruft sie ja auch nicht an, hast du gesagt?«

Unter den Reifen knirschte es, als sie die Bundesstraße verließen: Streusand. Es gab keine Nacht mehr ohne Frost.

Spät am Abend, es war bereits nach neun, machte Alexander sich auf den Weg in das Gasthaus im südlichen Nachbarort, das ihm auf dem Heimweg in den Sinn gekommen war. Auch als Kind und Jugendlicher war er mitunter in irgendwelchen Gasthäusern gewesen, allein schon durch das häufige Ministrieren bei Begräbnissen oder Taufen, bei denen sie danach üblicherweise auf ein Paar Würste und ein Glas Cola eingeladen worden waren; dass das Wirtshaus ein idealer Zufluchtsort sein konnte, hatte er jedoch erst beim Militär gelernt. Noch einmal hatte er Jakob gefragt, ob er mitkommen wolle, aber sein Bruder hatte abgelehnt. Er nahm sich vor, ihn nicht mehr zu fragen; allzu offensichtlich hatte er keine Lust, Zeit mit ihm zu verbringen. Nun, man durfte niemanden zwingen; musste Jakob eben zu Hause herumhocken. Vielleicht war er aber wirklich noch zu jung dafür. Schade fand Alexander es dennoch – und auf eine Weise verstand er es auch nicht; denn wie sehr hatte er selbst sich in fast jedem Alter ein älteres Geschwister, am liebsten freilich einen Bruder, gewünscht.

Das Gasthaus lag am Ortsrand. Als er ankam und davor hielt, waren das gelbe Schild über dem Eingang und die Fenster dunkel. Er stellte das Auto am Straßenrand ab, ließ den Motor laufen und stieg aus. Regen schlug ihm eiskalt ins Gesicht. Er hielt sich den Kragen zusammen, schaute nach links und nach rechts und lief über die Straße. Hinter dem Türglas hing ein Zettel. »Sehr geehrte Gäste! Liebe Freunde! Wegen Umbauarbeiten haben wir vorübergehend geschlossen! Im neuen Jahr freuen wir uns auf ein Wiedersehen! Inh. Franz und Ingrid Maier«. Die Schrift war ausgebleicht, als hänge der Zettel bereits seit sehr langer Zeit hier. Alexander warf einen Blick durch die Scheibe. Das Licht der Straßenlaterne reichte aus, um erkennen zu können, dass die Gaststube aufgeräumt war; nichts darin sah nach Baustelle aus. Alexander lief zum Auto zurück und stieg wieder ein. Er fuhr in das Dorf, das so ausgestorben wirkte, als hätte der Regen alles Leben davongespült; nur einmal kam ihm jemand entgegen.

Er bog nicht dort ab, wo er hätte abbiegen müssen, um nach Hause zu kommen, sondern fuhr noch ein Stück in östlicher Richtung auf einer ins Vorgebirge hochführenden Straße. Aber nach einer Weile hatte er keine Lust mehr weiterzufahren und wusste nicht mehr, warum er an der Kreuzung nicht abgebogen war. An der Bushaltestelle am Fuß des Magdalenabergs hielt er an. Er stellte den Motor ab, nahm die Zigaretten und zündete sich eine an. Er ließ das Fenster ein Stück weit hinunter und rauchte. Hin und wieder wehte es Regentropfen herein. Unaufhörlich floss Wasser an den Scheiben nach unten und verschleierte alles. Bis auf das Geräusch des Regens war kein Laut zu hören. Weit entfernt, in der Ebene, waren, verschwommen, aquarellhaft, die Lichter der Stadt zu erkennen. Ein paar Minuten verstrichen. Als er zu Ende geraucht hatte, ließ er das Fenster noch ein wenig weiter hinab, warf die Zigarette hinaus und zündete sich eine weitere an. Er ließ die Fensterscheibe wieder hinauf, bis nur noch ein kleiner Spalt offen war. Es wurde kalt im Wagen. Nach ein paar Zügen schaltete er die Scheibenwischer ein, beugte sich nach vorn und sah hinaus. Alles war finster; nur die nackte Straße lag vor ihm. Dann reckte er den Hals und sah nach oben, wo sich eine kleine Siedlung befand; auch dort sah man nur wenige Lichter. Aber was war das? Auf dem Parkplatz zwischen der Siedlung und der Wallfahrtskirche, wo eben noch tiefe Dunkelheit geherrscht hatte, ging ein einzelnes Licht an, und dann noch eines, und dann noch eines und noch eines und immer mehr – bis Alexander endlich erkannte, was er sah: Ein riesiges, mit einer Lichterkette geschmücktes Kreuz, das, wie von unsichtbarer Hand in die Nacht gezeichnet, erschien und, nachdem es etwa eine Minute erleuchtet gewesen war, erlosch und für mehrere Minuten dunkel blieb, bevor es erneut anfing zu erscheinen. Gebannt sah er dem Schauspiel zu. Es sah wirklich aus wie auf der Bühne eines großen Theaters. Es wunderte ihn, dass es ihm bisher nicht aufgefallen war. Musste man es nicht schon von weitem sehen?

Er startete den Wagen und wendete. Der Rücken schmerzte ihn. Er saß zu lange schon im Auto. Zurück im Dorf, hielt er am Gasthaus und ging hinein, aber obwohl es ihn beschäftigte, was es mit dem Kreuz auf sich hatte, fragte er nicht danach; er hatte keine Lust, sich zu unterhalten; die Theke war vollbesetzt; er stand etwas abseits, trank und dachte nach; er trank zwei Gläser Bier, danach bestellte er nichts mehr und verabschiedete sich. Langsam fuhr er durch den Regen nach Hause.

Als er ankam, saßen unter dem Dachvorsprung am Hauseingang Jakob und der Freund, den Alexander vor ein paar Tagen bei ihm gesehen hatte; sie waren damals vom Widder gekommen. Er erinnerte sich, dass der Junge Markus hieß. Markus' Moped stand wenige Meter von ihnen entfernt neben einer großen Lache. Der Regen schlug bis an ihre Fußspitzen; das schien ihnen nichts auszumachen. Sie rauchten. Alexander hatte nicht gewusst, dass Jakob rauchte. Er lehnte sich an die Hausmauer und klopfte sich ebenfalls eine Zigarette aus der Schachtel.

»Ist euch nicht kalt?«, fragte er. Die beiden gaben keine Antwort. »Dieser verfluchte Regen. Wenn es wenigstens schneien würde.«

»Schneit es dort unten schon?«, fragte Markus und zog sein silbernes Benzinfeuerzeug aus der Jackentasche hervor.

»Im Kosovo? Nein, auch noch nicht.«

Alexander kannte die Familie des Jungen nicht, wusste nur, wo der Hof stand und dass es fünf oder sechs Kinder waren, lauter Söhne, und dass die ältesten tranken wie der Vater; einer davon hatte sich vor ein paar Jahren das Leben genommen. Wie lange war das schon her? Er war sich sicher, dass es zu einem Zeitpunkt geschehen war, als er noch hier gelebt hatte. Vielleicht täuschte er sich auch. Er beugte sich vor und ließ sich Feuer geben.

»Danke«, sagte er. Er machte ein paar Züge. »Wann kommst du zum Heer?«

»Weiß nicht«, antwortete Markus. »Hab noch keinen Einberufungsbefehl.«

»Du solltest dich verpflichten lassen«, sagte Alexander.

»Ja«, sagte Markus, »vielleicht. Ich weiß noch nicht.«

Alexander wollte noch etwas sagen, aber plötzlich fiel ihm ein, dass derjenige von Markus' Brüdern, der sich umgebracht hatte, ebenfalls Soldat gewesen war, und er sagte nichts. Er wandte sich an Jakob.

»Ich war auf dem Magdalenaberg«, sagte er. »Was ist das für ein Kreuz dort oben?«

»Ein Liebeskreuz«, sagte Jakob.

»Ein was?«

»Ein Liebeskreuz. Ich kann nichts dafür, sie nennen es so.«

»Wer hat es aufgestellt?«, fragte Alexander. »Der Pfarrer?«

»Nein.«

»Wer dann?«

Jakob zuckte mit den Schultern. »Das ist es ja: Sie wissen es nicht.«

»Was heißt, sie wissen es nicht? Das wird man doch wissen?«

»Irgendjemand hat es eines Nachts aufgestellt. Sie wissen nicht, wer es getan hat. Das heißt, sie haben ihre Vermutungen, aber können niemandem etwas nachweisen. Die Nachbarn sagen, sie haben nichts gehört. Es war ein richtiger Skandal. Sogar das Fernsehen war da.«

»Das Fernsehen? Wegen diesem Kreuz? Nicht zu glauben. Wann war das?«, fragte Alexander.

»Vor einem Monat vielleicht.«

»Und seither wird darüber gestritten, was damit geschehen soll«, sagte Markus. »Ob man es abreißen soll oder stehen lassen. Denn so etwas ist zwar verboten, andererseits ist es doch ein Kreuz ... was Heiliges ...«

»Es sieht eigentlich ganz schön aus«, sagte Alexander. »Warum lassen sie es nicht einfach?«

»Eben, weil es verboten ist. Man kann nicht einfach ein Kreuz – oder sonst etwas – auf Gemeindegrund errichten.«

»Ja«, sagte Alexander, »logisch.«

»Aber vor allem wollen sie es weghaben, weil sie glauben, dass diese Urchristen etwas damit zu tun haben.«

»Wer ist das nun wieder?«

»Irgendeine Sekte. ›Urchristen‹ nennen sie sich. Diese

Elvira hat sie gegründet. Oder nicht gegründet, das weiß ich gar nicht, aber sie ist ihre Anführerin. Kennst du sie denn nicht?« Markus grinste.

»Welche Elvira?«, fragte Alexander. Er hörte selbst, wie überrascht das klang. Er drückte die Zigarette an seinem Stiefelabsatz aus; unordentlich; sie glomm noch.

»Elvira Hager«, sagte Markus. »Sie hieß früher anders, bevor sie da hinauf geheiratet hat, ich komme gerade nicht drauf, wie. Auf alle Fälle eine scharfe Braut. Dabei ist sie schon über dreißig.« Er machte eine Bewegung mit der Hand, als hätte er sich verbrannt.

Alexander begegnete Jakobs Blick und wich ihm aus; dann schnippte er den Stummel weg; er landete irgendwo in dem aufgeweichten Erdreich und verlöschte augenblicklich und war nicht mehr zu sehen; die unzähligen, granatengleichen Einschläge der Regentropfen verwirrten den Blick.

»Urchristen ... was soll das sein? Woran glauben sie?«, fragte Alexander. »Ich meine, worin unterscheiden sie sich von der katholischen Kirche?«

»Das weiß ich nicht. Keine Ahnung. Es ist komisch: Fast keiner geht mehr in die Kirche, aber dorthin rennen die Leute massenhaft. Und wenn sie nicht dorthin gehen, legen sie zu Hause Karten, oder sie stellen sich vorm Einschlafen vors Haus und schicken Wünsche ans Universum und so Zeug.«

»So ist der Mensch«, sagte Alexander. »Er braucht irgendetwas, an das er sich halten kann.«

»Ja, vielleicht. Aber sicher ist nur eines: dass es schade ist, dass sie jetzt so ist. Elvira, meine ich. Früher soll sie ganz anders gewesen sein«, sagte Markus und grinste wieder.

»Ja? Wie denn?«

Tropfen zerplatzen nicht dort, wo sie aufkommen, sondern auf dem Luftpolster, das sie vor sich herschieben. Alexander hatte das in der Zeitung während des Fluges nach Wien gelesen und versuchte zu erkennen, ob es stimmte, aber es war unmöglich auszumachen. Man müsste es filmen und sich in Zeitlupe ansehen, vielleicht wäre es so festzustellen.

»Sie soll es mit jedem gemacht haben.«

»Tatsächlich.«

»Von der hätte ich mir auch gern das Weiße aus den Augen holen lassen«, lachte Markus. »Würde ich eigentlich immer noch gerne. Ihr wisst ja, auf den alten Rädern lernt man das Fahren.« Wieder lachte er.

Weder Alexander noch Jakob stimmten in das Lachen ein oder reagierten auch bloß auf Markus' Worte. Nur Jakob verzog ein wenig das Gesicht. Markus kam ihm wie ein Schauspieler vor, der seiner Rolle gerecht werden wollte, und das gefiel ihm nicht. Wieder fragte er sich, wie er es anstellen könnte, dass er von den Besuchen verschont bliebe. Alexander indes schien sich für nichts als für die Pfütze zu interessieren. Wieder entstand ein langes Schweigen, bis Alexander sich endlich von der Mauer abstieß und es beendete.

»Gute Nacht«, sagte er. »Bleibt nicht zu lange hier sitzen. Ihr erkältet euch sonst noch.«

»Ach was«, sagte Markus, »das tut uns gar nichts.«

Alexander ging ins Haus und schloss die Tür hinter sich.

»Ich wette, er kennt sie«, sagte Markus, als Alexander verschwunden war.

»Er war im Internat«, sagte Jakob vor sich hin. »Im Stift.«

»Das wusste ich nicht.«

»Ja, er wollte Pfarrer werden.«

»Dann kennt er sie vielleicht doch nicht.« Markus klang wieder ganz anders; ruhig und nicht aufgedreht.

»Ja, vielleicht«, sagte Jakob.

Er war noch nicht lange in seinem Zimmer, da hörte er, wie das Moped gestartet wurde und davonbrauste; obwohl das frisierte Gefährt so plärrte, dass es noch hier oben in den Ohren schmerzte, war es, noch bevor der dritte Gang eingelegt wurde, nicht mehr zu hören; sogar dieses Geräusch verschluckte der Regen. Alexander ging auf und ab und trank von Zeit zu Zeit aus seinem Glas. Dass das möglich ist, dachte er, dass das möglich ist. Aber ist es denn überhaupt wahr? Ausgerechnet sie soll gläubig geworden sein? Dieser Hager hat sie geheiratet? Hat er etwa nicht ... Jedenfalls kommt mir schon allein, dass jemand von hier sie geheiratet hat, unglaublich vor. Was für eine verrückte Geschichte. Hätte nicht gedacht, noch einmal von ihr zu hören. Solche Leute verschwinden normalerweise einfach, die Welt ist ihrer irgendwann überdrüssig, will irgendwann nichts mehr von ihnen wissen und vergisst sie ... Oder sie gehen weg, weil das Bleiben nicht mehr geht, und man hört nie wieder etwas von ihnen ... Er blieb am Fenster stehen und sah nach draußen. In unregelmäßigen Abständen fiel Licht durch die Ritzen der Lärmschutzwand der Autobahn. Lange Vergangenes, fast Vergessenes kam ihm ins Gedächtnis zurück.

Außergewöhnlich früh, kurz nach der Erstkommunion, hatte sich Alexander dem Glauben zugewandt. Ohne von jemandem dazu angeleitet zu werden, hatte er von einem Tag auf den anderen angefangen, die Bibel zu lesen. Es war im Frühjahr ... fast schon im Frühsommer ... Im Herbst bereits tat er sich mit dem angelesenen Wissen hervor, nicht allerdings, um anzugeben, sondern weil er auch die anderen teilhaben lassen wollte an etwas, wovon ihm niemand etwas erzählt hatte; denn im Religionsunterricht malten sie meistens nur irgendwelche Mandalas farbig aus oder sangen Kinderlieder, und in der Sonntagsmesse schien ihm vom Wunder des Glaubens irgendwie kaum je etwas recht sichtbar oder lebhaft zu werden. Es blieb ihm nicht verborgen, dass es niemanden interessierte, wenn er erzählen wollte, was er gelesen hatte. Irgendjemand – die Lehrerin? ein Mitschüler? – fragte ihn, halb im Scherz, ob er denn einmal Pfarrer werden wolle, und ohne dass er sich dessen zuvor bewusst gewesen wäre, sagte er: »Ja.« Also werde er nach der Volksschule nicht wie alle anderen in die Hauptschule, sondern ins Stiftsgymnasium von K. gehen? »Ja.« Da wurde ihm klar, dass er, um dort aufgenommen zu werden, ein ausgezeichnetes Zeugnis brauchte, an dem es ihm, wenn es auch nicht schlecht gewesen war, bisher gemangelt hatte. Also fing er an, täglich zu lernen; er wiederholte, was sie vormittags durchgenommen hatten, arbeitete vor und machte unzählige Übungen und Fleißaufgaben. Innerhalb eines halben Jahres war er in allen Fächern der Beste – und war von einem mittelmäßig Beliebten zu einem Beargwöhnten, Streber Genannten geworden, dem die anderen, wenn sie nichts von ihm brauchten, eher aus dem Weg gingen.

Die Eltern waren gegen seinen Wunsch, als sie davon erfuhren; auch die Großeltern waren dagegen. Die Eltern hatten vorwiegend aus Geldgründen Vorbehalte, denn es gab keine gute Busverbindung, und das Kind, wollte man es nicht täglich so weit fahren, müsste ins teure Internat. Die Großeltern waren aus anderen Gründen dagegen; sie benannten diese Gründe nicht, aber es war, als hegten sie Misstrauen gegen die katholische Kirche. Manchmal hatte auch Alexander Zweifel. Hatten sie nicht recht, war es nicht wirklich Unsinn? Sollte er es nicht lieber machen wie die meisten seiner Klassenkameraden und in die Hauptschule gehen? Und später den Hof übernehmen, wie es vorgesehen war? Aber dann spürte er wieder, wie sehr es ihn gar nicht zu Gott selbst, aber zu Seinem Wort hinzog, und von wem, angesichts der Abwehr seiner Familie, konnte das auf ihn gekommen sein, wenn nicht von Ihm selbst? Als er sah, dass alles Reden, alles Bitten nichts half und nichts helfen würde, dass seine Eltern es ihm nicht erlauben würden, machte er sich eines Morgens zu Fuß auf, um ins Stift zu gehen.

Es war ein langer Weg. Ein paar Mal hielt jemand an und fragte, ob er ihn mitnehmen solle, aber Alexander lehnte jeweils ab und sagte, er habe nicht mehr weit. Angekommen, bat er, beim Abt vorsprechen zu dürfen. Man hieß ihn warten. Das Warten erschien ihm ewig. Endlich wurde er vorgelassen. Das Gespräch dauerte fast eine Stunde, und am Ende versprach der Abt, von sich hören zu lassen. Ein Angestellter fuhr Alexander nach Hause. Der Abt hielt sein Wort, und nicht nur das: Einige Wochen später traf ein Brief ein, in dem stand, dass Alexander Fischer als Internatszögling aufgenommen sei und dass bis auf weiteres für alle Kosten das Stift aufkommen würde. Der Vater tobte, als er den Brief las, sagte, es komme nicht in Frage, dass sie Almosen annähmen, er könne für seinen Sohn selbst einstehen und brauche dazu nicht die »gottverdammte Kirche«. Auch die Großeltern schimpften, aber sie schimpften auf ihren Sohn und sprachen davon, welche Schande es sei, dass er sie »noch mehr« wie Bettler dastehen ließe. Nur die Mutter hielt sich zurück; mehrmals sah Alexander sie, wie sie mit nachdenklichem Gesichtsausdruck den Brief las. Obwohl es so viel Widerstand zu geben schien, brachte man ihn ein gutes Jahr später, an einem Montagmorgen Mitte September, ohne Einspruch nach K.

Auch dort war er bald der Primus. Den Argwohn, der ihm in der örtlichen Volksschule entgegengeschlagen war, sah er hier in Achtung verwandelt. Nicht nur wegen seiner guten Leistungen, sondern auch, weil man von ihm – freilich nur hinter vorgehaltener Hand – als von einem Berufenen sprach. Nur einen weiteren gab es noch, den man so nannte; er hieß Daniel und war der Sohn eines Tierarztes. Alexander hatte mit ihm kaum Kontakt. Die meiste Zeit verbrachte er im Studierzimmer oder in der Kapelle, ganz für sich, und wenn er mit jemandem abseits des Notwendigen zu tun hatte, war es Pater Pius, ein noch junger Priester, der mit dem Abt gut stand und etwas ausstrahlte, das Alexander nicht benennen konnte, das ihn aber wie magnetisch und mit den Jahren immer stärker anzog. Wenn er an den Wochenenden oder in den Ferien zu Hause war, half er bei der Arbeit mit, zog sich jedoch zum Studium in sein Zimmer zurück, sobald sie getan war – sie war für ihn nichts als eine Unterbrechung, zunehmend unwirklich, ein anderer Traum. So vergingen die Jahre, und niemand, am wenigsten er selbst, hätte gedacht, dass irgendetwas ihren Lauf unterbrechen könnte.

Als er in der sechsten Klasse war, heiratete ein Nachbar; seit Wochen hing die in Lilatönen gehaltene, von Schnörkeln überbordende und in etwas rumpelnden Reimen abgefasste Einladung in der Küche. Armin, der Bräutigam, war ungefähr dreißig und hatte vor kurzem den elterlichen Betrieb – eine Schweinemast mit fünfhundert Plätzen – übernommen; zusammen mit seiner zukünftigen Frau hatte er bereits zwei Kinder. Der Tradition entsprechend hatten sie die Einladungen persönlich ausgetragen und die dafür in Frage kommenden Söhne der Nachbarn bei der Gelegenheit gebeten, bei der Hochzeit zu ministrieren. Obwohl Alexander seit einer Weile zu Hause nicht mehr ministriert hatte, sagte er zu, als er von der Bitte erfuhr. Inzwischen waren ihm die Traditionen teuer geworden als etwas, an das man sich halten konnte, als etwas, das nicht verging, wo alles verging.

Sie waren zu fünft, und er war mit seinen fünfzehn der Älteste; das Gewand war ihm ein wenig zu kurz; es gab kein größeres. Es war eine schöne Hochzeit mit vielen Geladenen, und am Abend gab es ein Fest im Tanzsaal des Gasthauses. Auch dazu war Alexander eingeladen, und obwohl er auch darauf keine große Lust hatte, ging er, zusammen mit seinen Eltern, die einen Schnellkochtopf als Geschenk besorgt hatten, hin. Als er dort war, bereute er es, mitgekommen zu sein; er fühlte sich fehl am Platz und stand die meiste Zeit abseits an die Wand gelehnt und wartete auf nichts als das Vergehen der Zeit. Langsam und in kleinen Schlucken trank er aus seinem Glas. Hin und wieder ging er nach draußen und machte ein paar Schritte, bevor er wieder in den Saal zurückkehrte. Einmal trat der Pfarrer an ihn heran und fragte ihn etwas, nur um gleich darauf voller Eifer von seinen – ach, wie lange schon zurückliegenden! – Jahren in K. zu reden; Alexander nickte zwar hin und wieder höflich, hörte aber nur halb zu. Manchmal sah er zu seinen Eltern hinüber, die zusammen mit den anderen

Nachbarn an einer Tafel saßen, aber auch wenn die Mutter sich ebenso zu langweilen schien wie er selbst, unterhielt der Vater sich in einer Weise mit seinem Tischnachbarn, die nicht vermuten ließ, sie würden bald aufbrechen. Auf der Tanzfläche wirbelten die Tanzenden umher wie Blätter, in die Wind gefahren war ... Die Band spielte einen Schlager nach dem anderen und machte von Zeit zu Zeit eine Pause, um sich an einem für sie reservierten Tisch auszuruhen und etwas zu trinken; in der Zeit legten sie eine CD ein und ließen sie drei, vier, fünf Lieder lang laufen, bevor sie wieder auf die Bühne traten. Nachdem der Pfarrer endlich von ihm abgelassen hatte und an seinen Platz zurückgegangen war, hörte Alexander der Band zu, die er davor wenig beachtet hatte. Vor allem dem Trompeter sah er zu. Wie gern hätte er selbst dieses Instrument beherrscht und hatte doch nie den Versuch unternommen, es – oder irgendein anderes Instrument – zu erlernen. Zunehmend länger wurden die Pausen, die die Musiker einlegten, und irgendwann kam die Musik nur noch vom Band; die Musiker packten zusammen. Es musste spät sein. Alexander war müde. Auf der Tanzfläche war nun kein Herumwirbeln mehr; die Verbliebenen tanzten langsam und eng umschlungen und mit geschlossenen Augen, als wären sie längst woanders. Sein Vater befand sich immer noch in hitzigem Gespräch, während die Mutter daneben mit offenen Augen zu schlafen schien. Der Anblick – warum bedrückte er ihn so? Seufzend wandte

Alexander sich ab und schaute in eine andere Richtung. Viele waren bereits gegangen; aber es gab noch einige letzte Inseln … Ein älterer Mann verließ leicht wankend den Saal; in der Hand hielt er an einem Griff einen rosafarbenen Karton, aus dessen durchweichtem Boden, eines nach dem anderen, verschiedene Tortenstücke auf den Boden fielen, ohne dass er es bemerkte oder ihn jemand darauf hinwies … Die Musiker gingen an Alexander vorbei nach draußen. Zwei blieben in seiner Nähe stehen.

»Da«, sagte der eine zum anderen. »Siehst du sie?«

Es war der Trompeter, der, wie Alexander da auffiel, jünger war als er, dreizehn, höchstens vierzehn; aus der Ferne hatte er älter gewirkt.

»Klar«, sagte der andere, der bestimmt schon zwanzig war.

Alexander folgte ihrem Blick, der zu einem Tisch am anderen Ende des Saals ging, an dem ein paar junge Männer sich um eine vielleicht Neunzehnjährige mit blondgefärbtem, ins Weißliche stechendem Haar drängten; Alexander hatte die Gruppe zuvor nicht gesehen, vielleicht waren sie gerade von einem anderen Fest gekommen. Er wollte genauer hören, was die beiden sagten, und bewegte sich wie zufällig ein kleines Stück an der Mauer entlang.

» … würde ich dafür geben, wenn sie auch nur einmal so nah neben mir säße«, sagte der Trompeter. »Ich würde sie mir schnappen und den Arm um sie legen, weißt du? Schau, so ...« Und er umfasste den anderen.

»Verschwinde«, sagte der lachend und machte sich los. »Wer weiß«, sagte er in der nächsten Sekunde ganz ernst, »vielleicht würde sie auch mit dir gehen. Warum versuchst du nicht dein Glück? Du musst ihr nur ein wenig gut zureden. Musst nur sagen, dass du sie liebst und immer bei ihr bleiben wirst oder irgend so einen Scheiß. So hab zumindest ich es damals gemacht ...«

»Ja, du«, sagte der Trompeter. »Aber ich bin zu jung, das ist es. Ich könnte sagen, was ich wollte, sie würde nie mit mir kommen, verstehst du?«

Der Trompeter hätte sie gerne noch ein wenig länger angeschaut, aber dem anderen war es unangenehm, er wollte auf keinen Fall gesehen werden, und sie gingen. Alexander blickte ihnen hinterher, dann sah er wieder zu dem Tisch hinüber. Er war wie gebannt. Er sah hinüber und wusste schon, was passieren würde, wusste, was er tun würde. Ganz von selbst formten sich die Worte und Sätze in ihm, die er bald zu ihr sagen würde, obwohl er dergleichen nie zuvor gesagt, ja nicht einmal gedacht hatte. Es war, als hätte er Fieber, und in der ersten Zeit nach diesem Abend hoffte etwas in ihm noch, es handele sich wirklich bloß um ein Fieber, eine Verrücktheit, eine absurde Idee, eine Wahnvorstellung.

Äußerlich änderte sich nichts, ja, er wurde in der Schule sogar noch eifriger, aber es ließ ihn nicht mehr los. Er hatte das Gefühl, zu betrügen, fühlte sich nicht mehr zugehörig, fühlte sich einsam und verlassen und wie vertrieben – und zugleich wusste er, dass niemand ihn zwang, sondern dass er das alles genauso wollte. Und dennoch fühlte er sich gezwungen … Aber wer war es, der ihn dazu nötigte? War es nichts als eine Versuchung? Aber wenn es eine Prüfung war, weshalb wollte er sie nicht bestehen, warum wollte er nicht standhaft bleiben? Gehörte das dazu? Aber lag nicht in jeder Versuchung beides: der Wunsch, zu widerstehen, wie der Wunsch, zu erliegen? Vielleicht bemerkten auch die anderen die Verwandlung, die sich mit ihm vollzog, aber nur Pius, mit dem er – freilich bloß, wenn sie unter sich waren – inzwischen beim Du angelangt war, sprach ihn darauf an.

»Fehlt dir etwas, Alexander?«, fragte er. »Du wirkst so abwesend in letzter Zeit.«

Es war gut gemeint, wie immer bei Pius, nur hatte Alexander keinen Sinn mehr dafür; durch die aufwühlenden, unablässig durch seinen Kopf ziehenden Gedanken war er manchmal fast außer sich vor Gereiztheit. Er konnte die Worte nicht anders denn als Anklage oder versuchte Entlarvung sehen, und mit kaum verhehltem Groll antwortete er:

»Was meinst du? Nein, gar nichts. Alles in Ordnung.«

»Dann ist es ja gut«, sagte Pius, ohne ihn dabei aus den Augen zu lassen. »Wenn etwas ist, kannst du jederzeit zu mir kommen.«

Sie trennten sich, und im raschen Davongehen dachte

Alexander stirnrunzelnd: Was will er? Was soll schon sein? Habe ich denn nicht die besten Noten? Lerne ich nicht Tag und Nacht? Na, also. Alles ist wie immer. Nichts fehlt mir … gar nichts … Hab es ihm doch gesagt … Er soll sich um seinen eigenen Dreck kümmern … Und während er das dachte, stand ihm zugleich glasklar das Wissen vor Augen, dass er eben Pius' Verdacht bestätigt hatte, das Wissen, dass er durchschaut war, und er spürte die Lunte brennen, die Sekunden ticken: den Wind an dem Kartenhaus rütteln, zu dem er geworden war – oder das er immer schon gewesen war?

Sie hieß Elvira Beham. An einem lauen Vorsommerabend passte er sie vor der Fabrik ab, in der sie am Fließband stand. Er hatte sich eine Sonnenbrille aufgesetzt und war nervös, denn er wusste nicht, ob ihn nicht irgendwer erkennen würde, aber nicht eine der zu Schichtwechsel das mit Waschbetonplatten verkleidete Gebäude verlassenden oder betretenden Frauen beachtete ihn, und sobald er sie angesprochen hatte und redete, war er auf einmal nicht mehr aufgeregt, ganz von selbst kamen die Worte, die er bei sich oft geübt hatte, aus ihm: wie schön sie sei, wie einzigartig und wie unvergleichlich, und wie sehr er immer an sie denke – und dass er kein Priester mehr werden könne, seit er sie gesehen habe. Sie machte ihr Fahrrad los. Sie wirkte misstrauisch und wich seinem Blick aus, saß aber nicht auf, sondern schob das Fahrrad, so dass er neben ihr hergehen und weiterreden konnte, während sie mit leicht gerunzelter Stirn und schmalen Lippen geradeaus starrte, um von Zeit zu Zeit zur Seite zu blicken, als suche sie nach einem Fluchtweg – aber nicht im mindesten panisch oder ängstlich, sondern bloß skeptisch. »Meinst du das ernst, was du da redest?«, fragte sie auf einmal, nachdem sie bereits ein Stück nebeneinanderher gegangen waren, und sah ihm zum ersten Mal richtig in die Augen. In ihrer Stimme lag Spott, fast Verachtung. »Aber ja«, rief er, lauter, als er beabsichtigt hatte. Noch einmal, leiser jetzt und mit mehr Atem, sagte er: »Natürlich meine ich das ernst, Elvira.« Von da an schien sie weniger oft umherzublicken; ihr ganzer Ausdruck wirkte auf Alexander weicher. An einer Weggabelung blieb er stehen und sagte, er müsse hier abbiegen. Auch sie blieb stehen; sie machte keine Anstalten aufzusteigen. Wieder, länger diesmal, sah sie zur Seite. Dann warf sie einen Blick über die Schulter.

»Wieso musst du hier abbiegen? Du wohnst doch nicht hier, hast du gesagt?«

»Kommst du mit?«

»Wohin denn?«

»Ich zeige dir was.«

»Und was?«

Als er, anstatt zu antworten, wieder nur lächelte, zuckte sie kaum merklich mit den Achseln.

»Ist es weit?«

»Du bist so schön.«

»Ob es weit ist, habe ich gefragt.«

»Nein.«

Er führte sie zu einem verfallenen Schuppen in der Nähe des Flusses, den er in der Woche zuvor ausgekundschaftet hatte und in dem nichts als ein Haufen altes, graues Heu lag, das nach Staub roch. Solange sie auf der Straße dahingegangen waren und je weicher ihr Gesichtsausdruck ihm vorgekommen war, hatte er sie für naiv, ja dumm gehalten, und innerlich hatte er über sie gelacht, jetzt verlor er die Selbstsicherheit, ja Siegesgewissheit, in die er sich in den Tagen zuvor hineingeredet hatte und die ihn wie ein Rausch umhüllt hatte, und er wurde nervös, anders als vorhin. Inzwischen schaute sie sich in dem Schuppen um. »Hübsch«, sagte sie. »So alt. Kommst du oft her?« »Nicht so oft.« »Warst du schon einmal mit jemandem hier?« »Nein.« Und am liebsten wäre er auch in diesem Moment nicht hier gewesen; er bereute es, sie hergebracht zu haben, und wäre gern einfach gegangen, davongelaufen, hätte sie stehengelassen. »Alexander heißt du also?«, sagte sie. »Ein schöner Name.« Er schluckte. »Du bist ganz verschwitzt«, sagte sie und strich über seine Stirn. Sie stand ganz dicht vor ihm, und er konnte ihren Atem im Gesicht spüren. »Stimmt es wirklich, was du vorhin alles gesagt hast?« Und obwohl er gerade noch hatte gehen, davonlaufen wollen, wollte er es jetzt nicht mehr und sagte: »Ja«, und da wandte sie sich ab und ging von ihm weg und zog das Tor zu, kam wieder auf ihn zu und band sich die Haare zusammen, ging vor ihm in die Knie und knöpfte seine Hose auf. Sie hielt inne und sagte: »Hast du etwas dabei?« »Was?« »Zum Verhüten.«

Danach wurde er ruhiger. Woher kam diese Ruhe, da er doch alles verloren hatte? Er fühlte sich sogar heiterer, innerlich leichter, als er es früher gewesen war. Es war ein Irrtum gewesen, der Weg, den er gewählt hatte, der falsche. Weshalb sollte er bedauern, es früh genug erkannt zu haben? Dennoch war da Bitterkeit, etwas verloren zu haben, ohne etwas zu gewinnen. Denn das kleine Abenteuer konnte man kaum als Gewinn bezeichnen, allzu flüchtig war es gewesen, und die Erinnerung daran von einer fiebrigen Phantasie kaum zu unterscheiden. Kein Wort brauchte er zu sagen – und auch seine Zensuren mussten nicht schlechter werden –, die Patres wussten auch so, dass er »gefallen« war. Woher wussten sie es? Sie mussten über die Jahrhunderte einen Instinkt dafür entwickelt haben … Sie verurteilten ihn nicht einmal: Sie sahen ihn einfach nicht mehr, nahmen ihn nicht mehr wahr. Nur Pius suchte einige Zeit lang noch das Gespräch mit ihm, doch als er begriff, dass nichts zu machen war, ließ er es; aber er war enttäuscht, und als Einziger wandte er sich wirklich von Alexander ab.

Einmal noch kam er ins Studierzimmer, in dem Alexander saß und Ciceros »Rede gegen Catilina« noch einmal übersetzte. Es war Zufall, dass gerade er an dem Tag Aufsicht hatte. Er trat, ohne anzuklopfen, ein. »Da ist jemand für dich«, sagte er.

Alexander legte den Finger auf die Stelle in seinem Text und sah auf. »Wie bitte?«

»Eine junge Frau möchte dich sprechen.«

Alexander wusste nicht sofort, von wem die Rede war; er hatte sie nicht wiedergesehen. Er hatte zwar an den Abend gedacht, aber nur an die Tatsache und nicht an das Mädchen. Es musste sie sein, wer sonst sollte ihn hier aufsuchen? Als hätte Pius nichts gesagt, als stünde er nicht in der Tür und wartete, versenkte Alexander sich wieder in den Text.

»Alexander!«

»Ich erwarte keinen Besuch«, sagte er, ohne aufzusehen.

Pius verharrte noch einen Augenblick lang, bevor er sich umdrehte und ging.

Alexander schloss die Schule ab, arbeitete den Sommer über zu Hause auf dem Hof und übersiedelte im Herbst nach Wien, wo er sich an der Medizinischen Universität einschrieb. Im Oktober begann das Semester.

Er stürzte sich geradezu ins Studieren. Endlich hatte er wieder eine Aufgabe und ein Ziel. Es tat ihm gut, beschäftigt zu sein und unter vielen zu sein. Es war, als stürzten alle zusammen, unter einem großen gemeinsamen Jubelschrei ... Er lernte Leute kennen, die ihn auf Partys mitnahmen, wo er wieder neue Leute kennenlernte – ein Rad, das sich immer weiterdrehte, schnell, rauschhaft. Irgendwann, gegen Ende des Semesters, war es damit jedoch vorbei. Der Glanz des Neuen fiel ab, und ihm war auf einmal, als sei alles, was ihn umgab, nur der Schein von dem, wofür er es gehalten hatte. War der Eifer, den er an den anderen wahrnahm, denn wirklich ein Eifer für die Sache? Und wie war sein eigener Eifer beschaffen? Aber noch viel mehr als diese beschäftigte ihn die Frage, was die Menschen, zwischen denen er sich bewegte, eigentlich zusammenhielt. Gab es denn irgendeine innere Verbindung? War die Verbindung der Kommilitonen untereinander nicht eine vielmehr rein äußerliche und also zufällige? Er folgte den Einladungen nicht mehr und begann sogar, seinen Bekannten aus dem Weg zu gehen.

In der freien Zeit fuhr er oft mit der Schnellbahn aufs Land, machte weite Wanderungen und kehrte, wenn er Hunger hatte, irgendwo ein. Im Rucksack hatte er Bücher dabei ... Immer wieder kam er an einem bestimmten Gestüt vorbei, an dem er manchmal stehen blieb. Sah er den Pferden auf der Koppel zu, erinnerte er sich an früher, als er, noch ein Kind, manchmal geritten war, und fragte sich, weshalb er so lange nicht mehr daran gedacht hatte und wer damals auf die Idee gekommen war, ihn auf ein Pferd zu setzen. Jedesmal, wenn er dort war, fiel ihm ein Brauner auf, der abseits der anderen stand und von Zeit zu Zeit auffällige Bewegungen mit dem Kopf vollführte: Er riss den Schädel in die Höhe und schwenkte ihn hin und her wie ein Weberschiffchen ... Sobald ein anderes Tier sich ihm näherte, lief er in aufrechtem Trab davon und stellte sich an einen anderen Platz, wo er allein war. Mit der Zeit beobachtete Alexander nur noch ihn. Einmal, es war immer noch Winter und alles gefroren, traf er bei der Koppel eine junge Frau an, die ausgewaschene Jeans und ein kariertes Flanellhemd unter einer ärmellosen Daunenjacke trug, ein Halfter über die Schulter geworfen hatte und sich an dem Wasserwagen zu schaffen machte. Sie goss aus großen Plastikeimern heißes Wasser über die Tränke, die eingefroren sein musste. Schwaden von Dampf stiegen auf und verhüllten sie sekundenweise. Der Braune näherte sich der Frau, und sie sagte etwas zu ihm, und der Braune blieb stehen. Alexander rief ihr die Frage zu, was das Pferd habe, weshalb es immer alleine stehe und diese auffälligen Kopfbewegungen mache. In einem etwas schnarrenden, norddeutschen Ton antwortete sie: »Die da meinst du, Piroschka? Die hat einfach 'ne Macke…«

»Ah«, machte er.

Semester für Semester wurde es ihm unerträglicher, unter seinen Kommilitonen, und sei es nur während der Vorlesungen, zu sein. Nach fünf Semestern hielt er es endgültig nicht mehr aus. Er suchte um Unterbrechung des Studiums an und meldete sich zum Wehrdienst. Er meinte, so hätte er ein paar Monate, die er nutzen könne, um über seine Zukunft nachzudenken. Wider Erwarten fand er dort, was ihm gefehlt hatte: Eine Gruppe, die, von Konflikten zwar nicht frei, in ihrem innersten Kern bedingungslos zusammenhielt, in der er aufgehoben war und in der er zugleich ganz für sich sein konnte – wie damals als Kind in der Familie, wie später als Zögling im Stift. Früher hatte er nicht darauf geachtet, wie niemand auf das Selbstverständliche achtet, aber nun, nach seinen Erfahrungen als Student, tat er es, und er kam bald zu der Ansicht, dass viele von denen, die gern hier waren, es aus einem ähnlichen Grund wie er waren; die meisten von ihnen waren ruhige, etwas verschlossene Einzelgänger; Waffennarren gab es nur selten. Ein älterer Offizier, der ihm zugeneigt war und ihn bei mancher Gelegenheit zu überreden versuchte, in die Akademie einzutreten, hatte ein Wort dafür: Korpsgeist.

Er blieb beim Militär. Besuche auf dem Hof beschränkten sich auf Weihnachten und Ostern. Nach vier Jahren in Wiener Neustadt, bereits im Rang eines Unteroffiziers, ließ er sich ins Ausland versetzen.

Es war spät geworden. Sein Glas war noch fast voll. Er leerte es in einem Zug und stellte es auf dem Fensterbrett ab. Er fühlte sich – von der Erinnerung, die über ihn hereingebrochen war? – mit einem Mal erschöpft. Er zog den Pullover aus, schnürte das Korsett auf und legte sich auf das Bett mit dem Vorsatz, gleich wieder aufzustehen und ins Bad zu gehen, aber schon nach wenigen Sekunden schlief er tief und fest.

Er träumte von einem Wald, der weit entfernt war, auf einmal aber immer näher kam, und als er so nah war, dass man die einzelnen Bäume am Saum nicht mehr nur den Umrissen nach, sondern ganz deutlich ausmachen konnte, stieg aus seiner Mitte sehr langsam, fast zögerlich, ein Heißluftballon auf, und wenig darauf noch einer, und dann noch einer und immer noch einer, bis sie schließlich zu Stufen wurden, die vielfarbig in den hohen hellblauen Himmel führten.

Eine knappe Woche später kam der Vater zurück. Früher Nachmittag. Es hatte aufgehört zu regnen; es gab Frost, aber immer noch keinen Schnee, und es herrschte das scharfe, harte Konturen zeichnende Licht des Winters. Der Boden schimmerte stumpf; nur hier und da funkelte Gefrorenes. Die Alten hatten sich wie immer nach dem Mittagessen in ihre Wohnung im Obergeschoß zurückgezogen, Jakob war draußen, und Alexander war bei einer ärztlichen Untersuchung in der Kaserne von W. – er war bereits mehrfach dort gewesen, klagte nun nicht mehr über Schmerzen und äußerte, womöglich früher als erwartet wieder einsatzfähig zu sein und zu seiner Kompanie zurückzureisen. Er teilte seiner Familie das in einem derart merkwürdigen Ton mit, dass niemandem klar war, ob er sich darüber freute oder ob er es bedauerte.

Die Mutter hatte eben das Geschirr gespült und war dabei, die Küche aufzuräumen, als der Vater hereinkam. Er grüßte wie beiläufig und sagte sonst nichts; er tat gerade so, als wäre er nicht weg gewesen. Eilig stellte er seine Tasche auf einem Sessel ab, nahm sich Wurst und Käse und Brot, setzte sich damit an den Tisch und begann zu essen. Die Mutter stellte ihm noch ein Glas Senfgurken und eine Flasche Ketchup dazu und setzte sich zu ihm und sah ihm zu. Er aß nicht, er schlang.

»Haben sie dir denn nichts zu essen gegeben?«

»Doch«, sagte er mit vollem Mund, »aber es ist alles so verdammt teuer dort oben.«

»Was denn, dort oben? Wo meinst du? Warst du nicht in Spanien?«

»Nur zwei Tage. Dann musste ich nach Schweden.« Er öffnete das Glas, fingerte eine Senfgurke heraus und drückte Ketchup darauf.

»Was denn, nach Schweden?«, fragte sie erstaunt. »Warum denn das?« Und im selben Atemzug setzte sie hinzu: »Dann hast du Luisa gesehen?«

Die Tür öffnete sich, und Jakob kam herein. Der Vater hob den Kopf und nickte ihm zu. Jakob war nicht überrascht, er hatte das Auto gehört; er erwiderte den Gruß in der gleichen Weise, ging zur Anrichte und kramte in einer Lade.

»Was sagst du?«, sagte der Vater. »Nein, ich habe sie nicht gesehen. Wollte sie anrufen, das schon, aber keine Zeit.«

Die Mutter sah zu Jakob hinüber. »Was brauchst du denn?« Er gab keine Antwort. Sie wandte sich wieder ihrem Mann zu. »Und das Geschäft? Wie sind die Verhandlungen gewesen?«

Der Vater lehnte sich zurück und trommelte mit den Fingern einer Hand auf der Tischplatte.

»Einmal abwarten«, sagte er, und ein geheimnisvolles Lächeln umspielte seine Lippen. »Abwarten. Aber es sieht nicht schlecht aus.«

Jakob schob die Lade zu und ging. Er hatte nicht gefunden, was er gesucht hatte – denn mittendrin hatte er vergessen, was es überhaupt war. Auf einmal konnte er an nichts mehr denken als an die Worte, die er hörte, und eine Wut ergriff ihn. Wie sehr fiel ihm das alles hier auf die Nerven. Dass die Mutter dasaß wie ein kleines Mädchen und den Vater immer nur ängstlich und zugleich bewundernd anstarrte – als wäre er wirklich der große Geschäftsmann, als der er sich aufspielte. Konnte sie es denn nicht sehen, was er, Jakob, seit dem Tag sah, an dem er aus der Schule gekommen war? Und wenn nicht, wie konnte es möglich sein, dass sie nicht sah, dass ihr Besitz schon um einiges kleiner geworden war und mit jedem Tag noch kleiner zu werden drohte, weil der Vater das ganze Geld, das der Betrieb noch abwarf, sofort wieder hinausschleuderte für irgendetwas, immer wieder Neues, anderes, das aber jedenfalls nie lohnte und nie lohnen würde? Wie konnte es sein, dass sie nicht sah, dass er ein Träumer war? Oder vielleicht war er nicht einmal das ... Ihn, Jakob, erinnerte der Vater zunehmend an jenen Bauern, von dem der Großvater einmal erzählt hatte, der sich auf den Weg gemacht hatte, um eine Kuh zu kaufen, das Geld dafür aber auf dem Weg versoff und dann weiterging und die Kuh trotzdem holte mit dem hochheiligen Versprechen, das Geld am Abend zu bringen, dem aber auf dem Rückweg wiederum das Wirtshaus in die Quere kam und der auch noch die Kuh versoff... Wenigstens hatte Alexander ihn in den vergangenen Tagen mit seiner ständigen Fragerei, ob er hierhin oder dorthin mitkommen wolle, verschont. Es ärgerte ihn nachträglich, dass er ihn überhaupt so oft begleitet hatte; sinnlos, vergeudete Zeit; nur die Messe war interessant gewesen. Ja, früher war der Bruder ihm ein Vorbild gewesen, dem er im Geheimen nachgeeifert hatte, doch jetzt? Sogar Markus war ihm manchmal näher als der eigene Bruder, denn der nahm ihn wenigstens wahr, während es schien, als sei es Alexander vollkommen gleichgültig, mit wem er zechte. Verdammter Idiot, dachte er manchmal, wenn er ihn, übertrieben aufrecht, in der Uniform herumgehen sah, verfluchtes Arschloch. Er war nicht unglücklich darüber, dass Alexander, wie es aussah, schon in wenigen Tagen abreisen würde. Er sagte sich, dass er sich nun endlich um eine Lehrstelle umsehen müsse. Das war der einzige Weg, den Umständen zu entkommen. Denn ändern konnte er sie ja doch nicht. Selbst wenn der Großvater, wonach es nicht aussah, bald sterben und Jakob, wie es beschlossen schien, dessen Geld erben würde – was wäre anders? Auch er würde dem Vater nichts davon überlassen, und der Vater wiederum würde den Betrieb um nichts in der Welt hergeben, abtreten. Er glaubte schließlich, alles fest im Griff zu haben: Wenn man ihm zu sagen versuchte, dass etwa kein Stroh mehr da sei und man welches besorgen müsse oder eine Maschine unbedingt bald repariert werden müsse, dass irgendetwas Größeres anstehe, für das man in die Werkstatt fahren müsse, der Ölfilter beim Traktor ausgewechselt, die Bremsen neu belegt werden müssten, tat er es als Schwarzmalerei einfach ab oder sagte höchstens: »Ach geh, das kriegen wir schon …«, und hielt einem stattdessen mit leuchtenden Augen seine neueste Idee entgegen, irgendeine »todsichere Sache«. Es war aussichtslos. Ja, Jakob musste sich irgendwo bewerben. Vielleicht beim Elektriker, oder bei der Zimmerei. War es nicht gleich, wo? Und warum hatte er es nicht längst getan? Er kannte die Antwort. Er wollte nicht weg von hier, nicht einmal einen einzigen Tag; je deutlicher ihm wurde, dass er wegmusste, desto weniger wollte er es. Er wollte nur, dass alle anderen verschwänden.

Weil sie von alledem keine Kenntnis, nicht einmal Ahnung hatte und ganz offensichtlich gar keine haben wollte, wurde Nina ihm nach und nach zu einer Art Zuflucht, und immer häufiger verbrachte er abends ein, zwei, drei Stunden bei ihr in der engen Dreizimmerwohnung in dem einzigen Hochhaus des Dorfes, einem vor etwa fünfzehn Jahren errichteten und bereits wieder sanierungsbedürftigen Gebäude am westlichen Ortsrand, inzwischen sogar, wenn ihre Eltern zu Hause waren. Das war der einzige Grund, warum er zu ihr ging, denn Zuneigung empfand er nach wie vor keine für sie. Im Gegenteil, wenn er bei ihr in dem kleinen, überheizten Zimmer saß, ihren leicht säuerlichen, von billiger, aufdringlicher Seife überlagerten Geruch einatmete und ihrem munteren Geplapper von ihrer Arbeit, den Kollegen, irgendwelchen Kunden oder von ihren Freundinnen zuhörte, dachte er manchmal, an ihr vorbei an die Wand auf eines der unzähligen, dort aufgemachten Popstar-Plakate starrend: Warum hält sie nicht ihr scheiß Maul? Muss sie denn in einem fort reden? Glaubt sie, mich interessiert dieser ganze Käse? Und wie sie stinkt, Herrgott noch einmal! Wäscht sie sich denn nicht? Verdammt noch einmal, ich könnte ihr glatt den Schädel einschlagen ... Später, allein im Bett, verstand er nicht mehr, wie ihm so etwas durch den Kopf hatte gehen können, und Tränen kamen ihm, die er nicht haben wollte und doch hatte. Er fühlte sich wie ein Ungeheuer. Was konnte sie dafür? Ging er nicht wegen eben dieses Geplappers zu ihr – weil es ihn ablenkte? Und war sie denn nicht gut zu ihm? War sie denn nicht, obwohl sie ihn nicht liebte, besser zu ihm als irgendjemand sonst es war? Und wo kamen diese Gedanken her, die er früher nicht gekannt hatte und die ihn bisweilen fast zu verschlingen drohten? Dann nahm er sich vor, sie nicht mehr zu besuchen, aber am nächsten oder spätestens übernächsten Abend antwortete er doch wieder auf ihre Nachricht: »Bin in 1 Stunde da. J.«

Auch Markus sah er öfter. Es war nichts mehr von der früheren Abneigung geblieben. Er wusste – und hatte es erlebt; zuletzt, als sie mit Alexander gesprochen hatten –, dass Markus ein anderer war, wenn er unter Leuten war, wenn er Publikum hatte; aber wenn sie alleine waren, war er der Einzige, von dem Jakob sich verstanden fühlte, und war es nicht das, was am Ende zählte? Man konnte Markus nichts vormachen, er wusste, was es hieß, dabei zusehen zu müssen, wie ein Hof langsam, unaufhaltsam zerfiel. Und jeder, irgendwo in seinem Innersten vielleicht sogar Jakobs Vater, wusste, dass ihr Hof zerfiel. Auch Markus wäre gerne Bauer geworden. Er redete Jakob zu, sagte, er solle es sich nicht zu Herzen nehmen, die Dinge würden sich eben ändern. Das sei ihr Los, das Los ihrer Generation, für die nicht mehr gelte, was für die Vorfahren noch gegolten habe ... Kein Versprechen werde eingelöst ... Sie saßen unter der Brücke, auf dem Holzbock auf der Weide, beim Widder oder, wenn es regnete und kalt war, bei eingeschaltetem Heizstrahler in der Werkstatt, rauchten und unterhielten sich meistens über Sachliches oder etwas die Vergangenheit oder die Zukunft Betreffendes – Dinge, die über ihnen schwebten; die Gegenwart blendeten sie fast zur Gänze aus. Oft erzählte Markus von seinem Bruder, der sich umgebracht hatte; er war acht Jahre älter gewesen, sein Lieblingsbruder. Die anderen vier Brüder, von denen zwei noch zu Hause wohnten, erwähnte er nie auch nur mit einem Wort, als gäbe es sie nicht. Genausowenig sprach er von den Eltern, nur einmal erzählte er etwas. Als nämlich sein Vater betrunken in ein Erdwespennest gestolpert war und sich dabei unzählige Stiche zugezogen hatte und danach nichts anderes zu tun gewusst hatte, als sich Stresnil, ein Beruhigungsmittel für Tiere, zu spritzen und sich ein paar Stunden nicht mehr hatte rühren können und mit angeschwollenem Gesicht und Händen auf dem Schotterweg vor dem Haus gelegen war, da erzählte er das lachend – und doch so anders, als er es vor Publikum getan hätte. Jakob hörte ihm bei allem wortlos zu. Manchmal war er kurz davor, etwas von Nina zu sagen, aber von irgendeiner Scham gehindert, brachte er es nie über sich, und Markus fragte kein einziges Mal nach ihr, obwohl er sicherlich davon wusste. Auch Nina erwähnte Markus nicht mehr, wie sie es anfangs oft getan hatte, es war auffällig, und hin und wieder wunderte Jakob sich darüber. Sollte sie ihn vergessen haben? Irrte er sich – und liebte sie nun doch ihn, Jakob? Aber nicht einmal diese Vorstellung freute ihn, und als er das bemerkte, wurde ihm klar, dass es nicht an ihr – an ihrem dummen Geschwätz, an ihrem unangenehmen Geruch – lag. Nein, es lag an ihm. Was lange bloß eine hin und wieder auftauchende vage Vermutung gewesen war, die er mit dem Gedanken daran, dass er einfach noch zu jung für diese Dinge war, weggewischt hatte, wurde ihm über die langen Monate des Winters zur Gewissheit: Nicht nur Nina würde er niemals begehren, sondern auch sonst keine Frau, und zwar weil ihm das – das Begehren nämlich – fremd war und immer sein würde. Ja, noch mehr: Ihm, der ein so aufgewecktes Kind gewesen war, fehlte die Fähigkeit zu wirklicher Leidenschaft. Zwar sagte er sich, das werde sich sicherlich geben, aber er musste einsehen, dass das nichts als ein Versuch war, sich selbst zu betrügen. Es war eine Tatsache, nichts würde sich jemals geben. Er war bestürzt über diese Einsicht. Wieder dachte er: Ich bin ein Ungeheuer! Und er dachte für einen Moment sogar an die uralte Pistole des Großvaters und sah sich ihren Lauf an die Schläfe setzen, aber schließlich gewöhnte er sich daran, und auf irgendeine Weise hatte es sogar etwas Beruhigendes – wie Gewissheit meist beruhigender ist als Ungewissheit, sogar wenn sie nicht erfreulich ist.

Er fragte sich, ob Markus am Ende irgendwie ähnlich wie er selbst gestrickt war. War er ihm nicht seit je stets auch wie ein Schauspieler vorgekommen? War der so eigene Glanz, der an ihm war, denn nicht der Glanz eines Schauspielers? Jakob glaubte, dass es so sein müsse, dass all das Markus anhaftende Wilde lediglich gespielt war. In Wirklichkeit, meinte er, konnte nichts ihn berühren. Und er spielte auch bloß noch, weil er einmal damit angefangen hatte und nicht mehr aufhören konnte oder das Aufhören mehr Aufwand gewesen wäre, als das Angefangene weiterlaufen zu lassen. Die Mädchen rannten Markus hinterher, aber hatte man ihn je mit einer gesehen, hatte er je ernsthaft von einer erzählt? Nur kurz hatte Jakob in Erwägung gezogen, Ninas frühere, noch in der Schulzeit liegende Behauptung, Markus und sie hätten etwas miteinander, könnte wahr gewesen sein. Dann und wann schoss ihm stattdessen die Möglichkeit durch den Kopf, Markus könne unglücklich verliebt sein, aber auch das verwarf er immer gleich wieder. Nein, das war unmöglich. Wäre es so, würde alles anders sein – sie wären nicht aneinander geraten. Denn nur deshalb hatten sie so etwas wie Freundschaft geschlossen und sahen sich öfter und öfter, weil sie sich, je unterschiedlich, tröstlich oder nicht, ineinander wiedererkannten. Er dachte viel darüber nach. Und eines Nachts kam ihm der Gedanke, der ihn vor kurzem möglicherweise noch schockiert hätte, ihn aber nun nicht einmal mehr überraschte, weil er sich zu dem Ganzen fügte wie der letzte Stein eines Puzzles: Er mutmaßte, dass Markus bloß deshalb so oft von seinem Bruder sprach, weil er vorhatte, es ihm gleichzutun. War es wirklich so, lag er richtig? Wollte Markus sich das Leben nehmen? Er konnte nicht einschlafen, so sehr brachte die Überlegung ihn auf. Ihm war, als würde die Mutmaßung eine Frage beantworten, die er sich – undeutlich, wortlos – schon gestellt hatte, seit Markus das erste Mal bei ihm aufgetaucht war. Immer glaubhafter schienen ihm seine Überlegungen, und bald blieb ihm kein Zweifel mehr, dass sie zutrafen, und insgeheim, mit Beklemmung und einer eigenartigen Aufgeregtheit zugleich, wartete er jetzt auf den Tag, an dem Markus fernbliebe und er – vom wem? von der Großmutter? – erfahren würde, dass sein Freund nicht mehr lebe. Doch als der Frühling sogar bei ihnen im Tal unter dem schmelzenden, längst grau gewordenen Schnee hervordrängte, hatte nichts sich ereignet, war nichts anders geworden. Immer noch waren Markus und er alle paar Tage zusammen und unterhielten sich über dieselben Dinge wie von Anfang an, und Jakob fragte sich allmählich, ob seine Überlegungen nicht vielleicht doch bloß Unsinn gewesen waren.

Früher als geplant und obwohl er noch zum Teil starke Schmerzen hatte, war Alexander in den ersten Dezembertagen zu seiner Truppe zurückgekehrt. Er hatte sich auf dem Flughafen Wien-Schwechat ein Buch gekauft, von dem er annahm, es werde ihn unterhalten und ihm die Zeit vertreiben, aber er fand nicht die nötige Konzentration, die sogar der Bestseller ihm abverlangte, und steckte das Buch in das Netz vor sich, verschränkte die Arme vor der Brust und sah aus dem Fenster. Er dachte an die vergangenen Tage, die ihm fast unwirklich erschienen, irgendwie unecht oder allzu zufällig, als hätte er mit jenen Menschen dort im Grunde nichts zu tun. Wie hineingestolpert ... Und musste es nicht auch für sie so sein? Warum hatte die Mutter dann geweint beim Abschied? Warum ließ der Großvater es nicht gut sein und wollte auch in letzter Minute noch ein Wortgefecht anfangen? Sie sprachen mit der Vergangenheit, in der sie lebten. Er dachte an das Kreuz auf dem Magdalenaberg und an Elvira und daran, dass es ihn im Rausch verdammt gejuckt hatte, zu einer ihrer

Andachten, von denen er sich hatte erzählen lassen, zu gehen und sie danach noch einmal zu verführen. Sogar das erschien ihm unwirklich und wie ein schlechter Scherz, und unwillkürlich schüttelte er den Kopf über sich – aber nicht, weil er sich unmoralisch gefunden oder geschämt hätte, sondern es war ein Schütteln wie aus tiefem Unverständnis heraus. Längst befand die Maschine sich im Sinkflug, aber die dichte, endlose Wolkendecke lag immer noch weit unter ihnen, weich überstrahlt und kaum gefärbt von einer winzig kleinen orangefarbenen Sonne, die bereits jetzt, um kurz nach drei, tief im Westen stand. Irgendwo weit darunter lag das, was sein Leben ausmachte, und als das Flugzeug endlich in das für ein paar Sekunden wild flackernde Grau eintauchte, atmete er unwillkürlich auf und fühlte sich in einer solch eigenartigen Sicherheit, dass ihm schien, nur ein Kind könne Derartiges empfinden, wenn es von der Mutter in die Arme genommen wurde – oder ein Sterbenskranker, der den Hauch spürte, der dem letzten Schritt des nahenden Todes vorausging.

Die letzten Tage in seiner alten Heimat hatte er fast ausnahmslos an der Theke des Dorfwirtshauses verbracht; auf dem Hof hatte er sich nicht mehr richtig wohl gefühlt und war lieber anderswo gewesen; nur einmal hatte er am Morgen einer Laune folgend die Angel genommen und war mit ein paar im Misthaufen gefundenen und in einem Glas verwahrten Regenwürmern zum Bach gegangen, um zu fischen, wie er es in seiner Kindheit manchmal getan hatte. Er suchte die Stelle, an welcher der Bach eine weite Schleife machte, warf die Leine aus und lehnte sich gegen eine Erle, deren Wurzeln zum Wasser hin freilagen, tropfenbehängt waren und feucht schimmerten. Man müsste das Bachbett besser befestigen, dachte Alexander. Müsste irgendwelche Geröllbrocken oder Ziegelbruch heranschaffen. Aber wer sollte das tun? Und wie? Für einen Augenblick sah er sich selbst mit einem Militärfahrzeug durch den Sumpf pflügen ... Nichts rührte sich in dem dunklen, etwas milchigen Wasser. Gab es hier überhaupt noch Fische? Er überlegte, ein Stück weiter zu gehen, denn ihm war eine andere Stelle eingefallen, die ihm nun viel geeigneter vorkam. Aber er entschied sich für das Bleiben und wartete. Und wirklich wurde er belohnt, bald darauf zupfte eine Forelle, die er sogar für einen Moment wie einen Schatten unter der Wasseroberfläche sehen konnte, an dem Haken, aber Alexander war in seiner Freude zu voreilig und zog eine Spur zu heftig, und schon war nichts mehr dran. Fluchend holte er die Schnur ein und befestigte einen neuen Wurm am Haken. Vorsichtig, um nirgendwo im Strauchwerk ringsum hängenzubleiben, warf er die Angel erneut aus. Aber als ahnten die Fische etwas, hielten sie sich fern. Fast bewegungslos stand der Schwimmer im Wasser, nur ein-, zweimal noch tauchte er unter, um aber sofort wieder aufzutauchen und stillzustehen. Was war mit den Fischen los? Warum bissen sie nicht an? Er verhielt sich doch so ruhig, rauchte nicht einmal, weil es sie vertrieb! Und dabei hatte er es bereits vor sich gesehen, wie er, in jeder Hand eine schöne, große Forelle, in die Küche spazierte und die Mutter, die keine Fische leiden konnte, damit erschreckte ... Je länger sich nichts tat, desto ungeduldiger wurde er, und nach einer Stunde hatte er genug, packte seine Sachen zusammen und stapfte missgelaunt wieder nach Hause. Jakob sah ihn zurückkommen und rief ihm zu, es sei verboten, im Bach zu fischen. »Und ist es auch verboten, nichts zu fangen?«, rief Alexander wütend zurück. »Das vielleicht doch nicht.« Jakob lachte. »Idiot«, murmelte Alexander.

Kaum war er im Camp eingetroffen, machte er sich auf den Weg zu seinem Vorgesetzten und meldete sich zurück. Er zeigte das ärztliche Attest vor und beantwortete ein paar informelle Fragen und erkundigte sich nach dem in seiner Abwesenheit Vorgefallenen. Der Offizier zählte ihm ein paar kleine, unbedeutende Vorfälle auf. Danach fragte er ihn, ob er bereit sei, schon am folgenden Tag seinen Dienst wieder aufzunehmen. »Selbstverständlich«, sagte Alexander. »Morgen ist technischer Dienst.« »Ja«, sagte Alexander; er hatte die Routinen nicht vergessen. Der Vorgesetzte hieß ihn wegtreten, rief ihn aber noch einmal zurück und händigte ihm ein Kuvert aus. »Was ist das?«, fragte Alexander. Der Offizier hatte sich bereits wieder seiner Arbeit zugewandt. Alexander salutierte noch einmal und ging davon. Im Gehen öffnete er den Umschlag und zog ein Schreiben heraus. Er überflog das Dokument und sah, dass sein Versetzungsgesuch abgelehnt worden war. Es überraschte ihn nicht, er hatte damit gerechnet. Er steckte das Dokument in das Kuvert zurück und dachte nicht mehr daran. Die Fahrt vom Flughafen hierher hatte eine Zeit gedauert; es war bereits Abend. Er packte seine Sachen aus dem Rucksack, hängte sie in den Spind und ging zum Essen. Sosehr er sich freute, wieder zurück zu sein, sosehr fühlte er sich in den ersten Minuten als Fremder, ja Eindringling ... Aber das verging. Nach dem Essen saß er noch lange mit ein paar Kameraden in der Bar zusammen, sie tranken und rauchten, und er erzählte von der Heimat, und schon da kam sie ihm irgendwie wieder näher, und zugleich stellte sich der Abstand ein, an den er sich so gewöhnt hatte: Ein wenig Verklärung, ein wenig Kritik ... eine einfache, nichts fordernde Liebe ... Die Kameraden erzählten von der letzten Fahrt auf den Dulje-Pass und den Kontrollen während der achtundvierzig Stunden dort. Später spielte man noch eine Runde Poker. Alexander war aus der Übung oder hatte einfach Pech und wusste am Ende nicht mehr, ob es vierzig oder doch eher fünfzig Euro gewesen waren, die er verspielt hatte. Der nächste Tag verging mit der Reinigung und Wartung des Panzers, wobei Alexander nicht mitanpackte, sondern nur protokollierte und kontrollierte. Innerhalb kurzem war alles so, wie es gewesen war; er erhielt sogar die Erlaubnis, seine Ausritte wieder aufzunehmen, was er voller Freude tat; zwar machte er sich anfangs wieder Sorgen wegen der Minen, auf die man überall treten konnte, aber schon nach dem zweiten Ausritt hatte er keine Bedenken mehr. Und nicht nur das nahm er wieder auf, sondern auch die kleine Affäre, die er seit ein paar Monaten mit der kaum neunzehnjährigen Tochter des Stallbesitzers, einer der wenigen Christen hier, unterhielt.

Obwohl es verboten war, wusste er auch von zwei oder drei anderen Kameraden, dass sie ein Mädchen in der Umgebung hatten; einer hatte etwas mit einer Kellnerin aus dem Bataillonsgasthaus »Österreichischer Hof« – der Einzigen ohne Kopftuch – und überlegte, sie später mit sich zu nehmen; ein anderer dachte sogar darüber nach, sich nach Ende des Einsatzes hier anzusiedeln. Alexander lachte, wenn ihm so etwas zu Ohren gelangte: Er ging keine Bindung ein, die sich nicht leicht lösen ließ, ja, bei der nicht von vornherein klar war, dass die Umstände selbst sie wieder lösen würden. In der Vergangenheit waren es meist verheiratete Frauen gewesen, in ihrer Ehe seit langem nicht mehr begehrend oder zumindest nicht mehr begehrt, mit denen es einfach war, etwas anzufangen. Einmal auch eine Studentin, die kurz vor dem Abschluss ihres Studiums stand, mit der er gerne zusammen war; er mochte sie so gern, dass es ihm leid tat, als sie irgendwann anfing, ihn überreden zu wollen, zu ihren Eltern mitzukommen; er hoffte, sie würde damit aufhören, wenn er nicht darauf einging, aber sie ließ es nicht, und er musste das Ganze beenden. Nur manchmal noch erinnerte er sich an ihre langen Beine, ihre hellen, wasserblauen Augen und ihre ungewöhnlich hohe Stimme. Im gegenwärtigen Fall hatte er gewusst, dass das Mädchen im Herbst in die Stadt gehen würde, um zu studieren, und er sie nur am Wochenende sehen könnte, sofern er nicht auch dann Dienst hatte. Ihrem Vater – die Mutter lebte andernorts – gefiel diese Beziehung nicht, dennoch sagte er nichts dagegen und tat, vielleicht auch vor sich selbst, so, als wisse er nichts davon, und verzog sich, wenn Alexander am Wochenende auftauchte. Sie war eine ausgezeichnete Reiterin, und zusammen machten sie lange Ausritte, galoppierten, er auf dem Braunen, der ihn abgeworfen hatte, sie auf dem Fuchs, über das freie Land und durch Wälder – und gingen danach, fast wie als Fortsetzung des Dahinjagens, in ihr Zimmer unter dem Dach und liebten sich. Danach bat sie ihn, noch zu bleiben, aber meistens schützte er den Dienst vor, zog sich rasch an und verabschiedete sich. Wenn er, sich in der Tür noch einmal nach ihr umdrehend, ihrem hart funkelnden, zornigen Blick begegnete, der sich nichts vormachen ließ, dachte er jedesmal, es sei womöglich das letzte Mal gewesen, sie werde ihn nicht wieder zu sich lassen oder vielleicht einfach selbst wegbleiben. Sie durchschaute ihn und würde nur so lange an den Wochenenden herkommen, bis sie in der Stadt einen anderen gefunden haben würde, von dem mehr zu haben war, das war ihm klar, und manchmal hoffte er, das würde nicht so rasch geschehen, zumindest jedenfalls nicht im Winter, denn er konnte sich nicht vorstellen, ausgerechnet in der kalten, lichtlosen Zeit ohne Geliebte zu sein.

Die Wochen vergingen in der gewohnten Weise und fast so, als wäre er nicht weg, nicht bei seiner Familie gewesen; die Zeit dort war wie ausgelöscht, existierte zwar in der Erinnerung, aber als etwas nahezu Durchsichtiges, das sich nur materialisierte, wenn ein Brief von der Mutter kam, den er flüchtiger als früher las. Zu Weihnachten blieb er, wie viele andere auch, im Camp. Zum Abendessen bekamen sie Bockbier, das am Tag vor dem Fest eigens aus Österreich gebracht worden war, und danach standen sie auf und sangen alle zusammen »Stille Nacht« und gingen bald zu Bett. Über Silvester hatte er frei, und auch seine Geliebte hatte Ferien und verbrachte sie bei ihrem Vater, und sie ritten an ein paar Tagen hintereinander aus und nahmen Strecken, die ihm bisher unbekannt gewesen waren; auch in der klirrend kalten, trockenen Silvesternacht ritten sie an die zwei Stunden lang. Danach brachten sie die Pferde in die Box, rieben sie trocken, warfen ihnen Decken über und gingen ins Haus. Sie stiegen in das Zimmer hoch und tranken Sekt, den er mitgebracht hatte, und er blieb über Nacht und ausnahmsweise noch am nächsten Morgen. Erst spät am Vormittag standen sie auf und gingen nach unten. Sogar der Vater zeigte sich diesmal und wünschte ein gutes neues Jahr, und Alexander, als wäre er im Camp, bestand darauf, anzustoßen, ein Glas zu trinken. Der Alte holte Sliwowitz aus der Vorratskammer, und zu dritt tranken sie bis zu Mittag die Flasche leer. Als Alexander wie verabredet am nächsten Morgen wiederkam, hielt er vergeblich nach dem Mädchen Ausschau. Sie war nicht da; auch sonst war niemand zu sehen. Er strich herum und wartete eine ganze Stunde lang, klopfte hin und wieder, bevor er es aufgab und ging. Er ahnte, dass sie abgereist war und er sie nicht mehr sehen würde.

Er behielt recht. Obwohl es ihn nicht überraschte, er ja insgeheim damit gerechnet hatte und es mit einem Schulterzucken hinnahm, wurde ihm von da an die Zeit schwer und lang, und er hörte auf, reiten zu gehen. Er hatte den neuerlichen Antrag auf Versetzung in den Norden ausgefüllt und sich mehrmals vorgenommen, ihn abzugeben, aber er gab ihn nicht ab; irgendetwas hinderte ihn daran.

Lange war der Winter schneelos geblieben, erst im Januar setzte der Schneefall ein und wollte kein Ende mehr finden. Die Straßen waren wegen des vielen Schnees gesperrt, niemand kam durch. Im Camp gab es fast nichts mehr zu tun, als Schnee zu schaufeln und sich an den Geräten des Fitnessraums abzuschinden, auf das Laufband zu steigen oder ein paar einfache Routen an der Boulderwand zu klettern. Die Abende –

die bereits um drei oder vier Uhr begannen – waren schier endlos. Man merkte, wie sich bei allen eine Müdigkeit breitmachte, die nicht mehr wich. Nach dem Essen saß man zwar zusammen wie immer, aber die Gespräche wurden kaum einmal lebhaft, zogen sich träge dahin. Nichts durchbrach diese tote Zeit, und Alexander packte den Antrag auf Versetzung weg. Im Augenblick erschien es ihm vollkommen unmöglich, eine eigenständige Handlung auszuführen: Auch von ihm hatte, lähmungsgleich, Müdigkeit Besitz ergriffen. Er würde, sagte er sich, den Antrag im Frühjahr abgeben.

Im März, als es zu schneien aufgehört hatte, der Himmel blau und die Straßen wieder offen und frei waren, wurde es besser. Die Truppe belebte sich, es gab wieder mehr zu tun. Alexander war es, als gelange er an das Ende eines langen Tunnels. Auf einer Patrouille vertraute ihm der Kommandant des zweiten Panzers an, er überlege, vorzeitig nach Hause zurückzukehren.

»So«, sagte Alexander, weiter nichts. Besser, als sich zu erschießen, dachte er – kurz vor Weihnachten hatte sich ein Kamerad aus dem Burgenland eine Kugel in den Kopf gejagt. Schließlich gab es auch die, die hier nichts zu suchen hatten und dennoch kamen, weil man gut verdiente. Wie bestanden sie den Eignungstest?, fragte Alexander sich. Er dachte an Martin, den er von zu Hause her kannte, der in einer anderen Kompanie war und der, wenn Alexander ihn von Zeit zu Zeit im

»Österreichischen Hof« sah, jedesmal noch ausdrucksloser wirkte; auch der hätte sich nicht melden dürfen.

Sie waren seit drei Stunden unterwegs, hatten auf einer Anhöhe gehalten und waren abgestiegen. Die Soldaten blieben im Fahrzeug, während sie sich vergewisserten, dass der Schnee trug und sie gefahrlos ein paar Schritte gehen konnten. Sie führten die Ferngläser vor die Augen und suchten die verschneite Landschaft ab.

»Hörst du?«, fragte Alexander.

Der Wind fuhr über den verharschten Schnee und erzeugte ein sehr feines Rieselgeräusch. Sie hatten sich bereits ein gutes Stück von den Panzern entfernt.

»Wird Zeit, dass der Frühling kommt«, sagte der andere. Und nach einer Weile: »Sinnlos, einen TCP einzurichten.«

Alexander antwortete nicht darauf. Sie ließen die Gläser sinken, zündeten sich jeder eine Zigarette an und gingen noch ein paar Schritte. Dann machten sie kehrt.

»Ich habe mich im Ministerium beworben«, sagte der Kamerad plötzlich. »Als Sekretär des Generalstabs«, fügte er hinzu.

»Kennst du jemanden dort?«, fragte Alexander. Oft genug hatte er gehört, dass es unmöglich war, ins Verteidigungsministerium hineinzukommen, sofern man keine Verbindungen hatte.

Der Schnee knirschte laut unter ihren Schritten. Alexander fasste das Gewehr anders.

»Nein«, antwortete der Kamerad, »ich kenne niemanden. Ich habe nur die Ausschreibung auf der Homepage gesehen und mich beworben. Wenn sie mich nehmen, bin ich weg. Das ist doch kein Leben hier. Sieh dich nur um: nichts und wieder nichts. Nein, ich habe genug, ich will weg.«

Sie waren nah an den Panzern, und die letzten Worte hatte der Kommandant sehr leise und wie nur für sich gesprochen; trotzdem hatte Alexander sie gehört. Sie blieben vor den Fahrzeugen stehen und sahen sich kurz an. Sie schauten noch einmal in die Richtung, aus der sie gekommen waren und wo sich seit Jahrzehnten oder Jahrhunderten nichts verändert hatte, warfen die Zigaretten in den Schnee, saßen wieder auf und fuhren weiter.

Wenn die Mutter ihn mit ihr neckte, verzog er bloß das Gesicht zu einem spöttischen Grinsen. Denn obwohl alle anderen es taten, betrachtete er Nina nicht als seine Freundin. Er ging zu ihr, übernachtete zuzeiten dort, das war alles. Es kam ihm selbst manchmal fast wie Zufall vor, dass er überhaupt mit ihr zu tun hatte. Und war es das denn nicht auch? Nichts an seiner Sichtweise änderte sich, als sie ihm im Mai mitteilte, sie glaube, sie sei schwanger. Sie weinte, als sie es ihm sagte, und sah ihn mit einem solch verzweifelten und zugleich verängstigten Ausdruck an, wie er ihn an ihr nicht kannte; sie fragte ihn, was sie nun tun sollten, falls sie wirklich ein Kind bekam.

»Was schon«, sagte er, ohne lang darüber nachzudenken. »Ich werde mir eine Arbeit suchen, und wir werden eine Wohnung nehmen.«

Sofort hörte sie zu weinen auf und fiel ihm um den Hals. Er hielt sie und streichelte ihren Kopf. Das Ganze kam ihm nicht einmal ungelegen.

Ungewöhnlich lange hatte der Vater von dem Solarprojekt gesprochen. Einmal war er sogar spät am Abend in Jakobs Zimmer gestürmt, hatte dem bereits Liegenden das Telefon ans Ohr gedrückt und gesagt, er solle rasch nach Mister Solturn fragen, und zwar auf Englisch – mit dem der Vater, nachdem der überrumpelte Jakob es stotternd und errötend getan hatte, schließlich, sich eine Art Hochsprache abringend, auf Deutsch sprach. Doch dann hatte er, von einem Tag auf den anderen, aufgehört, davon zu reden: unmöglich, diese Veränderung nicht zu bemerken. Kurz darauf fuhr ein fremder Traktor auf einem der verbliebenen Felder und brachte Gülle aus. Das Feld war vom Haus aus nicht zu sehen, aber es lag ein solch erbärmlicher Gestank in der Luft, dass Jakob aus dem Tal hinausging, um nachzusehen, welcher der Nachbarn – zu einer Zeit, zu der es aus Wasserschutzgründen verboten war – düngte. Als er den Traktor auf ihrem Feld fahren sah, glaubte er zuerst, nicht recht zu sehen. War es ein Irrtum? Ein Verwirrter, der versehentlich auf einem Feld fuhr, das nicht seines war? Der nächste Gedanke war, dass es sich dabei wohl um eines der Geschäfte des Vaters handelte, denn die meisten der verbliebenen Bauern wussten lange schon nicht mehr, wohin mit ihrer Gülle; aber auf einmal verstand er, dass es nur einen einzigen Grund haben konnte, weshalb der Fremde – oder der, dessen Traktor er noch nie gesehen hatte – hier fuhr: Der Vater hatte ein weiteres Feld verkauft. Auch das Solarprojekt war also nichts als ein allzu teures Hirngespinst gewesen, eine weitere Verrücktheit, eine vielleicht noch größere als alle bisherigen. Während er dem nagelneuen rotweißen, ein viele Tausend Liter fassendes Vakuumfass hinter sich herziehenden Einhundertachtzig-PS-Traktor zusah, wie er die wie Erdöl aussehende Gülle auf dem noch nicht abgetrockneten Acker ausbrachte, wusste er, dass etwas Entscheidendes und Unumkehrbares geschehen war. Vielleicht war es schon vor langem geschehen, aber bis zu dem Augenblick hatte er geglaubt, alles wäre noch umkehrbar, irgendwann ließe sich alles wieder in Ordnung bringen und zurückkaufen. Jetzt sah er, dass er einer Täuschung aufgesessen war oder sich ihr hingegeben hatte; man konnte nichts zurückkaufen, denn niemand, der bei Verstand war, gab mehr her, was er einmal hatte. Und er sah, dass das, was in Gang war, erst zu Ende wäre, wenn dem Vater nichts zu verkaufen mehr übrig bliebe. Es war wie bei einem Schlitten, der abwärts fährt, einem Stein, der einen Berg hinabrollt… Das ganze Vermögen des Großvaters würde daran nichts ändern können. Seither war etwas in Jakob gebrochen, gerissen, und auch wenn er weiterhin gewissenhaft die täglich anfallende Arbeit tat, interessierte der Betrieb ihn kaum noch. Wollte der Großvater ihm Geld zustecken, wies er es jetzt zurück. Was sollte er damit – und was mit all dem anderen, das der Großvater ihm mit den zugesteckten kleinen Scheinen beständig zu versprechen schien? Er verstand, was der Großvater ihm damit sagen wollte. Er wollte sagen: Ist doch egal, du kaufst dir eines Tages einfach einen anderen Hof … einen doppelt, einen dreifach so großen kannst du dir mit meinem Geld kaufen … Aber Jakob interessierte auch das nicht, und er wusste, dass der Großvater, weil er nicht hier geboren und aufgewachsen war – und vielleicht auch, weil er einfach ein ganz anderer Charakter war und an nichts besonders zu hängen schien, was nicht Geld war –, es nicht verstehen würde, nicht verstehen konnte. Wenn nicht diesen Hof, dann wollte er keinen. Die Vorstellung, von hier wegzugehen, gefiel ihm auf einmal, gefiel ihm sogar immer besser. Woher dieser Wandel? Ginge er, hätte er wenigstens nicht täglich vor Augen, was ihn so sehr schmerzte.

Das Grübeln darüber, welchen Lehrberuf er ergreifen sollte, erübrigte sich. Er hatte seine Sparbücher genommen und zusammengerechnet, wie viel er auf der Seite hatte, und rasch festgestellt, dass es nicht sehr viel war; nicht mehr als ein paar Tausend. Er würde es sich nicht leisten können, als Lehrling bloß drei-, vier- oder höchstens fünfhundert im Monat zu verdienen. Jakob kaufte sich einen gebrauchten Aprilia-Motorroller, machte an einem bewölkten Nachmittag in der Nähe des Bahnhofs von W. den Führerschein und heuerte beim Maschinenring an. Das war ein großer, viele Tausend Mitglieder zählender Verband von Landwirten, der Maschinen zur gemeinschaftlichen Nutzung anschaffte; zugleich war es eine Personalvermittlung von Arbeitskräften mit landwirtschaftlichem Hintergrund, die wie eine Vermittlung von Leasingarbeitern funktionierte: Je nach Bedarf und Fähigkeit wurden die Arbeiter heute hierhin, morgen dorthin geschickt – sofern sie Zeit hatten. Die meisten der Arbeiter waren Bauernsöhne, die den elterlichen Betrieb noch nicht übernommen und besonders in der regnerischen und kalten Jahreshälfte nichts dagegen hatten, sich etwas dazuzuverdienen; nur vereinzelt waren auch ältere Landwirte darunter, die, weil ihre Wirtschaft zu wenig abwarf, das Geld brauchten; oder, auch das gab es, sie brauchten Gesellschaft, die ihnen auf dem Hof fehlte. Jakob fuhr nach W., wurde in der Zentrale vorstellig und füllte einige Formulare aus. Er gab an, für welche Tätigkeiten er in Frage kam, hinterließ seine Telefonnummer und fuhr wieder nach Hause; das alles dauerte kaum länger als einen halben Vormittag. Schon wenige Tage später klingelte sein Telefon, und er bekam seinen ersten Auftrag. Die gesamte folgende Woche schleppte er Schaltafeln und schlug Eisen in die ins Fundament gebohrten Löcher – er arbeitete beim Bau eines Kellers mit, der ein paar Kilometer weiter östlich, auf der letzten freien Parzelle inmitten einer Siedlung, geschalt wurde.

Nebenher sah er sich mit Nina nach einer Wohnung um; es gab nicht viel entsprechendes Angebot in dem kleinen Ort, schließlich fanden sie eine geräumige Zweizimmerwohnung, die in einem zu einem Wohnhaus umgebauten Bauernhaus lag, nicht weit vom Ortskern entfernt. Es wunderte Jakob, dass die Vermieterin, eine ältliche Person mit zerfurchtem Gesicht und eingefallenen Lippen, nicht danach fragte, womit sie ihr Geld verdienten. Sie redete nur davon, wie hoch die Miete war, und rechnete ihnen irgendetwas, nicht im mindesten damit Zusammenhängendes vor, dem zu folgen unmöglich war; stumm und sich verstohlene Blicke zuwerfend hörten die beiden zu, bis die Frau fertig war. Sie nahmen die Schlüssel entgegen, die die Alte am Ende ihrer Rechnerei aus ihrer schmutzigen Schürze hervorgezogen hatte. Sie sagte, sie sollten die Miete in ein Kuvert stecken und am jeweils Monatsersten unter ihrer Tür im Erdgeschoß durchschieben; falls sie etwas von ihr brauchten, sollten sie es auf einen Zettel schreiben und damit ebenso verfahren. Sie sollten keinesfalls anklopfen, schon gar nicht läuten, schärfte die Alte dem jungen Paar ein. Es war Mitte Juni, und es war ihnen freigestellt, ob sie die Wohnung sofort oder erst im Juli beziehen wollten. Nina, die über ihren Zustand nicht länger im Ungewissen war, wollte, dass sie gleich einzogen, solange »noch nichts zu sehen« war, und Jakob willigte ein. Zu Hause sah man ihm dabei zu, wie er seine paar Sachen packte und auszog, aber niemand, nicht einmal der Vater, sagte etwas dazu; sie sahen es ungläubig, zugleich aber war es, als hätten sie schon längst gewusst, dass er gehen würde, als hätten sie nur darauf gewartet und seien zugleich doch überrascht, dass es schon jetzt geschah.

Nina arbeitete von Montag bis Freitag im Drogeriemarkt, in dem sie eine Ausbildung zur Verkäuferin machte, Jakob kam beinah nie vor sieben nach Hause und hatte, weil er auch samstags arbeitete, nur den Sonntag frei. An diesem Tag schliefen sie aus und fuhren nachmittags mit dem Moped irgendwo hin, gingen ins Kino oder ins Café, oder sie blieben zu Hause, oder sie gingen ins Gasthaus, aßen Pizza, und ab und zu gab Jakob nach, und sie spazierten nachmittags zum Fußballplatz, um sich das Spiel anzusehen, bei dem Nina mitfieberte, als ginge es um Leben und Tod, während er mit den Fingern auf seine Hose klopfte. Manchmal kam eine von Ninas Freundinnen zu Besuch; Jakob sah bei der Gelegenheit, wie aufgeregt sie war und wie stolz, eine eigene Wohnung zu haben – als Erste; alle anderen wohnten schließlich noch zu Hause und hatten bisher nicht einmal im Traum daran gedacht, auszuziehen. Das könne sie sich gar nicht mehr vorstellen, sagte Nina, als wären es bereits Jahre, die sie nicht mehr bei ihren Eltern wohnte. Jakob fühlte sich da nie sehr wohl, denn er kam sich wie in die Schule zurückversetzt vor. Er blieb jeweils nur kurz mit am Tisch sitzen, bevor er nach draußen ging, um am Moped herumzuschrauben oder für einen anderen Mieter irgendetwas zu reparieren; denn innerhalb kurzer Zeit war er etwas wie ein Hausmeister geworden, sogar die Vermieterin wandte sich bisweilen an ihn. Immer noch war er schweigsam; nur ab und zu kam ihm wie von selbst ein Spruch über die Lippen, den er auf einer Baustelle aufgeschnappt hatte. Diese ganze Zeit verging für Jakob, als gäbe es sie nicht; die Arbeit nahm ihn in Beschlag; er hatte nichts dagegen, im Gegenteil fand er Gefallen daran, auch an dem guten Geld, das er damit verdiente; aber wo war die Zeit hin? Wo ging sie hin? Irgendwie reichte nichts mehr an ihn heran, als hätte nichts mehr etwas mit ihm zu tun. Es war auch mit Nina etwas Neues entstanden; seit sie ihm gesagt hatte, schwanger zu sein, hegte er keine Feindseligkeit mehr gegen sie. Aber was war dieses Neue? War es nicht vielmehr ein Nichts? Zuvor hatte er wenigstens noch eine Empfindung ihr gegenüber gehabt, jetzt sah er ihren stetig anschwellenden Bauch an und dachte lediglich: So ist das also. Hätte ich echt nicht gedacht ... Es war, als wäre in ihm auch die letzte Leidenschaft, von der er nicht einmal gewusst hatte, dass auch sie eine war, abgestorben. Wie zwei Pferde, das eine lebhaft, das andere etwas träge, die denselben Wagen zogen, gingen sie nebeneinanderher durch die Tage. Die Mutter rief manchmal an, sie sprachen meistens aber nur kurz; einmal kam sie sogar auf Besuch und erzählte, was es Neues gab: Dem Großvater ging es schlecht, er klagte über Schmerzen in der Brust und war mehrmals beim Arzt gewesen, der jedoch nichts fand. Der Großvater redete davon, dass etwas in ihm sei, das ihn auffresse, er spüre es, sagte er, sagte sie, und er sprach viel davon, dass es dem Ende zugehe. Bei der Großmutter war alles unverändert. Über den Vater sagte sie kaum etwas – vielleicht aus Rücksicht, vielleicht, weil es nichts zu sagen gab. Sie erzählte von Luisa, mit der sie offenbar häufig telefonierte, und von Alexander, mit dem sie, merkwürdig genug, Briefe schrieb. Hier wie dort, sagte sie, alles beim Alten. Und von sich selbst: gar nichts. Ob er nicht wieder einmal vorbeikommen möge? Nach dem Großvater sehen? Ob er Nina nicht seine Heimat zeigen wolle? Sie hatte sie doch noch nie gesehen? Vielleicht, sagte er. Ihm fiel auf, dass sie sich bemühte, freundlich zu Nina zu sein, dass es ihr aber nicht gelang; man spürte irgendetwas Unaufrichtiges, weniger in ihrem Blick als in ihren Worten – oder besser hinter ihren Worten. Wie sie mit Nina sprach, war nicht unähnlich der Art und Weise, wie die Großmutter mit ihr, der Mutter, redete.

Markus sah er nicht mehr; seit sie in der Wohnung waren, kam er nicht mehr vorbei. Zwar hatte er noch ein paar Mal angerufen, aber Jakob, dem es unangenehm war, die neue Situation erklären zu müssen, hatte jedes Mal vorgegeben, keine Zeit zu haben, oder er war gar nicht erst drangegangen, und die Anrufe hatten aufgehört.

Der Sommer war an seinem Höhepunkt angelangt – die Luft flirrte schon frühmorgens über den Dingen, die Blätter der Bäume wurden von keinem Windhauch bewegt, und nicht einmal in der Nacht kühlte es auf eine erträgliche Temperatur ab, so dass Nina, die ohnehin über Schlafstörungen klagte, kaum schlafen konnte und tagsüber wie gerädert war –, als etwas Fürchterliches geschah. Im Nachbarort wurde die Bäckerin, eine Frau Mitte vierzig namens Silvia Hartmann, ermordet. Jemand war in der Nacht in ihr im Erdgeschoß liegendes Schlafzimmer eingestiegen und hatte ihr mit einer Axt, die er an Ort und Stelle zurückließ, den Kopf zertrümmert. Der ganze Landstrich war erschüttert über die Bestialität der Tat. Wenige Tage nach dem Mord spürte man den Täter, einen jungen Mann namens Viktor S., ein aus Linz stammender und dort ansässiger Student der Wirtschaftswissenschaften, auf. Er hockte, ohne Kleidung, kreidebleich bis in die Lippen, schlotternd und zusammengekauert in einem Erdloch am Ortsrand, nicht weit vom Tatort entfernt, und ließ sich widerstandslos festnehmen und abführen. Hätte er nicht von sich aus seine Identität preisgegeben, man hätte sie erst ausforschen müssen. Denn niemand hier kannte ihn, und er trug nichts bei sich. Dass er ohne Motiv gehandelt haben könnte, machte die Erschütterung noch tiefer. Auch der fassungslose Witwer, der im Zimmer daneben schlief und nichts gehört haben wollte, sagte, er habe diesen Mann noch nie in seinem Leben gesehen. Er wiederholte jedoch immer wieder, dass seine Frau ihn bestimmt gekannt hatte; er war vollkommen überzeugt davon, dass sie ihren Mörder bei den Andachten kennengelernt habe, an denen sie seit einem halben Jahr nicht mehr teilgenommen hatte, weil sie plötzlich nichts mehr davon gehalten hatte, im Gegenteil ihre frühere Teilnahme bereut hatte und wieder in die Kirche gegangen war. Sehr rasch, noch im September, kam es unter großer Medienaufmerksamkeit, die weit über die Grenzen des Bundeslandes hinausreichte, zur Anklage und Verfahrenseröffnung, und nach nur zwei Verhandlungstagen wurde Viktor S., der nichts bestritt und nichts bereute und auf die wiederholt gestellte Frage, warum er es getan habe, jeweils nur mit den Schultern zuckte und mit Blick auf den Boden sagte: »Weiß nicht. Einfach so«, zu lebenslänglicher Haft verurteilt.

In der Nähe der neuen Autobahnauffahrt wurde eine riesige Firmenhalle aufgestellt, die, so hieß es, noch in diesem Jahr in Betrieb gehen sollte; wochenlang schon arbeitete Jakob dort. In den Pausen gab es kaum ein anderes Thema als den Mordfall; man war sich einig, dass man für manche Fälle doch die Todesstrafe wiedereinführen sollte, man sollte es machen wie die Amerikaner oder die Chinesen, nur einer hielt dagegen und meinte, lebenslange Haft sei die viel größere Strafe – nur kastrieren sollte man den »Hund« schon. Auch Nina beschäftigte es sehr, bis in die Träume hinein beschäftigte es sie. Mehrmals weckte sie Jakob nachts und sagte, sie habe solche Angst um das Leben ihres Kindes, es liefen so viele Verrückte herum. Jakob versuchte, sie zu beruhigen, sagte, sie solle keine Angst haben, er sei ja da und passe auf sie auf und dass sie morgen darüber sprechen würden – was sie dann nie taten. Sogar bis an Alexanders Einsatzort war die Nachricht gedrungen, und er rief einige Male an, um Näheres zu erfahren. Aber warum sollte Jakob mehr wissen, als in der Zeitung stand? Er wusste nicht mehr als irgendeiner.

»Hör mal«, sagte er beim dritten derartigen Anruf schon leicht genervt, »ich bin in der Arbeit. Ich weiß nicht mehr, als ich dir schon gesagt habe. Warum fragst du nicht zu Hause? Frag doch Oma.«

»Was ist mit deinem Freund? Wie heißt er, Markus?«

Jakob gab keine Antwort, denn auch diese Frage, ob Markus etwas wisse, hatte Alexander ihm schon zweimal gestellt.

»Hab es schon ein paarmal versucht«, sagte Alexander, und man konnte hören, wie er einen tiefen Zug an seiner Zigarette nahm. »Sie hebt nicht ab. Opa geht es nicht gut.«

»Ja, ich weiß.«

»Es soll ernst sein.« Und dann fügte er, wie einem jähen Einfall folgend, hinzu: »Ich fahre am Wochenende vielleicht hin. Was ist, kommst du mit?«

»Ich muss arbeiten«, sagte Jakob, es im Unklaren lassend, ja, eigentlich selbst nicht wissend, was genau er damit meinte: dass er jetzt weitermachen oder dass er am Wochenende arbeiten müsse – oder beides.

Er fragte sich weder, warum sein Bruder so brennend an diesem Fall interessiert war, noch, warum er wegen des Großvaters, mit dem er seit Jahren doch immer nur stritt, eigens die weite Reise zu machen bereit war – ob der Großvater möglicherweise im Sterben lag. Er fragte sich auch nicht, ob er deshalb so genervt und beinah zornig reagiert hatte, weil der Bruder ihn nur wegen dieser Sache anrief, aus reiner Neugier, und sonst nichts ansprach, obwohl er offensichtlich wusste, dass Jakob ausgezogen war, und gewiss auch wusste, weshalb. Er fragte sich gar nichts und vergaß alles wieder. Alexander meldete sich nicht mehr. Das Wochenende verbrachte Jakob, wie er alle übrigen verbrachte, und als wäre es nie anders gewesen; am Sonntag gingen sie auf den Fußballplatz, und Nina feuerte die Mannschaft an, die wie beinah jedes Jahr gegen den Abstieg in die niedrigste Spielklasse kämpfte, und Jakob saß daneben, trank Bier aus einem durchsichtigen, dünnen Plastikbecher und aß Pommes frites und folgte dem Spielverlauf nur unbeteiligt und dachte an andere Dinge: an die Baustelle, die, obwohl sie sich so rasant veränderte und er fast alle paar Tage eine andere Arbeit zugeteilt bekam, ihn anzuöden begann, an den neuen Auspufftopf für das Moped, den er bestellt hatte und der immer noch nicht gekommen war, an die nächste Miete, die bald schon wieder fällig war, und dass er das Geld dafür abheben musste, und er dachte an den Großvater.

Denn es war ihm nicht gleichgültig, dass es ihm schlechtging; im Gegenteil, oft war er in Gedanken bei ihm, gerade während der Arbeit erinnerte er sich an Situationen in der Kindheit und späteren Jahren, die sie zusammen erlebt hatten, und da fiel ihm auf, dass er überhaupt sehr viel mehr mit dem Großvater als mit dem Vater erlebt und unternommen hatte. Schon seit er von dessen Unpässlichkeit gehört hatte, nahm er sich vor, ihn zu besuchen; allerdings kam ständig etwas dazwischen, und wenn nicht das, schob er es auf – auch, weil er es trotz allem nicht allzu schwer nahm: Er, der noch niemanden verloren hatte, konnte es sich einfach nicht vorstellen, dass jemand, der immer dagewesen war, auf einmal nicht mehr da sein könnte. Und er ließ so lange etwas dazwischenkommen und schob es so lange auf, bis es zu spät war. In einer Oktobernacht war der Großvater gestorben.

Die gesamte Verwandtschaft fand sich bei der Beerdigung ein; sie kamen aus allen Gegenden, und viele hatten einander noch nie gesehen; nicht einmal die Großmutter, die im Rollstuhl geschoben werden musste, erkannte jeden auf Anhieb und ohne Schwierigkeiten. Wie sie dicht an dicht hinter dem Sarg hergingen, wirkten sie dennoch ganz und gar vertraut. Doch was sie einte, war nicht die Trauer um den Verstorbenen, sondern die Gier, zumindest die Hoffnung auf Geld: Fast alle hofften, vom Alten testamentarisch berücksichtigt worden zu sein. Natürlich jedoch sprach das Thema niemand an; man beäugte sich bloß und redete über anderes. Als das Essen nach der Beerdigung beendet war und die Großmutter sagte, sie sei erschöpft und wolle nach Hause gebracht werden, und alle verstummten und wie ein Mann aufstanden, um sich von ihr zu verabschieden, sagte sie mit dem gleichen Gesichtsausdruck, den sie immer hatte und den sie auch während der vergangenen Stunden nicht abgelegt hatte, mit den gleichen nach unten gezogenen Mundwinkeln wie immer und ohne dabei jemanden anzusehen: »Ihr müsst euch noch gedulden. Er hat alles mir vermacht.« Und sie ruckte mit dem Kopf zum Zeichen, dass sie fertig war, und Jakob löste die Bremse und schob sie zum Ausgang. Nur seine Schritte und das leise Quietschen der Gummiräder auf dem Holzboden waren zu hören. Stumm sah man ihnen hinterher, bis gedämpftes Gemurmel aufkam. Wenige Minuten darauf hatte sich die Versammlung aufgelöst; lediglich abgestandene Luft, schmutziges Geschirr und eine eigenartige Stille blieben in dem Saal zurück.

Nicht alle hofften. Bei Luisa war es klar, dass für sie nichts abfallen würde, denn ihre Ehe mit einem Amerikaner war vom Großvater verurteilt worden. Gerade waren sie noch die Feinde, jetzt heiratete man sie? Das hatte der Alte nie verstehen können, und war Luisa früher immer sein Liebling gewesen, hatte er nach der Hochzeit nichts mehr von ihr wissen wollen. Alexander überlegte zwar, um wie viel Geld es sich handeln mochte, und fragte sich, was er sich als Jugendlicher oft und seit langem nicht mehr gefragt hatte: woher der Großvater es hatte, hoffte aber ebensowenig wie seine Schwester. Und Jakob dachte nicht einmal daran.

Ja, sogar Luisa war mit ihrer bald zwei Jahre alten Tochter Marie aus Schweden angereist und wollte ein paar Tage bleiben. Sie hatte es zum Anlass genommen, zumindest kurz aus Schweden rauszukommen, wo ihr alles fremd war und es ihr, obwohl sie es versuchte, nicht gelang, heimisch zu werden. Chet, ihr Mann, den sie in Wien kennengelernt hatte, war Chemiker und hatte eine Stelle in Stockholm angeboten bekommen; sie hatten damals schon zusammengelebt, und er hatte gesagt, es sei nur für ein Jahr, und sie hatte ihr Studium unterbrochen und war mit ihm in den Norden gezogen. Für ein Jahr ... Aber aus dem Jahr waren zwei, waren drei geworden ... Dann das Kind ... Keine Rede mehr davon, dass sie bald wieder zurückkommen würden. Keine Rede mehr vom Studium. Alexander saß mit der quietschvergnügten Kleinen in der Stube und versuchte, ihr ein paar deutsche Worte beizubringen, aber es klappte nicht recht, Marie sagte immer bloß irgendetwas Schwedisches oder Englisches oder was es war.

»Ich verstehe dich nicht, Luisa«, rief er zwischendurch einmal in die Küche hinüber, in der die anderen saßen und Kaffee tranken und sich leise unterhielten, um die im Obergeschoß ruhende Großmutter nicht zu stören, »warum bringst du ihr nicht Deutsch bei? Wie sollen wir beide uns denn einmal unterhalten?«

Luisa zuckte mit den Schultern, gab aber keine Antwort.

»Seit wann bist du eigentlich zurück?«, fragte sie stattdessen.

»Ich? Noch nicht lange«, rief Alexander.

Nicht einmal die Mutter hatte gewusst, dass Alexander nicht mehr in Ausland stationiert war, sondern neuerdings eine Stelle im Verteidigungsministerium in Wien hatte.

»Schrei doch nicht so«, sagte der Vater. »Was bist du so laut?«

In den vergangenen Tagen war der Vater kaum wiederzuerkennen gewesen. Verloren und reglos war er herumgesessen, als wisse er nun nicht mehr, was er mit sich anfangen solle; mit gesenktem Kopf war er drinnen und draußen herumgestrichen und hatte nur halb reagiert, wenn man ihn ansprach. Die gesamte Organisation des Begräbnisses, das Sprechen mit dem Pfarrer, das Versenden und Austragen der Partezettel und alles andere hatte die Mutter übernehmen müssen. Noch auf der Beerdigung war er so teilnahmslos gewesen, aber seit dem Augenblick, als die Großmutter gesagt hatte, dass das Vermögen auf sie übergegangen war, hatte er sich wieder belebt, ja, war geradezu aufgeblüht, und seine Augen blitzten wie sonst nur, wenn er von einer neuen Idee erzählte.

Längst war es dunkel; blickte man aus dem Fenster, sah man nichts als vom jetzt fallenden Regen benetztes Schwarz und darin das sich grell und scharf widerspiegelnde Licht der Deckenlampe und irgendwo davor oder dahinter – wie in einem anderen, unabsehbaren Raum – das eigene Spiegelbild. Gegen sechs verabschiedete sich Alexander, der einen weiten Weg vor sich hatte. Kurz darauf brach auch Jakob auf; noch einmal sagte er, dass Nina eigentlich mitkommen wollte, dass es ihr aber zu beschwerlich gewesen wäre. Bevor er fuhr, warf er einen kurzen Blick in die Ställe und stellte fest, dass bis auf drei Kühe und zwei Schweine kein Tier übrig geblieben war. Als er das Licht ausschaltete, sah er den Vater aus dem Haus kommen. Ob er ihn gesehen hatte?

Schon nach einem Monat hatte Alexander die von einem Kameraden vermittelte Wohnung am Naschmarkt aufgegeben und war in ein Dorf zwanzig Kilometer vor Wien gezogen, wo er die einhundertdreißig Quadratmeter des Obergeschoßes eines ansonsten nur als Lager genutzten Gründerzeithauses mietete: Allzu sehr hatte er sich in der Vergangenheit an die Ruhe gewöhnt, als dass er den Stadtlärm – den Lärm des Tag und Nacht rauschenden Verkehrs auf der Wienzeile, das Donnern der U-Bahn in dem offenen Schacht, die hysterischen Stimmen der Touristen und jene nicht weniger aufreibenden der Marktschreier – auch nur einen Tag länger hätte ertragen können oder wollen. Inzwischen die Abzeichen eines Oberleutnants tragend, fuhr er täglich mit dem Auto ins Ministerium, tat von neun bis fünf Dienst im Büro des Generalstabs und fuhr wieder nach Hause.

Irgendwann nach jener Patrouillenfahrt auf den Dulje-Pass war ihm auf einmal alles unerträglich geworden; vollkommen überraschend für ihn selbst, hatte er das Gefühl, nichts hier gehe ihn im Grunde etwas an.

Was hatte er in diesem fremden Land verloren? Weshalb kontrollierte er die Einheimischen und ihr Land, ihren Horizont? Er wusste nicht, woher diese Gedanken kamen, denn nie zuvor waren sie ihm gekommen, und gerade weil er nie zuvor so gedacht hatte, meinte er, es würde wieder vergehen, er müsse bloß warten; doch die Gedanken vergingen nicht. Noch einmal überlegte er, erneut um Versetzung in den Norden anzusuchen, wie er es lange vorgehabt hatte, aber rasch verwarf er es endgültig. Schließlich sagte er sich, er sei lange genug weggewesen, es sei Zeit, in die Heimat zurückzukehren. Er gewöhnte sich an die Vorstellung und merkte, wie gut sie ihm tat. Und so bewarb er sich auf die Stelle, von der sein Kamerad ihm erzählt hatte, und bat einen alten, einflussreichen Freund – jenen, der ihn seinerzeit dazu bewegen wollte, in die Akademie einzutreten –, ein gutes Wort für ihn einzulegen.

Es dauerte nicht lange, bis sich eine neue Liebschaft gefunden hatte; sie fand sich in der Frau des Brigadiers, der dem Büro vorstand; er, der Brigadier selbst, hatte die beiden auf einem Empfang einander vorgestellt und sie für ein paar Minuten alleingelassen. Sie hieß Lieselotte und nannte sich Lilo und war eine athletische Frau Ende dreißig, die als Sprecherin fürs Fernsehen arbeitete. Sie trafen sich ein- oder zweimal in der Woche, meistens in seiner Mittagspause im »Orient« oder einem anderen Stundenhotel in der Innenstadt. Alexander wäre es lieber gewesen, sie hätten sich abends getroffen, wenn er danach nicht wieder ins Büro musste, aber abends holte sie ihren zehnjährigen Sohn vom Hort ab und kochte – abends konnte sie nicht. Wenn sie von ihrem Sohn sprach, kam es ihm unwirklich vor; irgendwie konnte er sich nicht vorstellen, dass sie Mutter eines Kindes war. Und wenn er sich vorstellte, dass sie ja nicht nur Mutter war, sondern in Wirklichkeit mit dem in seiner enggeschnallten Uniform wie eine abgebundene Knackwurst aussehenden Brigadier verheiratet war, musste er lachen. Es machte ihm Spaß, sie damit aufzuziehen; sie wurde böse und redete nicht mehr mit ihm, und er lachte noch mehr. Es kam vor, dass der Brigadier mit dem General und dem Minister verreiste; dann sahen sich die beiden täglich, und einmal, sich an ihn schmiegend, fragte Lilo, ob sie ihn nicht besuchen kommen dürfe – sie würde sogar über Nacht bleiben.

»Aber das Kind?«, fragte er.

»Dafür habe ich doch das Kindermädchen«, flüsterte sie ihm ins Ohr.

»Wird er nichts verraten?«

Man konnte hören, dass er sich freute, es ihm zugleich aber nicht ganz geheuer war.

»Nein«, sagte sie. »Ich sage ihm, dass ich ins Theater gehe.«

»Und am Morgen, wenn du nicht da bist? Was sagst du ihm da?«

»Lass das einfach meine Sorge sein. Schreib mir nur die genaue Adresse auf.«

Ihr gefiel die Wohnung. Sie ging, begleitet von dem feinen, harten Knallen ihrer Absätze, darin herum wie in einer Hotelsuite und betrachtete alles ganz genau. Als sie damit fertig war, kehrte sie ins Wohnzimmer zurück. Alexander saß mit übergeschlagenen Beinen auf der Couch und wartete, dass sie zu ihm kam. Sie schien aber noch nicht fertig mit ihrer Rundschau, ihrer Besichtigung, trat an den mit braunem Leder bezogenen Lesesessel und setzte sich auf die Lehne.

»Was ist das?«, fragte sie und beugte sich zu dem auf der anderen Seite stehenden Tischchen hinüber.

»Nichts«, sagte er.

Sie nahm einen der Zeitungsausschnitte in die Hand und überflog ihn.

»Was für eine Verhandlung war das?«, fragte sie und griff nach weiteren Ausschnitten; es lagen eine ganze Menge davon dort.

»Ein Mordfall in der Gegend, in der ich aufgewachsen bin«, sagte er knapp und stand auf.

»Hast du das Opfer gekannt?«

»Nein.«

»Warum sammelst du diese Artikel dann?«, fragte sie, mit gerunzelter Stirn einen weiteren lesend.

Er gab keine Antwort, verschwand in der Küche und kam mit zwei Weinflaschen wieder.

»Trinkst du Rotwein, oder willst du lieber weißen?«

Sie hob den Blick und sah ihn an. Nach einer Sekunde glättete sich ihre Stirn, und sie lächelte ihn an. »Rotwein«, sagte sie, und wie zerstreut oder als wisse sie nicht mehr, was sie damit tun solle, legte sie, was sie in Händen hielt, beiseite.

Am folgenden Morgen – es war ein Samstag – saßen sie in der Küche, tranken Kaffee aus kleinen dickwandigen Tassen und aßen die Croissants, die sie mitgebracht hatte. Sie rauchte, und er, der so früh noch nicht rauchen mochte, sah ihr dabei zu. Man hörte das Tschilpen der Spatzen, die in den Fliedersträuchern und der Schneebeere hinterm Haus unermüdlich von Zweig zu Zweig hüpften. Jeden Morgen bisher war er hier gesessen, die Stille und die frische Luft genießend, und es wunderte ihn, dass ihn Lilos Anwesenheit nicht störte und es ihn nicht störte, dass sie rauchte, sondern dass ihm das alles angenehm und nahezu selbstverständlich war. Sie wirkte nachdenklich und schien keine Eile zu haben, loszukommen. Er griff nach ihrer Hand und spielte mit ihren Fingern; sie ließ es geschehen. Als er jedoch an ihrem Ehering drehte, entzog sie ihm die Hand und ließ sie an der Tischkante liegen. Später, nachdem sie zu Ende geraucht und die Zigarette ausgedrückt hatte, als falte sie etwas, stand sie auf und ging ins Wohnzimmer. Er folgte ihr nicht, hörte aber das leise Rascheln von Papier. Danach gingen sie wieder ins Schlafzimmer. Erst gegen Mittag sagte sie, sie müsse los. Sie zogen sich an, und er brachte sie nach unten und hielt ihr die Tür ihres roten Alfa Romeo auf. Auch hier, möglichen Blicken ausgesetzt, bewegte sie sich völlig natürlich und ohne das geringste Anzeichen von Ängstlichkeit oder Scham. Auf eine ganz eigene Art beeindruckte Alexander dieser Stolz. Er sah ihr nach und drehte sich, als das Auto nicht mehr zu sehen war, um und ging nach oben. Im Wohnzimmer nahm er die Zeitungsausschnitte und verwahrte sie in einer Schublade. Ja, warum sammelte er diese Dinge? Er wusste es nicht. Er wusste nur, dass Elvira ihm nicht aus dem Kopf ging. Immer wieder, manchmal sogar wenn er gerade mit Lilo zusammen war, fiel sie ihm ein und ließ ihn lange nicht mehr los – wobei ihm eher die Worte von Jakobs Freund Markus präsent waren als die nur noch vage, nur noch nebelhafte Erinnerung an die damalige Begegnung.

Er wurde unruhig, fast fahrig. Er wollte Elvira wiedersehen. Nur wie? Es würde nicht anders zu machen sein, als dass er hinfuhr. Als absehbar war, dass der Großvater nicht mehr lange leben würde, sagte er sich, er könne ja nach der Beerdigung noch ein paar Tage bleiben und an der Andacht teilnehmen, die jeden Samstag auf dem Hof, auf den Elvira geheiratet hatte, abgehalten wurde. Doch dann wurde nichts daraus; die Reise zu den im Ausland stationierten Truppen, seit Monaten geplant und von Alexander eigentlich mit Freude erwartet, kam dazwischen.

Am Tag nach der Beerdigung begann sie. Er bestieg frühmorgens als einer von fünfzehn Delegierten das Flugzeug. Er war etwas missmutig und erwartete auf einmal keine schöne Reise mehr, sondern lediglich eine dem strengen Protokoll folgende Reihe von Tagen. Zugleich dachte er, dass er trotz allem keine Lust gehabt hätte, zu bleiben; allzu unwohl hatte er sich gefühlt inmitten dieser Verwandtschaft, die nur gekommen war, weil sie auf eine Erbschaft spekulierte. Er hatte sogar seine Geschwister im Verdacht, auf das Geld zu hoffen. Zumindest Luisa. Warum sonst war sie extra gekommen? Sie kam ihm sehr verschlossen vor, anders als früher. Wie sie auswich, wenn er etwas über Schweden, über ihr Leben dort wissen wollte. War sie unglücklich? Warum kam sie nicht zurück, wenn es ihr nicht gefiel? Chet konnte doch überall auf der Welt arbeiten? Als er sich verabschiedet hatte und nach draußen gegangen war, war sie auf einmal neben ihm gestanden. Es war ihm schon zuvor aufgefallen, dass sie stämmiger geworden war; da erst sah er, dass ihre hellen Haare heller als sonst waren und dass zudem ihre Hautfarbe auffallend dunkel war. Alexander hatte immer angenommen, im Norden sei die Sonne weniger stark. »Fährst du schon?«, hatte sie gefragt, und er hatte gesagt: »Ja. Ich muss morgen früh raus.« Sie sagte nichts, und er, die Hand schon am Türgriff, fragte: »Wie lange bleibst du noch?« »Ein paar Tage. Bis Dienstag.« »Dann wieder zurück?« »Ja.« »Telefonieren wir noch, bevor du abreist«, sagte er und hob das Kinn. »Ja«, sagte sie. Er war eingestiegen und losgefahren; auf der Fahrt hatte er sich nicht gefragt, warum sie ihm nachgegangen war, aber vielleicht hatte er doch gespürt, dass sie irgendetwas loswerden wollte, von dem er nichts wissen wollte; aus dem Telefonat war jedenfalls nichts geworden. Dann dachte er an die Worte der Großmutter und daran, wie bleich für einen Herzschlag alle geworden waren, und wie stumm, als wären sie bei etwas Unlauterem, Unanständigem erwischt worden. Die Großmutter hatte es nicht leicht, dachte er, der Großvater, der zeitlebens so große Sprüche geklopft und sich als der Starke gegeben hatte, hatte sich vor einer Entscheidung gedrückt und sie ihr aufgebürdet und sie damit allein gelassen. Auch ich wüsste nicht, wem ich das Geld geben sollte, dachte er.

Die Reise begann sich schnell als abwechslungsreich und sogar sehr unterhaltsam herauszustellen. Die Delegierten, die Alexander bloß als graue Beamte kannte, zeigten sich auf einmal anders, waren lebhaft und redselig – und es war nicht nur wegen der großen Mengen an Alkohol, die täglich bis spät in die Nacht hinein flossen, sondern vor allem, weil die gewohnte Umgebung fehlte. Sogar den Brigadier und den General sah man ein paar Mal in einer Ausgelassenheit, die ihnen niemand zugetraut und die sie sich in Wien nicht gestattet hätten. Einzig der Minister war reserviert. Er nahm die Paraden ab und zeigte sich ansonsten nur, wenn es unbedingt notwendig war, und verbrachte die restliche Zeit mit seinem Assistenten oder Sekretär auf dem Zimmer. Einmal lag sein Zimmer neben jenem von Alexander, und da hörte man ihn noch tief in der Nacht sehr laut mit jemandem – dem Sekretär, oder telefonierte er? – sprechen, und obwohl Alexander kein Wort verstehen konnte, klang, was er hörte, für seine Ohren wie Streit. Aber die Reserviertheit des Ministers fiel nur halb auf, denn er gehörte irgendwie ohnehin nicht richtig dazu. Einsam wie ein König wirkte er manchmal. Die Stimmung insgesamt war also sehr gut, und auch Alexander selbst spürte etwas wie einen anderen, leichteren und weiteren Atem in sich, ohne zu wissen, woher genau er kam. Außerdem sah er Kameraden wieder, von denen er seit langem nichts gehört hatte. Es wunderte ihn nur im ersten Moment, sie zu sehen. Bald schon dachte er, es sei nichts Verwundernswertes daran, wenn jemand an den Ort zurückkehrte, an dem er glücklich gewesen war. Aber nach einer Weile dachte er, dass sie an jene Orte nicht zurückgekehrt waren, weil sie sie liebten, sondern bloß, weil sie sie kannten ... Nur einer von ihnen hatte es zum Offizier gebracht, die anderen trugen kaum mehr Abzeichen als damals. Mit jedem von ihnen unterhielt er sich lange und ausführlich, und es war sicherlich eine Folge dieser Vertraulichkeit, die niemandem verborgen blieb, die ihn in den Augen des Generals auszeichnen musste, so dass es mehrmals zu einem Gespräch zwischen den beiden kam.

Das Programm war so dicht, dass Alexander erst gegen Ende der Reise ein paar Stunden für sich alleine hatte. Er nutzte sie für einen langen Spaziergang, der ihn weit von dem Lager entfernte und ihn über eine vertrocknete Hochebene führte, auf der kaum etwas wuchs. Es tat ihm gut, zu gehen. Es tat ihm gut, alleine zu sein. Seine Gedanken ordneten sich und nahmen wieder eigene Wege, die abseits des Tagesprotokolls lagen. Hin und wieder strich er sich über die Hände; er war das Trinken nicht mehr gewöhnt, und wie früher bekam er davon trockene Haut; an den Handrücken war sie ihm an mehreren Stellen sogar aufgesprungen. Die frische, ein wenig feuchte Luft tat ihnen wohl. Als er bereits lange unterwegs war, sah er in weiter Entfernung einen einsamen, windschiefen und nicht besonders großen Baum stehen. Er glaubte, es sei ein Olivenbaum, konnte sich aber nicht sicher sein; denn zu weit war er davon entfernt. Obwohl immer wieder ziemlich scharfe Windstöße über die Hochebene fuhren, schien die Krone des Baumes nicht bewegt. Er blieb stehen und drehte sich um und blickte zu dem Wachposten zurück, an dem er gerade vorbeigegangen war und der, rasch die Zigarette in der hohlen Hand verbergend, in seine Richtung schaute. Alexander salutierte andeutungsweise, wie um ihn seiner Kameradschaft zu versichern, und wandte sich wieder dem Baum zu. Er sah, dass die Krone sich doch ein wenig bewegte, wenn der Wind an ihr zerrte.

Auf dem Rückweg war aus dem böigen Wind fast ein Sturm geworden. Es war ein tiefes, finsteres, wildes Brausen in der Luft, welches jedes andere Geräusch mit sich riss. Die Wolken am Himmel waren riesenhaft und schwer, und alles verdunkelnd näherten sie sich der Hochebene. Während dicke Tropfen zu fallen begannen, machte sich ein Geruch von wie frühjahrshaft erwachender Erde breit.

Alexander war zu lange unterwegs gewesen und spät dran; er lief fast. Es war, als werde ihm erst da, während dieser raschen Schritte durch einsetzenden Regen, bewusst, dass die Reise ihrem Ende zuging und er bald wieder zu Hause wäre, und er spürte, wie sein Herz sehr schnell zu schlagen anfing. Ja, dachte er und wischte sich das Wasser aus dem Gesicht, und wieder: Ja, sobald ich zurück bin. Sobald ich zurück bin, fahre ich hin. Ich fahre hin und tue ihr schön und rede ihr schön vor – mache es einfach wie damals.

Der erste Schnee war bereits gefallen und wieder geschmolzen, als das Kind – ein gesunder, annähernd vier Kilo schwerer Bub – geboren wurde. Die Wehen hatten gegen Mittag eingesetzt, und Nina hatte Jakob angerufen, der die Rettung verständigte. Ein Arbeitskollege hatte Jakob ins Spital gefahren, und er war in seiner schmutzigen und verschwitzten Kleidung stundenlang auf dem Gang vor dem Kreißsaal auf und ab gegangen, sich immer nur für Sekunden setzend, sofort wieder weiter auf und ab gehend – fürchterlich aufgeregt und wie außer sich. Sollte er nicht doch hineingehen und bei Nina sein, obwohl sie es anders vereinbart hatten? Er hörte Schreie von Frauen, Schreie und das Weinen von Babys wie von weither und zugleich wie aus seinem eigenen Inneren. Irgendwann holte man ihn, gab ihm einen Schurz und führte ihn in den Kreißsaal zu Nina. Er wusste, er sollte sich freuen, aber es gelang ihm nicht; alles kam ihm ganz verkehrt vor, wie ein einziges großes Missverständnis, das er beheben musste, das aber zugleich nicht zu beheben war. Ja, es war ganz verkehrt.

Wie war es möglich, dass ihm gestern noch alles normal und gewöhnlich vorgekommen war und er nichts dabei gefunden hatte, Vater zu werden? Ein Unwissender war er gewesen. Die Hebamme zog den Vorhang zurück und trat beiseite. Nina, die schweißnassen Haare im Gesicht und die Augen kaum offen haltend, ein rotes Bündel auf der Brust, lächelte ihn an, und verwirrt und wie gegen seinen Willen lächelte er zurück. Er setzte sich auf einen Stuhl neben sie und strich, als hätte es ihm jemand befohlen oder zumindest geraten, dem schlafenden, leise schnarchenden Wesen über die winzige Wange. Nina fielen auf einmal die Augen zu. Sie sah nicht mehr aus wie eine knapp Achtzehnjährige, sondern viel älter. Starr blickte Jakob auf die Schweißperlen zwischen den nassen Haarsträhnen auf ihrer Stirn. Ihm war, als seien erst ein paar Minuten vergangen, als die Hebamme zu ihm trat und sagte, man würde die junge Mutter nun in ein Zimmer auf der gynäkologischen Station bringen, wo sie noch drei oder vier Tage bleiben würde. Ob er dort warten wolle? »Du musst nicht«, sagte Nina mit schwacher Stimme und schlug die Augen halb auf; sie schlief schon fast. Jakob nickte und gab ihr einen Kuss, blickte noch einmal auf das Kind, stand auf und ging. Er verließ das Krankenhaus und trat in die einsetzende Dunkelheit. Er ging zu Fuß die weite Strecke zum Busbahnhof, suchte dort den Bahnsteig und wartete, über eine Stunde lang auf demselben Fleck stehend, auf den Bus.

Kaum kam er zu Hause an, nahm er, ohne sich umzuziehen und ohne einen Helm aufzusetzen, das Moped der Vermieterin, das nie abgesperrt war und das er mit ihrer Duldung manchmal benutzte, wenn sein Tank leer war – und jetzt, weil sein eigenes auf der Baustelle stand –, startete und fuhr zum elterlichen Hof.

Es war nach neun, als er das Gefährt abstellte und den würzigen Duft von Holzrauch roch, der in der kalten, nächtlichen Luft lag, und den dunklen Geruch vom Sumpf. Von der Brücke her in unregelmäßigen Abständen das metallische Hallen von unsichtbaren Riesenschritten und das beständige, aber kaum vernehmbare Brausen des Transits. Sonderbar, dass man das Brausen viel deutlicher und, bei entsprechendem Wind, über Kilometer hin hörte, wenn man aus dem Tal draußen war. Im unteren Stock brannte kein Licht mehr, nur im oberen schimmerte ein schwacher Schein. Es war eines der Fenster der großelterlichen Wohnung. Er ging ins Haus, streifte die Schuhe ab, lauschte kurz und stieg ins Obergeschoß hoch. Vor der Tür hielt er eine Sekunde inne, bevor er klopfte und fast gleichzeitig in das Zimmer schlüpfte.

Die Großmutter saß, eingehüllt in eine Wolldecke und die Beine hochgelagert, in einem Ohrensessel am geöffneten Fenster. Leise lief in einer Ecke das Radio; Geigenmusik war zu hören. Er konnte ihr Gesicht nur halb sehen und wusste nicht, ob sie eingenickt war oder nach draußen schaute. Es war kalt in dem lediglich von einer Tischlampe erhellten Raum; der Kachelofen im hinteren Teil schien nicht in Betrieb zu sein. Rasch ging Jakob über einen der vielen dicken Teppiche auf dem Boden auf die Großmutter zu, um das Fenster zu schließen.

»Lass das«, sagte sie, als er gerade nach den Flügeln griff.

Er ließ die Hände sinken.

»Es ist eiskalt«, sagte er.

»Was willst du?«

»Wo ist Papa?«, fragte er.

Sie stieß einen Laut aus – ihr Lachen. »Das weiß nicht einmal der liebe Gott. Nicht einmal Er kommt ihm hinterher.«

Jakobs Blick ging über die unzähligen an den Wänden hängenden Bilder von lebenden und toten Verwandten und Heiligen und die Schwarzweißbilder vom Bau der Autobahnbrücke, das heißt von den anfänglichen Arbeiten, dem Bau der Widerlager und dem Betonieren der Pfeiler, denn von späteren Baufortschritten gab es kein einziges Bild. Und seltsam war auch, dass auf fast keinem jemand zu sehen war.

»Aber wenn du seinetwegen kommst, was willst du dann bei mir?«

»Es brennt kein Licht unten«, sagte er, seinen Blick von den Bildern lösend.

»So viel Besuch wie in diesen Tagen hatte ich lange nicht«, sagte sie, als glaube sie ihm nicht oder als sei es ihr egal, ob er die Wahrheit sprach oder nicht. »Noch nie, glaube ich. Also, was willst du?«

Er wusste, was sie meinte, und das hemmte ihm die Sprache. Schließlich gab er sich einen Ruck.

»In Schwan«, sagte er, »gibt es einen Hof zu kaufen. Es sind acht Hektar Acker dabei und zwei Hektar Wald.«

»Und?«

»Ich möchte ihn kaufen.«

»Mit welchem Geld?«, fragte sie ächzend; sie hatte sich vorgebeugt, um das Fenster noch ein wenig weiter zu öffnen, als könne sie in der schwarzen Luft etwas sehen. Der Holzrauch war zu riechen.

»Das war es, was Opa immer wollte. Er wollte, dass ich einmal etwas anderes kaufe.«

»Davon weiß ich nichts.«

»Aber wie kannst du davon nichts wissen? Jeder weiß es, so oft hat er davon geredet.«

»Und wenn schon. Er hat seine Meinung geändert. Warum bist du nicht gekommen, als es mit ihm zu Ende gegangen ist?«

»Es ist so schnell gegangen«, sagte Jakob hilflos; diese Frage, die er sich selbst schon oft gestellt hatte, konnte er nicht beantworten.

»Nicht so schnell.«

Schweigen machte sich breit. Er betrachtete ihr warzenübersätes, wie maskenhaftes Gesicht, während sie ihn immer noch keines Blickes würdigte. Ihr Kiefer bewegte sich ein paarmal, als zerkaute sie etwas Winziges, in einer Zahnlücke Aufgespürtes; dann saß sie wieder reglos.

»Vielleicht wollte er das«, sagte sie nach einer Weile, lehnte sich in ihrem Sessel zurück und strich die Decke über ihren Beinen glatt. »Aber ich will das nicht. Zumindest noch nicht jetzt. Du bist noch fast ein Kind.«

Nicht nur die Art, wie sie es sagte, machte Jakob klar, dass jeder weitere Satz vergeudet wäre: Er kannte sie lange genug, um zu wissen, dass sie nie etwas zurücknahm. Er spürte, wie Ärger in ihm hochstieg. Zu jung war er? Hatte sie denn nicht gesehen, wie er bis vor kurzem noch alles hier alleine geführt hatte? Fast wollte er etwas sagen, hielt sich aber zurück. Er würde wiederkommen, dachte er, er musste wiederkommen. Ein paar Sekunden lang noch wartete er, bevor er sich von der Wand abstieß und wortlos das Zimmer verließ.

Im Vorhaus brannte Licht, und als er unten ankam, traf er auf den Vater, der an ihm vorbei nach oben schielte und ihn zunächst misstrauisch und stirnrunzelnd ansah und sich zu fragen schien, was sein Sohn hier machte, ihm dann aber gutgelaunt auf die Schulter schlug.

»Na, ist es bald soweit?«, fragte er und steckte sein Telefon, auf dem er eben noch etwas nachgesehen hatte, weg.

»Ja«, murmelte Jakob.

»Mein Lieber, mein Lieber«, sagte der Vater und strahlte ihn an. »Warte«, sagte er, »du kannst sicher ein bisschen was brauchen«, und er durchsuchte seine Hosentaschen, fand aber nichts als eine Fünfzigcentmünze, die er Jakob immer noch strahlend in die Hand drückte. Aber auf einmal veränderte sich sein Blick, die Augen verengten sich, und ihr Glanz wurde irgendwie härter. »Pass auf«, sagte er und fasste Jakob am Arm, »ich muss dir etwas erzählen. Mir ist da vor ein paar Tagen eine verdammt gute Idee gekommen.«

War Jakob mit dem Vorsatz die Treppe hinuntergestiegen, den Vater zu suchen, um sich an ihn zu wenden und, auch wenn es keinesfalls einfach sein würde, zu versuchen, mit ihm gemeinsame Sache zu machen, sich irgendwie mit ihm zu verbünden, und hatte etwas in ihm noch daran geglaubt, dass mit dem Vater zu reden war, wenn man es nur richtig anpackte, dann wusste er bei diesen Worten unwiderruflich und endgültig, dass es sinnlos war, und während er nach seinen Schuhen griff, sagte er kaum hörbar: »Es tut mir leid, ich muss los.«

Obwohl man ihn nicht erwartete, fand er sich am nächsten Morgen auf der Baustelle ein – er war zu Fuß hingegangen – und arbeitete bis zum Mittag. Am Nachmittag, diesmal geduscht und in sauberer Kleidung, fuhr er ins Krankenhaus und besuchte Nina, die nach wie vor sehr schwach war und sogar ein wenig niedergeschlagen wirkte; ermattet und frei von der eigenartigen Gier, die er bei der Gelegenheit sonst an ihr feststellen konnte, blätterte sie in den Illustrierten, die er ihr mitgebracht hatte. Das Kind war nicht bei ihr; jemand habe es vor einer halben Stunde geholt, sagte sie. Er fragte sie, wie es ihr gehe, worauf sie sich anschickte, etwas zu antworten, dann jedoch bloß mit den Schultern zuckte. Nach etwa einer Viertelstunde kam eine Krankenschwester mit dem Kind herein.

»Da ist ja der junge Vater«, sagte sie, als kennte sie ihn und hielt ihm das schlafende Kind hin. Unsicher und sich dabei halb vom Stuhl erhebend nahm er es, und kaum hatte er es in Händen, wachte es auf und begann zu schreien. Die Krankenschwester lachte, sagte: »Das müssen wir noch üben«, und verließ das Zimmer wieder.

»Was denn?«, fragte Jakob. »Was hat es denn? Warum schreit es? Ich mache doch gar nichts.«

Ganz ohne ihre übliche Scham knöpfte Nina ihr Oberteil auf und sagte: »Gib ihn her.«

Er gab ihr das Kind, und sie legte es sich an die Brust, die bleich und schlaff zur Seite hing. Das Kind, immer noch schreiend, suchte und fand nicht, bis Nina ihm half. Augenblicklich verstummte da das Kind und trank mit schmatzenden Lauten, die kleinen, roten, geballten Händchen dabei dicht am Gesicht. Nina starrte währenddessen an die Decke und wirkte vollkommen abwesend. Jakob fragte, ob sie irgendetwas brauche, er ihr etwas mitbringen solle.

»Nein, danke«, sagte sie und lächelte andeutungsweise.

Nach einer Stunde machte er sich wieder auf den Weg.

Drei Tage vergingen so. Er besuchte sie, blieb eine Weile, fuhr wieder. Er wusste immer noch nicht, was reden. Dennoch meinte er, sich langsam an den Zustand zu gewöhnen. Vielleicht, dachte er, war das ganz normal, vielleicht ging es jedem so. Man konnte sich nicht vorstellen, was man nicht erlebt hatte ... und dann war es eben wie ein Schock. Gerade, wenn man noch so jung war wie er. Und musste es nicht Nina selbst ein wenig so gehen? Oder warum sonst wirkte sie so überhaupt nicht fröhlich, so überhaupt nicht lebensfroh? Wahrscheinlich würde sich das alles geben. Auch Nina würde ihre Niedergeschlagenheit abschütteln und ihre Lebendigkeit wiederfinden. Und am Ende, wenn sich die Dinge eingespielt hätten, würden sie eine ganz gewöhnliche kleine Familie abgeben. Diese Gedanken beruhigten ihn.

Es war ein Samstag, an dem Nina und das Kind nach Hause kamen. Sobald sie in der Wohnung war, schien es Nina besserzugehen und sie wieder zu Kräften zu kommen. Das Kind in einem bunten Wickeltuch am Körper tragend, begann sie sauber zu machen, während Jakob am Tisch saß. Mehrmals stieß sie einen Laut aus, der nach Erleichterung klang. Aber was war mit ihm? Warum war er nicht erleichtert, wo er doch sah, dass es Hoffnung gab, eine neue Normalität würde entstehen? Warum rutschte er so unruhig auf der Bank hin und her? Warum fühlte er sich auf einmal wieder so unwohl und fehl am Platz? Als Nina sich setzte, um zu verschnaufen, stand er jäh auf, nahm die Werkzeugkiste aus dem Schrank und ging damit ins Schlafzimmer. In einem Winkel baute er das Gitterbett zusammen, das er am Vortag besorgt hatte. Es war aus Buche, und nur ein paar Handgriffe waren nötig, es zusammenzubauen, aber er tat es so langsam, dass die kleine Aufgabe nahezu zu einer großen wurde.

»Was sagst du?«, rief Nina.

»Nichts«, sagte er.

Nach einer Weile wieder: »Was redest du? Ich verstehe dich nicht!«

Da begriff er, dass er mit sich selbst geredet hatte. Er richtete sich auf und spähte durch den Türspalt ins Wohnzimmer und sah Nina, wie sie den Couchtisch abwischte und die Vase mit den Plastikblumen zurechtrückte, bevor sie wieder aus seiner Sicht verschwand. Aber immer noch war sie da; denn sie hatte nicht nur ein Kind mitgebracht, sondern noch etwas anderes: einen Geruch, den er bereits in den vergangenen Tagen wahrgenommen hatte, den er jedoch für einen krankenhausüblichen gehalten hatte. Langsam und schwer atmend schraubte er weiter. Der Geruch, den er wahrnahm, der Geruch, der überall war und dem er nicht entkommen konnte, war widerlich. Und nichts, gar nichts war der frühere Ekel gegen den, den er jetzt empfand.

Was sollte er tun? Zum Vater konnte er nicht, und auch zur Großmutter konnte er nicht – nicht so bald wieder, er musste warten. Aber zugleich konnte er nicht warten. Unmöglich, zu warten. Es musste sein. Er musste zu ihr. Ein Rest von Hoffnung war ihm geblieben. Immerhin hatte sie zugegeben, dass es der Großvater so gewollt hätte. Wenn sie ihm bloß das Geld gab und er nur diesen Hof kaufen könnte, wäre das alles weniger schlimm. Seinetwegen musste sie ihm nicht einmal das Geld geben, darum ging es ihm nicht im mindesten, seinetwegen konnte auch sie den Hof kaufen, es konnte ihr Besitz sein. Sie müsste ihn nur kaufen. Sie könnten dort wohnen. Und er könnte jederzeit nach draußen gehen und arbeiten, irgendetwas vorschützen, wäre nicht die ganze Zeit eingesperrt, wie er es hier in dieser Wohnung war, die ihm auf einmal ungeheuer beengend vorkam, wie ein Gefängnis, wie ein Grab, und in der er fast zu ersticken glaubte.

Doch der neuerliche, Mitte der folgenden Woche abgestattete Besuch brachte nicht nur nichts, er war ein Fehler. Er hätte warten sollen. Denn sie gab nun nicht einmal mehr zu, dass der Großvater je davon geredet hatte, Jakob zu einem eigenen Hof zu verhelfen, und sagte, er sei nicht besser als alle anderen.

»Aber hörst du denn nicht, Oma? Mir geht es nicht um das Geld«, rief er verzweifelt aus, weil es unmöglich war, ihr – oder auch nur irgendwem – die Situation zu erklären.

»Geh mir aus den Augen«, sagte sie bloß. »Du Schuft.«

Nur noch schlecht hielt er es in der Wohnung aus. Beengend, erstickend blieb sie. Der Geruch, gegen den kein noch so entschiedenes Durchlüften half. Am besten war es, wenn Besuch kam, was häufig geschah in dieser Zeit. Verwandte und Ninas Freundinnen kamen, um das Baby anzuschauen. Alle brachten irgendetwas mit und blieben ein paar Stunden, Jakob tischte Wein und Bier auf, und wenn die Gäste aufbrechen wollten, versuchte er, sie jeweils noch ein wenig zurückzuhalten – so froh war er um die Ablenkung. Am einfachsten war es, diejenigen vom Gehen abzubringen, die gerne tranken; er schenkte ihnen einfach immer noch einmal nach, und sie ließen ihren Vorsatz wieder und wieder fallen. Dann trank auch er selbst – was er ansonsten, von dem einen oder anderen Bier auf der Baustelle abgesehen, nur sehr selten tat. Je näher es allerdings auf Weihnachten ging, desto weniger Besuch kam. Er arbeitete so viel als möglich, trotzdem lag er fast jede Nacht wach, konnte keinen Schlaf finden. Es marterte ihn, was er dachte, und bisweilen wusste er nicht mehr, was ihn mehr peinigte: die Gedanken oder dieser Geruch … Alles vermischte sich, vermischte sich und wurde zu einer einzigen stummen Qual. Ich könnte sie umbringen, dachte er. Sie beide könnte ich, ohne mit der Wimper zu zucken, umbringen. Mit diesen Händen, die hier, zwar ineinandergekrampft, aber ruhig auf meiner Brust liegen. Wie kann das sein? Was haben sie mir getan? Bin ich nicht ein Ungeheuer? Aber was soll ich tun? Hätte ich nur das Geld für diesen Hof … Aber so? Sie gibt es mir nicht. Ich bin eingesperrt. Vielleicht sollte ich Schluss machen. Vielleicht sollte ich die alte Mauser vom Großvater suchen und Schluss machen. Früher schon hatte ich diese Idee. Habe sie hin und wieder aus der Kiste geholt und bin damit auf den Dachboden gestiegen und habe sie mir an die Schläfe gesetzt. Warum eigentlich? Ich habe es auch damals nicht gewusst. Mich bloß gefragt: Warum eigentlich nicht? Irgendwie hat es gutgetan … Ich erinnere mich noch, wie leicht ich mich danach immer gefühlt hatte. Wo ist diese Leichtigkeit hin? Wie ein Gefängnis ist mein Leben auf einmal. Ein Gefängnis, aus dem ich nicht ausbrechen kann. Niemand es könnte. Ich ertrage das nicht. Unmöglich. Wie soll ich das aushalten? Mit welcher Kraft? Sie müssen verschwinden, damit das alles ein Ende hat … Aber wie sollen sie verschwinden? Sie geht nicht … Hin und wieder stöhnte er leise auf und glaubte, es nicht mehr zu ertragen. Zwar erinnerte er sich, dass er solche Zustände schon früher gekannt hatte, aber die Erinnerung war nur noch blass, und die Sorgen waren damals noch so wenig ernst gewesen und immer sofort verflogen – Anfälle eines noch nicht Erwachsenen, ein wenig hysterisch, ein wenig weinerlich. Und hatten sich diese Anfälle nicht auch mit ein paar Tränen in nichts aufgelöst? Wenn das Kind aufwachte und schrie und Nina aufstand, um es zu stillen, stellte er sich schlafend. Ob sie es merkte, wusste er nicht. Wenn, dann zeigte sie es nicht. Sie ging auf Zehenspitzen hinaus und setzte sich mit dem Kind ins Wohnzimmer; und kaum war er alleine, übermannte ihn der Schlaf.

An einem der letzten Arbeitstage vor dem Fest kamen die Elektriker, auf die man bereits gewartet hatte. Immer noch war Jakob auf derselben Baustelle; und obwohl der Dachstuhl bereits aufgesetzt, gelattet und gedeckt war, schien kein Ende in Sicht; lange schon war keine Rede mehr davon, das Ganze solle noch in diesem Jahr in Betrieb gehen; einmal sagte jemand etwas von Ostern, ansonsten hörte man dazu nichts mehr.

Es ging gegen Abend, und sämtliche Scheinwerfer waren an. Die Elektriker kamen zu dritt, und als sie die Halle betraten und nach ein paar Schritten ganz in der Nähe der Stelle stehenblieben, an der Jakob sich gerade zu schaffen machte, und sich umsahen, rief ihnen einer der Arbeiter anstelle eines Grußes zu: »Stimmt es eigentlich, dass alle Elektriker einen Kurzen in der Hose haben?« Das Lachen der Arbeiter erfüllte die Halle. Jakob lachte ebenfalls und blickte über die Schulter in Richtung des Spaßvogels, konnte ihn aber nicht ausmachen. Bestimmt war es einer der Installateure; von ihnen hörte man nicht viel anderes als solche Sprüche, die jedem sattsam bekannt waren und für die man doch irgendwie dankbar war, weil sie einen für einen Moment lachen ließen. Aber anstatt es abzutun oder sich mit einem anderen Spruch zu revanchieren, antwortete einer der Elektriker: »Nicht alle …« Es klang wie die ernsthafte Antwort auf eine ernsthafte Frage – und verdarb den Spaß. Sofort hatte Jakob die Stimme wiedererkannt. Es war Markus. Und auch Markus hatte ihn gesehen und kam auf ihn zu.

»Servus, Jakob«, sagte Markus. »Lange nicht gesehen.«

Ja, lange; seit wann nicht mehr? Jakob konnte sich nicht genau erinnern. Viele Monate mussten es schon sein.

»Schneit es?«

Auf Markus' Schultern lagen einzelne Schneeflocken, die auf dem Nylon der Daunenjacke nur zögerlich schmolzen.

»Ja«, sagte Markus und klopfte sich die Jacke. »Aber nicht viel, nur so ein bisschen.«

Jemand hatte sich zu den beiden gesellt, mit denen Markus gekommen war, und zu dritt gingen sie in den hinteren Teil der Halle. Markus bemerkte Jakobs Blick und warf selbst einen Blick über die Schulter, machte aber keine Anstalten, ihnen zu folgen.

»Sie schauen nur, was wir brauchen. Was wir morgen an Material aus der Firma mitnehmen müssen. Es sind nur Kabel einzuziehen, glaube ich. Aber was tust du hier? Arbeitest du etwa für den Maschinenring?«

Er zeigte flüchtig auf Jakobs grüne Jacke mit dem weißen Emblem an Ärmel und Rücken.

»Ja.«

»Nur ab und zu oder regelmäßig?«

»Regelmäßig.«

»Es heißt immer, man verdient ganz gut.«

»Es geht, ja.«

Jakob versuchte, sich irgendeines Spruchs zu entsinnen, aber seltsamerweise gelang es ihm nicht. Es war, als verwandle er sich in einen anderen, der er vielleicht früher einmal gewesen war, an den er sich allerdings nicht mehr erinnern konnte. Als schrumpfe etwas zusammen: Einsilbigkeit in seinem Inneren.

»Aber ins Wirtshaus gehst du immer noch nicht«, stellte Markus fest.

»Selten«, sagte Jakob. Er dachte daran, wie oft Markus versucht hatte, ihn zum Mitkommen zu überreden; und insgeheim wartete er darauf, dass er es auch diesmal versuchen würde.

»Schade«, sagte Markus, »dass man dich nie sieht.«

Natürlich hatte Jakob gewusst, dass Markus Elektriker geworden war. Ihm war sogar zu Ohren gekommen, dass er bei sich einen Widder gebaut hatte, der nun ihr Haus mit Wasser versorgte. So hatte er auch erfahren, dass bei ihnen offenbar doch noch nicht alles verkauft war. Er fragte sich, was Markus von ihm wissen mochte. Wusste er, dass er und Nina ein Kind hatten? Unwahrscheinlich, dass er es nicht wusste. Auf einmal hatte er das unbändige Bedürfnis, ihm anzuvertrauen, was ihn peinigte. Die Kollegen kamen zurück und riefen nach Markus.

»So hocke ich immer nur mit diesen Idioten dort«,

sagte Markus und machte eine Kopfbewegung zu den beiden hin, und schon wollte Jakob fragen: Bist du später dort? Aber da sagte Markus: »Egal. Wir fahren. Bis dann!« Und drehte sich, ohne auf eine Antwort zu warten, um und ging.

»Bis dann«, sagte Jakob – zu leise, als dass es jemand hätte hören können.

Nicht viel später fuhr er durch das nun starke Schneetreiben nach Hause.

Das Gesicht des Kindes war krebsrot. Er hatte es schon schreien gehört, als er das Moped abgestellt hatte. Im Eilschritt, zwei Stufen auf einmal nehmend, lief er in die Wohnung hinauf. Nina ging mit dem Kind im Wohnzimmer auf und ab, schaukelte es auf dem Arm und klopfte ihm den Rücken. Sie war verweint.

»Was hat er?«, fragte Jakob erregt und blieb knapp vor ihr stehen.

»Ich weiß nicht«, sagte Nina, und Jakob war, als komme der Geruch, den er nicht ertrug, jetzt sogar aus ihrem Mund. »Ich glaube, er hat Schmerzen. Aber welche bloß? Wenn ich es nur wüsste. Seit Stunden schreit er so. Nichts hilft ...«

»Warum hast du mich nicht angerufen?«

Es überraschte ihn selbst, wie laut seine Stimme war. Seine Hände krampften sich um die Hosennähte.

»Ich habe geglaubt, es wird schon vergehen.«

Jakob griff nach dem Kind, riss es ihr fast aus dem Arm und sah es an, worauf das Schreien noch an Lautstärke zunahm und sich in das Krebsrot des Gesichts etwas Bläuliches mischte. Mit ausgestreckten Armen hielt er es vor sich hin und starrte es an.

»Was ist mit dir?«, schrie er und packte das Kind noch fester. Seine Arme begannen zu zittern. »Was? Was?«

Ein solcher Zorn überkam ihn, dass er das Kind am liebsten geschüttelt, gebeutelt, ja noch mehr: gegen die Wand geschleudert hätte. Ist es endlich so weit?, fragte er sich. Ist die Stunde gekommen? Und war die Angst davor nicht zugleich Sehnsucht? Er schluckte, um die Trockenheit aus seinem Mund zu vertreiben. Sein Blick hob sich und blieb auf Ninas Gesicht haften.

»Was ist?«, schrie er sie an. »Was schaust du so?«

Nie hatte er sie so gesehen. War sie eben noch gänzlich in Sorge und Verzweiflung und Hilflosigkeit aufgelöst dagestanden, war ihr nun etwas ganz anderes ins Gesicht geschrieben. Was war es? War es nur Angst? Schlagartig begriff er, dass sie wusste, was in ihm vorging, dass sie wusste, was er dachte und vorhatte, es vielleicht schon seit langem wusste – oder ihr klarwurde, dass sie es schon seit langem hätte wissen können –, und dass dieser ungekannte, entsetzliche, wie den Schädelknochen freilegende Gesichtsausdruck nichts als eine Bitte um Aufschub war. Als er das begriff, geschah etwas mit ihm, und er wandte die Augen ab. Immer noch hielt er das Kind vor sich.

»Ruf deinen Vater an«, sagte er, und seine Stimme zitterte, »er muss uns in Krankenhaus bringen.« Und als sie sich nicht rührte, stampfte er auf und, weiterhin den Blick abgewandt, herrschte sie an: »Mach schon, verdammt!«

Er hielt das Kind auf dem Arm und ging ins Schlafzimmer. Er öffnete den Schrank, warf ein paar Sachen in eine Tasche und packte auch Ninas Pyjama dazu. Er tat es hastig, mit zusammengebissenen Zähnen. Undeutlich hörte er, wie Nina mit ihrem Vater sprach. Dann tauchte sie in der Tür auf. In wenigen Minuten würde er da sein, sagte sie. Sie sprach leise, beinah flüsternd, und sah ihn nicht an, und auch er sah zu Boden. Sie blieb in der Tür stehen.

»Hab keine Angst«, sagte er. Es war das Einzige, was er hervorbringen konnte. Und zu wem sagte er es?

Sie gab keine Antwort. Er trat auf sie zu und legte ihr – immer noch ohne sie anzusehen – das nach wie vor schreiende Kind wieder in den Arm, ging ins Bad, wusch sich eilig und zog sich um.

Die Straßen waren verschneit; nur langsam kamen sie voran. Kein Wort fiel. Das Kind, wieder in Jakobs Armen, schrie. Er sah auf es nieder. Wem sieht es gleich?, fragte er sich zum ersten Mal. Er konnte nichts von sich an dem Kind entdecken, allerdings auch nichts von Nina. Kurz nachdem sie auf die Bundesstraße gebogen waren, tauchte hinter ihnen der Schneepflug auf; Ninas Vater fuhr bei der ersten Gelegenheit an die Seite und ließ ihn vorbei, um sich gleich darauf wieder hinter ihm in den Verkehr einzufädeln. Salz flog vom Streuteller am Heck des Lastwagens durch orange flackerndes Licht auf die Straße und zerfraß den Schnee. Von da an ging es zügig dahin, und in weniger als zwanzig Minuten waren sie beim Krankenhaus von W. angelangt.

Kaum hatten sie die Station betreten, kam ein Arzt und sah sich das Kind an. Er leuchtete ihm in die Augen und in den Mund; er steckte die Leuchte weg und tastete dem Kind den Bauch ab und drückte an verschiedenen Stellen leicht dagegen, worauf das Schreien noch lauter wurde. Seine Bewegungen wirkten sehr langsam.

»Haben Sie ihm irgendetwas anderes als sonst zu essen gegeben?«, fragte er, während er noch tastete.

»Nein«, sagte Nina verwirrt. »Ich meine, er isst noch gar nichts. Ich stille ihn noch.«

»Ja«, sagte der Arzt. »Kommen Sie bitte mit mir.« Er führte sie in ein Zimmer, in dem neben zwei von Kindern belegten Betten ein freies und ein Gitterbett standen.

Jakob hatte es richtig vorausgesehen, Mutter und Kind mussten in der Klinik bleiben. Nina sagte, sie sollten nach Hause fahren. Zu Jakob sagte sie, sie würde ihn anrufen, sobald sie irgendetwas erfahre oder es dem Kind besser gehen würde; falls es sehr spät würde, würde sie ihm eine Nachricht senden. Der Kuss, den sie ihm zum Abschied auf die Wange gab, war flüchtig und kalt.

Es schneite immer noch, als Ninas Vater Jakob zu Hause absetzte. Er sagte, Jakob solle ins Bett gehen und schlafen, aber Jakob hörte es nicht richtig; er bekam nur mit, dass Ninas Vater irgendetwas sagte, und er machte darauf eine undeutbare Bewegung mit der Hand und stieg ohne ein Wort aus.

Es war nicht nur eine Laune, die Alexander das Lokalblatt hatte abonnieren lassen, das er schon als Kind gelesen hatte; und er studierte es nicht nur deshalb so ausführlich und war über alles Mögliche, das in seiner alten Heimat geschah, unterrichtet, weil die Vorwinterabende lang und finster waren und er viel Zeit hatte – auch deshalb viel Zeit hatte, weil er Lilo gerade seltener sah als sonst. Nein, es war auch, weil er sich, seit ihm das Interesse für Politik gänzlich abhandengekommen war, wirklich dafür interessierte. Immer noch las er mit Vorzug Bücher über Kriegsführung oder Romane, die in irgendeiner Weise mit dem Militär zu tun hatten, aber was die Russen, die Amerikaner oder sonstwer in dieser Hinsicht in der Gegenwart taten, war ihm nicht mehr wichtig. Freilich gab es im Ministerium kaum noch ein anderes Thema, dennoch verfolgte er die Nachrichten aus der Ukraine lediglich so weit als nötig. Würden die Proteste weiter eskalieren? Was würde geschehen? Es war ihm gleich. Dachte er daran, wie oft er früher davon phantasiert hatte, in einen richtigen Krieg zu ziehen, ja, dass er sich zu gewissen Zeiten gewünscht hatte, es möge Krieg ausbrechen, kam ihm das zwar nicht lächerlich, aber sehr weit weg vor, als hätten diese Dinge sich von ihm oder er sich von ihnen wegbewegt. Doch wenn er es gewesen war, der sich bewegt hatte: Wohin war er gelangt?

Sofort merkte er auf, als er die Überschrift las:

»Brutaler Axt-Mord! – Wiederaufnahme des Prozesses?«

Er las den Artikel, und tatsächlich handelte es sich dabei um jenes Unglück in seiner Herkunftsgegend. Soweit den wenigen Zeilen zu entnehmen war, schien jemand aufgetaucht zu sein, der beweisen zu können behauptete, dass der Verurteilte Viktor S. zu der Tat angestiftet worden sei. Wer es war, der solches behauptete, und warum ihm überhaupt Gewicht beigemessen wurde, blieb unklar. Über die weitere Entwicklung, hieß es in einem knappen letzten Satz, werde man berichten. In der Woche darauf fand sich nichts dazu, auch in der übernächsten Woche nicht, und Alexander dachte schon fast nicht mehr daran; das Ganze war wohl im Sand verlaufen. Drei Wochen später stieß er aber neuerlich auf einen kurzen Artikel zur Sache. Die Anzeichen, es könne zu einer Neuverhandlung kommen, schienen sich laut der Zeitung zu verdichten. Doch erneut wurde weder ein Richter noch ein Anwalt noch sonst irgendein Jurist zitiert, der sich zu der Sache geäußert hätte. Es klang alles ein bisschen reißerisch und kaum handfest, und das Wenige, das Alexander über solche Dinge wusste, sagte ihm, dass ein Prozess nicht einfach so wiederaufgerollt werden konnte. Das Ganze begann ihn anzuöden; seine Augen flogen zum letzten Satz. Aus für gewöhnlich gut informierten Kreisen, stand da abschließend, habe man erfahren, dass die Person, die von dem namentlich nicht genannten Zeugen als Anstifter beschuldigt werde, bekannt dafür sei, in privatem Rahmen religiöse Andachten abzuhalten – das verleihe dem Ganzen eine »besondere Brisanz«. Alexander ließ die Zeitung sinken. Musste damit nicht Elvira gemeint sein, die er immer noch nicht aufgesucht hatte, obwohl er es sich fest vorgenommen hatte?

Vielleicht war es das Gelesene alleine, das ihn reizte und anheizte, vielleicht war es die Tatsache, dass Lilo sich in der jüngsten Zeit allzu sehr bitten ließ und fast immer irgendetwas vorschützte, warum sie nicht konnte, und er allmählich etwas wie Trotz empfand – jedenfalls setzte er sich am folgenden Samstag ins Auto und fuhr nach Oberösterreich.

Zwar wusste er, wo der Hof lag, aber darüber hinaus wusste er nur wenig. Was er wusste, hatte er vom Großvater, der manchmal von Erwin Hager gesprochen hatte, dem Mann, mit dem Elvira verheiratet war und der deutlich älter war als sie; er hatte die fünfzig bereits überschritten. Er, Wald- und Sägemühlenbesitzer, war schon einmal verheiratet gewesen, die Frau allerdings war jung gestorben; woran sie gestorben war, wusste man nicht, es hieß, sie sei verunglückt. Es gab einen Sohn aus erster Ehe, der nach dem Großvater Maximilian hieß; Elvira und Erwin hatten keine Kinder. Auch Erwins Mutter lebte nicht mehr, aber irgendeine Alte wohnte dort – es hieß, sie sei auf Leibrente dort. Manche waren der Meinung, Erwin habe eine gute Tat getan, indem er die vereinsamte Alte zu sich genommen hatte, allerdings gab es auch welche, die sagten, er sei auf diese Weise billig zu einer Menge Grund, vor allem Wald, gekommen. Der Großvater war dieser Meinung gewesen, erinnerte sich Alexander, während er das schneebedeckte Niederösterreich durchquerte, und daran, dass der Großvater immer wieder seiner Bewunderung für dieses Geschick Ausdruck verliehen hatte. An mehr erinnerte Alexander sich nicht, nur noch daran, dass die Sägemühle im Süden des Ortes lag. Alles, was er darüber wusste, hatte er vom Großvater. Er, der Großvater, war selbst durch Heirat an eine Menge gekommen, ging es ihm durch den Kopf. »Die Liebe geht«, hatte er manchmal gesagt, als wäre es die Zeile seines Lieblingslieds, »die Hektar bleiben.« Ja, der Großvater, dachte er. Er war ein seltsamer Mann. Und seltsam auch, dass ich nichts über ihn weiß. Fast wusste er mehr über jenen ihm schließlich fremden Erwin Hager als über den eigenen Großvater. Zugleich hatte es ihn aber auch nicht sonderlich interessiert, weshalb jemand, der von weither kam, von der damals noch tschechoslowakischen Grenze, dort gelandet war. Ob es mit dem Brückenbau zu tun hatte, der Ende der Dreißiger begonnen wurde? Aber man hatte nie viel über die eigene Geschichte geredet. Niemand tat es. Und tat er selber es denn? Nein. Nie erzählte er irgendjemandem wirklich etwas von sich, irgendwie war ihm, als gehöre sich das nicht. Das hieß jedoch nicht, dass es die Vergangenheit nicht gab, sie lebte mit, sie lebte weiter, als Unausgesprochenes, gegenwärtig wie ein Geruch, wie Licht oder Dunkelheit. Dann hörte er auf, darüber nachzudenken, und stellte sich stattdessen vor, wie diese Andacht sein würde, zu der er unterwegs war. Wie viele Leute würden dort sein? Würden sie irgendein anderes Gesprächsthema haben als den Zeitungsartikel? Und schließlich Elvira – wie würde sie sein? Würde sie etwas dazu sagen, sich rechtfertigen? Aber das waren nur Fragen, die flüchtig über das Bild zogen, das er vor sich sah. Denn obwohl er sich nicht mehr wirklich an sie erinnern konnte, glaubte er, sie so deutlich vor sich zu sehen wie damals in dem windschiefen, verfallenen Schuppen, in dem vergessenes Heu lag, das grau und hart war und nach Staub roch.

Alexander musste ein gutes Stück von dem Hof entfernt parken, denn die Zufahrt war bereits von einer langen Reihe Autos gesäumt. Nach allem, was er davon gehört hatte, hatte er damit gerechnet, trotzdem überraschte ihn der Anblick und machte ihm Eindruck. Als er an den Wagen vorbeiging, achtete er auf die Nummernschilder und sah, dass zwar die meisten aus der Gegend stammten, sehr viele aber auch von weither gekommen waren; sogar ein deutsches Kennzeichen entdeckte er.

Das Gebäude war ein riesiger, aus unverputzten roten Mauerziegeln errichteter Vierkanthof, der auf einer weiten Ebene stand, die von unter Schnee liegenden Äckern und Wiesen und Wegen und alten Obstbäumen gezeichnet war und an deren südlichem Rand die roten und schwarzen Dächer des Dorfes und dahinter das Vorgebirge und Gebirge zu sehen waren; es war ein so großer Vierkanter, wie es sie sonst nur in der Gegend um St. Florian gab. Auf der Nordseite, von der Alexander kam, waren im Obergeschoß neue, große Fenster eingebaut, die den Blick auf Nadelwald und vielleicht auch in das dahinterliegende Flachland freigaben; die Fassade war mit Lärchenholz verkleidet und von Wind und Wetter bereits grau geworden. Links neben dem Hauptgebäude befand sich eine längliche Maschinenhalle, deren beschlagene Schiebetore offen standen und in der es von Gesprächen summte. Vor der Halle trieben sich ein paar Vereinzelte herum; die meisten waren jung, ein paar von ihnen rauchten, und in einem glaubte Alexander in der ersten Sekunde Jakobs Freund Markus zu erkennen. Rasch wandte er den Blick ab – er wollte nicht, dass jemand ihn erkannte; aber noch bevor er weggesehen hatte, warf der Junge seine Zigarette auf den Boden, trat sie aus und verschwand in der Halle. Alexander blickte ihm hinterher und dachte, er habe sich wohl getäuscht. Einige Minuten später betrat auch er die Halle. Etwa siebzig oder achtzig Personen unterschiedlichen Alters befanden sich darin; bis auf eine alte, rostüberzogene Wiesenegge, die an Haken befestigt an einer Mauer hing, war kein einziges Arbeitsgerät zu sehen. Die Besucher saßen auf Klappstühlen und unterhielten sich in einer vertrauten Weise, als würden sie sich kennen. Den Fremden nahm man nicht weiter wahr, oder ließ es sich zumindest nicht anmerken. Fast alle Stühle waren besetzt, nur die letzten Reihen waren noch leer. Elvira war nirgends zu sehen. Alexander hatte eine irgendwie aufgeregte oder angespannte Stimmung erwartet, fand aber nichts davon vor; die Leute wirkten fröhlich, fast ausgelassen, und sosehr er auch die Ohren spitzte, er konnte kein Wort ausmachen, das etwas mit dem Prozess oder dem Artikel zu tun hatte. Um einen guten Blick auf Elvira zu haben, setzte er sich auf einen freien Platz in einer der vorderen Reihen, schlug die Beine übereinander, lehnte sich zurück und wartete.

Er mochte es zu warten. Zwar nicht schon seit jeher. Während seiner Stationierung im Ausland hatte er es aber, manch anderem gleich, zu mögen gelernt. Es war wie eine Entdeckung, die er nicht gemacht hätte, wäre er nicht dazu gezwungen gewesen. Oft genug gab es selbst für Offiziere leere Stunden, die man mit nichts füllen konnte, mit nichts füllen durfte. Nie sonst im Wachen löste die Zeit sich so auf wie bei langem Warten, nie sonst wurde sie so belanglos. Nie sonst in der Nüchternheit löste man sich so von sich selbst und gelangte in einen Zustand, der nur jenem des spielenden Kindes vergleichbar war. Der Atem wurde anders, trug einen irgendwohin, wo es selbst das Warten nicht mehr gab … Nur dauerte es, bis dieser Zustand sich einstellte. Alexander war noch weit davon entfernt, als es mit einem Mal still wurde. Die Tore wurden zugeschoben, es schien, als geschehe es automatisch. Rouleaus, kaum hörbar, wurden nach unten gelassen, und die Halle verdunkelte sich. Kein Laut mehr war zu hören. Nach einiger Zeit – es konnte nicht länger als eine Minute sein, aber es kam ihm sehr viel länger vor – begannen die kleinen Perlen, die an einer Schnur um das große hölzerne, an der Wand hängende Kreuz gewunden waren, eine nach der anderen zu leuchten. Alexander erinnerte sich an das Kreuz auf dem Magdalenaberg. Ohne dass man sah, woher sie gekommen war, stand Elvira auf einmal im Raum. Man konnte sie in der trotz der leuchtenden Perlen anhaltenden Dunkelheit fast nur als Umriss ausmachen; sie trug ein weißes, langes Gewand, das einem Priesterhabit ähnelte, schlicht und ohne Ornamente. Langsamen Schritts und mit gefalteten, dicht vor das Gesicht hochgezogenen Händen näherte sie sich dem Kreuz, unter dem sie schließlich stehen blieb.

Mit dem Rücken zu den Anwesenden sank sie auf die Knie und verharrte in dieser Stellung eine lange Zeit. Alexander spürte etwas von der Spannung in dem Raum auf sich übergehen; denn obwohl nichts Außergewöhnliches geschah, hatte er das Gefühl, etwas Verbotenem beizuwohnen. Aber war es nicht auch verboten? Durfte eine Frau denn tun, was sie, Elvira, tat? Und dazu noch eine solche? Allzu lange hatte er in den Vorstellungen und Regeln der römisch-katholischen Kirche gelebt, als dass sie keine Spuren hinterlassen hätten. Das alles war jedoch nicht wichtig. Wichtig war nur, dass er sie endlich ansehen konnte. Denn für ihn war sie keine andere geworden, auch wenn man von weither zu ihr pilgerte und sie zu so etwas wie einer Predigerin geworden zu sein schien; ihm gelang es nicht, den Bildern und Geschichten, die er im Kopf hatte, ihre Wirkmächtigkeit zu nehmen. Sie wurden sogar noch einmal lebendiger, noch einmal stärker beim Anblick Elviras. Schon ihre nicht mehr wie früher blondierten Haare, die Strähnen, die sich aus dem Schopf lösten und nach vorne rutschten und nach und nach einen Vorhang bildeten, versetzten ihn in eine starke Erregung, und ganz von selbst kam die Vorstellung, wie seine Hände durch diese Haare streichen, sie umklammern, sanft an ihnen ziehen würden. Vielleicht mochte sie es, wenn er ein wenig fester daran zog? Und kniete sie nicht genau so, wie sie damals gekniet war? Sein Atem ging schwerer, und er fühlte einen Druck gegen seine Kehle. Er schluckte. Endlich stand sie auf, und damit wurde es heller in dem Raum: Spots, der Wand entlang in den Boden eingelassen, waren aufgeleuchtet. Alexander fragte sich nicht, wer sie eingeschaltet hatte. Er konnte auf nichts anderes als Elvira achten. Er schluckte noch einmal und richtete sich ein wenig auf. Da, endlich, drehte sie sich um. Alexander dachte zunächst, das Ganze sei ein Irrtum. Er habe etwas falsch verstanden. Denn sie war es nicht. Zumindest erkannte er sie nicht wieder. Doch da begriff er, dass ein Irrtum ausgeschlossen war. So unglaublich es ihm vorkam, sie war es. Es war Elvira, die vor ihm stand. Aber sie war nicht bloß einfach ein paar Jahre älter geworden, es hatten sich nicht bloß ein paar Silbersträhnen in ihr Haar gestohlen – sondern sie war hässlich geworden. Blass wie eine Kranke war sie, und obwohl ansonsten eigentlich schlank, war ihre Gesichtshaut teigig und wie leicht aufgedunsen; unter ihren Augen lagen tiefe, dunkle Schatten mit einem Stich ins Violette, aber vor allem waren es die Augen selbst, welche die ganze Erscheinung hässlich und zugleich lächerlich machten: Der Blick, der aus ihnen kam, war ein Schafsblick.

Mit einem Mal war es ihm derart unangenehm, ja sogar peinlich, hier zu sein, dass er kein einziges Mal mehr nach vorne schaute; am liebsten wäre er im Erdboden versunken, hätte sich einfach in Luft aufgelöst. Die Falten seines Hosenstoffs betrachtend, fragte er sich, ob sie wirklich hässlich geworden war – oder ob er es damals einfach nicht gesehen hatte, dass sie hässlich war. Hatte die Lüsternheit – oder wie es nennen? – ihm und allen anderen den Blick getrübt? Er erinnerte sich an die Worte von Markus. Fand er sie eigentlich gar nicht »heiß«, sondern hatte der Angeber nur so geredet, weil diese Geschichten sie umgaben? Oder war sie – auch das gab es – nun tatsächlich einfach hässlich geworden? Er ließ die Fragen fahren. Es interessierte ihn nicht mehr. Warum sollte er noch länger über diese Person nachdenken? Er hielt den Blick gesenkt, dachte an irgendetwas und bekam nichts von dem Geschehen in dem Raum mit. Weder bekam er mit, dass Elvira sich in die erste Reihe setzte, bevor das Gebet anhob, noch bekam er sonst etwas mit. Er hoffte nur, dass es bald vorbei sein würde und er so unerkannt, wie er gekommen war, wieder verschwinden konnte. Je länger die Andacht andauerte, desto lauter, desto drängender wurde das Beten, und sogar Alexander konnte sich der Empfindung nicht entziehen, er sitze ganz nah an einem immer noch weiter anschwellenden, reißenden Strom. Er sagte sich zwar, dass er solches auch damals, als Heranwachsender, gekannt haben müsse, aber erinnern konnte er sich an eine derartige, sich beständig steigernde Intensität nicht. Lag darin die Antwort auf die Frage, weshalb so viele Leute hierher kamen? Denn Bibelrunden hatte es zwar immer gegeben, aber das hier war etwas anderes, etwas wie ein Gegenprogramm, das mit der Kirche nichts zu tun hatte und von ihr, soweit er wusste, abgelehnt wurde. Warum existierte es? Warum war es hervorgebracht worden? Fehlte den Leuten, die herkamen, der in der hiesigen Runde herrschende Eifer – oder diese Möglichkeit zum Eifer –, diese Unbedingtheit in der Kirche? War es allein das, und hatte die Person Elviras eigentlich nichts damit zu tun? Hatte also, dachte er weiter, nicht Elvira die Gruppe geschaffen, sondern umgekehrt die Gemeinschaft sie? Könnte das hier genauso gut irgendwo anders stattfinden? Brauchte es nur jemanden, der sich dafür verwenden ließ? Und war nicht Elvira, nach allem, was er von ihr wusste und, erinnerte er sich da mit Abscheu, selbst erfahren hatte, immer schon dafür geeignet gewesen? Immer hatte man sie benutzt … immer hatte sie sich benutzen lassen – aus Naivität oder aus Dummheit oder aus Hoffnung. Nachdem er sie gesehen hatte, erschien es ihm jedenfalls unvorstellbar, dass sie jemanden zu etwas verleiten konnte, schon gar nicht zu einem Mord. So verging ihm die Zeit. Als es nach über zwei Stunden endlich vorbei war, öffneten sich die Tore wieder wie von Geisterhand; kalte, schon abendliche Schneeluft stieß herein. Sobald die Ersten aufgestanden waren, erhob sich auch Alexander und drängte sich, den Blick immer noch gesenkt, nach draußen, und nachdem er aus dem Lichtkreis der den Platz zwischen Hof und Halle grell ausleuchtenden Scheinwerfer getreten war, entfernte er sich mit eingezogenem Kopf und fast im Laufschritt über die Zufahrtsstraße Richtung Wald, der sich schattenhaft und wie gemalt gegen den Dämmer abhob.

Jakob ging in der Wohnung auf und ab. Es war kalt, ungeheizt, und nur im Vorraum brannte die Stehlampe mit dem Schirm aus rauem gelben Papier; die Straßenlaternen standen zu weit entfernt, als dass ihr Licht durch die Fenster hätte dringen können. Er war unruhig, es zog ihn hinaus, fort, weg, egal wohin, irgendwohin. Er wollte loskommen von dem, was er sah: das namenlos veränderte Gesicht Ninas, das vor ihm stand wie ein Spiegel, in den er nicht länger blicken wollte, nicht länger zu blicken vermochte. Wohin war er nur gelangt? Wie hatte das geschehen können? Was war er zu tun im Begriff gewesen? Er wagte nicht einmal, es sich einzugestehen. Und doch wusste er es nur allzu genau; der Schock saß in ihm. Und zugleich wusste er – und dieses Wissen war fast noch schrecklicher –, dass er dieses Bild (ihr Gesicht, den Ausdruck ihres Gesichtes in dem einen Moment) wieder vergessen würde, weil auch sie vergessen würde, vielleicht noch nicht gleich, aber bald, weil es nicht anders ging, als zu vergessen. Was wäre dann? Würde alles wieder von vorne anfangen? Denn was geschehen war, war schließlich nicht einfach eine Entgleisung oder Beinahe-Entgleisung gewesen, sondern eine Zwangsläufigkeit, etwas Unvermeidliches. Und was, wenn beim nächsten Mal nicht der Zufall, in welcher Form auch immer, rettend eingreifen würde? Es gäbe kein Halten. Könnte keines geben. Er spürte sich einer Ohnmacht nahe, irgendeiner alles auslöschenden Schwärze. Er legte den Kopf in den Nacken und raufte sich die Haare. In der Stille der Wohnung hörte er sein Telefon vibrieren. Es schlug eine Schneise in seine Gedanken. Er seufzte. Er ging ins Vorzimmer, griff in die Jackentasche und sah auf das Display. Nina hatte geschrieben. Er kehrte ins Wohnzimmer zurück und las die Nachricht:

»Alles ok. Irgendwelche Gase im Verdauungstrakt. Haben sie mit Röhrchen abgeleitet. Er ist sofort ganz ruhig geworden und schläft jetzt. Ich auch schon fast. Kommen morgen wieder nach Hause. Leg die Schlüssel unter die Matte, wenn du gehst, ja? Hab meine nicht dabei. Sehen uns am Abend. Schlaf gut. N.«

Er warf das Telefon auf die Couch und ging weiter auf und ab. Ein Auto fuhr auf den Parkplatz, aber als Jakob ans Fenster trat und nach unten schaute, sah er in keinem der abgestellten Wagen Licht, und auch nach Minuten war noch niemand ausgestiegen. Das leichte Schimmern des Schnees dort, wo kein Streusalz hingelangt war. In ein paar Stunden würden sie wiederkommen. Er hörte die Zeit, wie sie verrann. Es war wie ein leichtes, beständiges Rauschen, das von der Straße her zu kommen schien, die in nassem Glanz unter dem gelben Laternenlicht lag und auf der nahezu kein Verkehr mehr war. Wie sollte er Nina begegnen? Wie sie ansehen? Er würde doch nichts vergessen können, allerhöchstens fähig sein, eine Erinnerung aus dem Bewusstsein zu schieben. Und auch sie … Er durchquerte das Wohnzimmer und blieb vor der geöffneten Schlafzimmertür stehen. Er blickte auf das zerwühlte Bettzeug, von dem er trotz der Dunkelheit jede Falte erkennen konnte. Schlafen sollte er? Und damit auch noch die wenigen Stunden weggeben, wegwerfen, die er für sich hatte, um nachzudenken, um eine Lösung, einen Ausweg zu finden? Es war unmöglich, zu schlafen. Plötzlich sah er noch etwas. Es stand vor ihm, wenige Sekunden lang nur, aber so deutlich, als sei es in die Luft geschrieben. Es war ein Bibelvers, der noch lange, nachdem sein Bruder ausgezogen war, in Frakturschrift auf einer weißen Leinenbahn über der Tür in Alexanders Zimmer gehangen war: »Rette mich, Herr, denn die Wasser sind bis an meine Seele gekommen.«

Natürlich hatte er das Tuch über der Tür oft gesehen, aber er konnte sich nicht erinnern, je bewusst gelesen zu haben, was darauf stand. Dennoch hatte er nicht den geringsten Zweifel daran, dass genau die Worte es waren, die eben vor ihm gestanden waren. Sonderbar, dass sie ihm gerade in der Sekunde einfielen. Was sollten sie überhaupt bedeuten? Endgültig hielt er es nun nicht mehr in der Wohnung aus. Er wurde noch verrückt hier drin. Sah schon Gespenster. Er musste schleunigst nach draußen, vielleicht ließ es sich dort besser nachdenken.

Nachdem er sich warm angezogen und die hohen, gefütterten Stiefel geschnürt hatte, verließ er das Haus. Er überquerte den Parkplatz, durchdrang an einer lichten Stelle die kahle, steife Hainbuchenhecke, die das Grundstück umgrenzte, und gelangte auf die offen daliegenden, verschneiten Felder. Der Himmel, von einem einheitlichen, matten Schwarz, war hoch und wolkenlos, dennoch waren weder Mond noch Sterne zu sehen. Lange ging er, auf diese Weise unlesbare Bilder – andere Sternbilder – in den Schnee zeichnend, auf den Feldern herum, bis er sich auf den Weg ins Dorf machte.

Es war nicht weit bis ins Ortszentrum; schritt man rasch aus, hatte man es in fünfzehn, zwanzig Minuten erreicht. Niemand war mehr unterwegs in der eiskalten Nacht. Einmal glaubte er, einen Sprung Rehe zu sehen, aber je angestrengter er hinsah, desto weniger konnte er etwas erkennen. Über dem Dorf lag ein schon von weitem sichtbarer leichter Schein wie ein zarter Schirm, ein hellerer Himmel unter dem wirklichen.

Jakob erinnerte sich an die paar Male, die er mit Alexander, der ihm damals so verändert vorkam, in dem Wirtshaus gewesen war. Es schien, als sei, den Freitag- und den Samstagabend und die paar Stunden nach Feierabend unter der Woche ausgenommen, fast nie jemand dort, und erst jetzt fiel ihm ein, dass er sich auf dem Weg kein einziges Mal gefragt hatte, ob es überhaupt noch offen hatte – es musste immerhin bereits auf Mitternacht gehen. Aber es war noch geöffnet, auch wenn die Lichter in der einen Hälfte des Lokals bereits abgedreht waren, die Stühle, die Beine deckenwärts, bereits auf den Tischen standen. An der Theke und an dem hintersten Tisch, neben dem Spielautomaten und der Dartscheibe, saß noch jemand: ein Einzelner hier, eine Gruppe von vier Männern dort – unter ihnen Markus. Ihn hatte Jakob gesucht.

Bei dem Einzelnen, der an der Theke saß, handelte es sich um so etwas wie den Dorfidioten; er saß dort und redete, die Pfeife im Mund, Unverständliches vor sich hin. Man sah nicht erst am Glanz seiner Augen, sondern schon an seiner ganzen Haltung, dass er stark angetrunken war. Jakob kannte ihn, er sah ihn manchmal auf der Straße gehen oder an irgendeiner Kreuzung stehen und autostoppen. Wenn man ihn aus der Ferne sah, konnte man nichts Sonderbares an ihm feststellen. Er war groß und kräftig und wirkte wie ein Bauer. Nur wenn man näher kam, bemerkte man, dass er unablässig mit sich selbst sprach. Jakob stellte sich ein gutes Stück von ihm entfernt an die Theke und bestellte etwas. Er sah zu dem hinteren Tisch hin, wo die Männer in Arbeitskleidung saßen. Markus, dem Anschein nach der Jüngste in der Runde, saß mit dem Rücken zu ihm und bemerkte ihn nicht. Nur einer sah her. Jakob gab sich einen Ruck und nickte ihm zu. Der andere erwiderte den Gruß zwar nicht, musste aber etwas zu den anderen gesagt haben, denn kurz darauf schauten sie her, und Markus drehte sich um. Auch er war betrunken; sein Gesicht sah wie verrutscht aus, ganz anders als vor Stunden auf der Baustelle, er musste die Augen zusammenkneifen, um scharf zu sehen, außerdem lallte er ein wenig, als er, die Hand zum Gruß gehoben, rief: »Servus, Jakob!« Rasch ließ er die Hand wieder sinken, und Jakob war, als habe sich Markus' Ausdruck für einen Moment verändert, als sei er vor irgendetwas erschrocken, aber da hatte er sich schon wieder umgedreht und sah nicht mehr her.

Jakob, der allein mit ihm sprechen wollte, blieb an der Theke stehen und wartete. Er war überzeugt, dass Markus irgendwann kommen und sich zu ihm stellen würde. Ein oder zwei Mal war ihm sogar, als habe Markus über die Schulter zu ihm hergesehen. Es machte ihm weder etwas aus, dass er betrunken war, noch störte es ihn, wenn es dauerte, bis sie reden konnten, denn so froh er gewesen war, dass Markus hier war, so bang wurde ihm nun doch, wenn er sich das bevorstehende Gespräch vorstellte. Was würde Markus sagen? Würde er ihn verstehen? Und schließlich: Was würde er ihm raten? Dass er sich keine Sorgen machen solle? Dass sich das alles wieder geben werde? Und dass er, Markus, das selber kenne? Dass dergleichen jeder Mann kenne, dass es ganz normal sei und nichts weiter zu bedeuten habe? Vielleicht sagte er aber auch nichts von alldem, sondern bloß: Lass die Alte doch einfach stehen ... Es gibt so viele andere, die du haben kannst ... Während er sich all das vorstellte und bemerkte, dass ihm nicht länger bang war, sondern dass er sich auf das Gespräch freute, ganz egal, welche Wendungen es nehmen würde, da ihm schon das Vorgestellte so wohl tat und die Sorgen, die ihm eben noch den Verstand zu rauben drohten, gewichtsloser machte, trank er aus seinem Glas, und gleichzeitig versuchte er, zu verstehen, was an dem Tisch geredet wurde, aber da der Idiot zwischen Zügen aus der sotternden Pfeife so laut vor sich hin raunte, gelang es ihm nur schlecht. Immer wieder sah Jakob seinen Thekengenossen strafend an, bis der plötzlich seine Pfeife aus dem Mund nahm und laut und deutlich sagte: »Was schaust du so, du Dummkopf? Verstehst du es etwa nicht? Das ist Altgriechisch, du Trottel ...«, und er klopfte sich mit dem Pfeifenmundstück an die Stirn, legte den Kopf in den Nacken und lachte ein kratzendes, kehliges Lachen. Jakob ärgerte sich, wusste aber nicht, was er erwidern sollte. Er schwieg. Aber auch der andere sagte jetzt nichts mehr, und Jakob konnte die Stimmen an dem Tisch verstehen.

Nicht nur Markus, auch die restlichen hatten einen schweren Zungenschlag, der manche Silbe und manches Wort unter sich begrub. Von einem Autokauf erzählte einer, bis ein anderer ihm ins Wort fiel und sagte: »Halt doch dein Maul! Oder wie oft willst du den Scheiß noch erzählen?«, und selbst von irgendetwas zu reden anfing, bis wiederum er unterbrochen wurde. Obwohl es mitunter laut wurde, ging doch nicht die geringste Kraft von dort aus. Es wirkte auf Jakob, als gebe es keine neuen Geschichten mehr für sie, als sei alles längst erzählt und bekannt – und als sei man nicht im mindesten daran interessiert, dass das sich ändere. Markus saß recht still dabei. Jakob dachte an früher, an die vielen Male, da er Markus in Gesellschaft gesehen hatte, und daran, dass er ihn da nie anders denn als Wortführer erlebt hatte. Jetzt schien er ihm viel eher so zu sein, wie er ihn nur erlebt hatte, wenn sie alleine gewesen waren. Hatte er das nicht schon am Nachmittag gedacht? Auf einmal, ohne jemandem ins Wort zu fallen, fing Markus an, davon zu erzählen, dass sein Vater ins Wespennest gestolpert war und sich das Beruhigungsmittel für Tiere gespritzt hatte. Er redete nicht so laut wie die anderen. Auch diese Geschichte kannte man schon; bald sagte einer: »Ist doch schon zehn Jahre her …« Anstatt einer Antwort und als habe er ihn nicht gehört und nur wie bloß für sich, sagte Markus: »Morgen sitzt ihr ohne mich hier.« Und auch darauf kam lediglich die Antwort, die kommen musste und die sich, in anderer Form, sogar Jakob aufdrängte: »Das sagst du doch schon seit deiner Geburt.« »Ihr werdet es schon sehen«, sagte Markus und lachte plötzlich, als habe er einen Scherz gemacht, und die anderen fielen schwerfällig in das Lachen ein. Jakob erinnerte sich daran, wie oft Markus von seinem Bruder geredet hatte, und er, Jakob, sicher gewesen war, Markus wolle jenem nachfolgen, und irgendetwas daran – die Erkenntnis, dass es tatsächlich nie ernst gewesen war? – ließ auch ihn lachen. Er trank aus und ging zur Toilette. Er spürte, wie viel leichter sein Schritt war, sein ganzer Körper hatte an Gewicht verloren. Es war ruhig in ihm. Auf der Toilette tönten leise die Posaunenklänge eines Schlagers aus den kaum zigarettenschachtelgroßen Lautsprechern an der Decke; der Gesang und die restlichen Instrumente waren nicht zu hören.

Als er zurückkam und zu der Runde hinsah, fehlte Markus; auch seine Jacke hing nicht mehr über der Stuhllehne. Jakob ließ seinen Blick durch das Lokal schnellen, aber Markus war gegangen. Die anderen unterhielten sich weiter wie zuvor. Der Idiot schien dauerhaft verstummt. Er rauchte nicht mehr und trank nicht mehr, saß nur da und stierte vor sich hin. War Markus nur für einen Moment nach draußen, vielleicht um zu telefonieren? Jakob wandte sich zur Tür und überlegte, nachzusehen. Es wäre eine gute Gelegenheit, ihn anzusprechen. Denn wurde es nicht langsam ein wenig spät? Und er musste ihn unbedingt sprechen, er musste ihm alles erzählen, was ihm auf der Seele brannte, das spürte er so deutlich wie nie zuvor. Und er spürte ebenso deutlich, dass danach sich alles zum Guten wenden würde. Er brauchte nur diesen Rat, diese kleine Hilfe, um die er schon viel früher hätte bitten sollen … Doch während er noch unschlüssig dastand, hörte er, wie ein Auto startete und mit quietschend rutschendem Keilriemen davonfuhr. Noch hatte er ein halbes vorfreudiges Lächeln im Gesicht, da begriff er, dass es zu spät war, nach draußen zu gehen, zu spät, Markus um Rat zu fragen. Und alles, was für kurze Zeit sein Gewicht – oder etwas von seiner Schwere – verloren hatte, brach da mit Gewalt wieder über ihn herein. Das Lächeln verschwand. Nichts war gelöst. Kein Ausweg gefunden. Nichts anders geworden.

»Willst du noch eines?«, fragte der Wirt.

»Ja«, sagte Jakob und setzte sich auf den Hocker. »Ja. Gib mir noch eines. Und … welchen Schnaps hast du?«

Ausweglos verzweifelt wie nie zuvor in seinem Leben, versank er in düsterem Grübeln und bekam nichts mehr von dem, was um ihn herum geschah, mit. Er trank – auch das, fast ohne es mitzubekommen – einige Schnäpse und war schließlich der letzte, der wankend das Wirtshaus verließ. Hinter ihm schloss der Wirt die Tür ab, und als Jakob sich nach ein paar Schritten – weshalb? – noch einmal umdrehte, war alles dunkel.

Er war betrunken. Querfeldein stapfte und stolperte er, die Richtung eher erratend als wissend, über die Felder nach Hause. Nur dann und wann hob er den Kopf und nahm sich zusammen, um sich zu orientieren, und zweimal verlor er den Kurs völlig und musste, sobald er es bemerkt hatte, jeweils eine lange Strecke zurückgehen. Aber er hob den Kopf nicht oft, denn wenn er ihn hob, wurde ihm augenblicklich schwindelig; es war besser, weit nach vorn gebeugt zu gehen. So sah er auch den Himmel nicht, der sich über ihm etwas bewölkt hatte und tiefer hing als noch vor Stunden; immer noch war er ohne einen Stern. Einmal fiel er hin und blieb minutenlang im Schnee liegen, von dem ihm eine große Wärme auszugehen schien. Warum rappelte er sich eigentlich wieder hoch? Der Marsch dauerte so lange, dass er schon nicht mehr daran dachte, irgendwann anzukommen. Überhaupt dachte er an nichts mehr; die so ungewohnte Betrunkenheit hatte nahezu jedes Denken angehalten. Erst als er irgendwann vor dem Haus stand, in dem er wohnte, kam er ein wenig zu sich. Er sah auf die Uhr: Die Zeiger standen auf kurz nach zwei. Wie viele Stunden blieben ihm noch? Bevor er die Haustür aufsperrte, hielt er inne und blickte zu der Wohnung hinauf. Schwach schimmerte ein Licht – er hatte wohl die Lampe brennen lassen. Er schaute so lange in dieses ein bisschen flimmernde Licht in der grauen, schmutzigen Scheibe, bis ihm der Blick verschwamm. Es drehte sich ihm alles. Er schloss die Augen, um den Schwindel zu vertreiben, aber dadurch wurde er noch schlimmer, und sofort öffnete er die Augen wieder. Tief atmete er die Luft ein, die hier, am Haus, weniger kalt war als in der offenen Landschaft. Der Schwindel verließ ihn. Er fühlte sich geschlagen, besiegt. Aber inmitten dieser Empfindung war – Erleichterung. Er wusste nicht, weshalb, als er plötzlich begriff, dass erneut das Bild der

Pistole des Großvaters in ihm aufgetaucht war. Nein, nicht in irgendeinem Bibelvers, sondern in diesem Bild lag die Lösung. Oder hingen die beiden Dinge zusammen? Langsam, um das Schloss zu treffen, den Schlüssel führend, sperrte er die Tür auf und stieg schwachen, ein wenig zittrigen Schritts die Treppe hoch.

Es gelang ihm nicht mehr, Lilo zu erreichen. Er rief sie an, er sprach ihr auf die Box, er schrieb ihr Nachrichten – vergebens, sie reagierte nicht. Hatte er anfangs noch gemeint, ihr sei nur irgendetwas dazwischengekommen und sie werde gewiss bald zurückrufen oder antworten, wurde ihm rasch klar, dass es kein Zufall sein konnte, und er versuchte es nicht weiter. Er fragte sich, was geschehen war. Keine Antwort fiel ihm ein. Er rief sich ihre letzten Begegnungen ins Gedächtnis zurück und suchte sie nach irgendeinem Zeichen ab, aber sosehr er sich auch bemühte, er konnte nichts finden, als dass sie manchmal sehr reserviert war, doch das war nur anfangs und hatte sich immer rasch wieder gegeben. Zugleich wusste er, dass ihr nichts zugestoßen sein konnte, der Brigadier hätte es erwähnt; denn obwohl er im Allgemeinen verschlossen war, erwähnte er noch die kleinste Unpässlichkeit in seinem Haus, als könnte er sie dadurch bannen. Es blieb Alexander schließlich nichts als die betrüblich schlichte Einsicht, sie habe, weshalb auch immer, wohl einfach keine Lust mehr, ihn zu treffen.

Auch andere Mütter hatten schöne Töchter. Jedenfalls versuchte Alexander, sich mit Sprüchen dieser Art zu trösten. Er fuhr abends nun manchmal nicht gleich nach Hause, sondern ging noch in irgendwelche Bars, mit dem Vorsatz, eine Bekanntschaft zu machen. Aber die Sprüche, die er sich vorsagte, klangen nicht nur hohl, sie waren es auch; in keiner der Bars hielt er es lange aus, er trank jeweils nur rasch sein Glas leer, ohne sich wirklich umzusehen, geschweige denn mit irgendjemandem Blickkontakt aufzunehmen – er wusste gar nicht mehr, wie man das anstellte. Sah jemand ihn an, tat er, als merke er es nicht, holte sein Telefon hervor und gab sich beschäftigt. Meistens machte er sich bald doch auf den Weg und verbrachte den restlichen Abend verstimmt.

Mehrfach ertappte er sich im Dienst bei einem allzu langen Blick auf den Brigadier. Und auch der Brigadier bemerkte, dass Alexander ihn anders ansah als sonst, hob manchmal die Brauen, als frage er: Ja? Was ist? Was gibt es? Alexander glaubte nicht, dass sein Blick zornig war, wenngleich er einen Zorn in sich spürte, der dem hilflosen Zorn des Verlierers auf den Sieger nahekam. Denn war nicht der fette oder wenigstens unförmige Brigadier, ohne sich auch nur im mindesten anzustrengen, Sieger geblieben? Aber was hieß da Sieger? Hatte Alexander Lilo denn gewinnen wollen? War sie ihm denn etwas anderes als eine beliebige Geliebte? Und: Was hieße gewinnen? Er erkannte sich nicht wieder.

Die Einladung zum Ball der Offiziere – einer der bekanntesten der Wiener Ballsaison – lag seit Wochen auf seinem Schreibtisch; sie war ganz an den Rand geschoben. Bisher hatte er kein einziges Mal teilgenommen, obwohl sich oft die Gelegenheit geboten hatte. Er hatte keine Lust dazu, und schon allein der Gedanke an einen Ball bereitete ihm Unbehagen; das war seit je so. Auch in diesem Winter hatte er nicht vor, hinzugehen. Aber sollte er diesmal nicht doch gehen? Er sagte sich, es wäre dort bestimmt Bekanntschaft zu machen. Als er am Tag vor dem Ball den Brigadier zufälligerweise zu jemandem sagen hörte, man könne auf dem Ball darüber weitersprechen, grübelte er nicht mehr. Zwar wollte er Lilo wiedersehen. Aber die auf einmal so deutliche Vorstellung, sie an der Seite ihres Mannes zu sehen, keine Möglichkeit zu irgendeinem richtigen Gespräch zu haben – das würde er nicht ertragen.

Am Abend des Balles war er fahrig und blickte ständig auf die Uhr. Schließlich zog er seinen Anzug an und fuhr in die Stadt. Weshalb? Wochenlang hatte er nicht gewusst, wie er Lilo zu Gesicht bekommen könnte – und jetzt, da es einen Weg gab, nahm er ihn nicht. Konnte er ihn nicht nehmen.

Er lief durch die Gassen, ohne darauf zu achten, wo er sich befand. Er spürte nichts von der Kälte, nichts vom Wind, der um die Ecken strich. Hörte nur ihre Schritte, sah die anderen Passanten jedoch nicht, die an ihm vorbeiliefen. Erreichte ihn ein Schwall warmer Luft aus der eben aufgezogenen Tür eines Lokals, trat er beiseite, wich aus, als wäre ihm die Wärme unangenehm, als wäre sie ein Hund, dem nicht zu trauen war. Dann lief er wieder, zumindest bis zur nächsten Ecke, schnurgeradeaus weiter. Nur hin und wieder hob er den Kopf und sah sich um, orientierte sich und nahm, als suche er eine bestimmte Adresse, zielstrebig sein Gehen wieder auf. Und hatte er nicht tatsächlich die ganze Zeit über ein Ziel gehabt? In der Hofburg drängten sich in seiner Vorstellung jetzt, gegen halb elf, da die Eröffnung längst vorüber war, Massen von Menschen, viele in Uniform, mehr noch allerdings in Zivil, einzeln oder blütengleich in kleinen Gruppen, während Live-Musik spielte – aber nicht die Hofburg war das Ziel gewesen, sondern das »Orient« am Tiefen Graben.

Er klingelte und wartete, bis der Portier ihm öffnete.

»Ein Zimmer?«

»Ja.«

Der Portier drehte sich um und ging ins Hotel zurück, Alexander folgte ihm. Die Tür fiel mit lautem Krachen ins Schloss. Der Portier stellte sich hinter seine Loge, nahm einen Stift und blätterte in seinem Buch.

»Soll es ein bestimmtes sein?«, fragte er. »Wir haben noch ...«

»Nein, irgendeines«, unterbrach Alexander ihn. »Ganz egal.« Er zückte die Geldbörse und bezahlte, und der Portier schob den Schlüssel über die Theke.

»Erster Stock«, sagte er.

Alexander nahm den Schlüssel und stieg die Treppe hoch, suchte die Nummer und sperrte das Zimmer auf. In diesem waren sie seiner Erinnerung nach nie gewesen, aber das Zimmer sah aus wie alle anderen: die rotgoldenen Samttapeten, das Rot-Gold auch sonst überall, die Bettdecke zusammengelegt auf einem Tischchen neben dem Bett. Er verriegelte die Tür, setzte sich aufs Bett und sah auf die Uhr. Wartete er denn? Er ließ sich auf den Rücken fallen und starrte an die Decke. Nach ein paar Minuten schloss er die Augen. Kein Laut. Er schlief ein. Er träumte einen wirren Traum, träumte von Tanzenden, die sich um Lilo bewegten, die wiederum alleine tanzte, allerdings so, als tanzte sie mit jemandem, und Alexander, der hinter den sie Umringenden stand und sich nicht zu ihr durchzudrängen vermochte, stellte sich auf die Zehenspitzen und versuchte angestrengt, als wäre nichts wichtiger als das, zu erkennen, wer der Unsichtbare war, mit dem sie glaubte oder vorgab zu tanzen. Eine Stunde später schreckte er hoch und fand sich im ersten Moment nicht zurecht. Er stand auf und ging zur Tür, schloss sie auf, öffnete sie aber nur ein Stück weit. Denn eben verschwand im Zimmer gegenüber ein Paar, und er hatte keine Lust, jemandem zu begegnen; gerade konnte er noch das eine Bein der Frau sehen, das in einem Netzstrumpf steckte und über dem ein rotes Kleid sich bauschte, gerade konnte er noch ihr leicht nervöses, schon schweren, schon heftigen Atem in sich tragendes Lachen hören, bevor sich die Tür schloss. Einen Herzschlag lang hatte er gemeint, es sei Lilos Lachen, bis er sich klarmachte, solches Lachen klinge immer und überall gleich oder zumindest ähnlich. Und das rote Kleid mochte zwar ein Ballkleid sein, aber was hatte das zu besagen? Einmal waren sie verabredet gewesen, da hatte er ihr kurz vor dem Treffen eine Nachricht geschrieben, mitgeteilt, er könne nicht, obwohl es nicht stimmte: Er war selbst schon auf dem Weg gewesen. Und im Nachhinein hatte er nicht gewusst, warum er nicht hingegangen war. Warum denn nicht? Ihm war, als sei das die Antwort zu allem, als sei alles nur deshalb, weil er sie dieses eine Mal versetzt hatte. Er schaltete das Licht in dem Zimmer aus und wollte gehen, hörte aber jemanden die Treppe hochkommen und wartete noch ab. Es war ein Mann, der allein kam und es eilig zu haben schien; seine Dame wartete wohl schon. Den Schritten nach musste es ein recht dicker Mann sein, und dass er stehenblieb, als er das Ende der Treppe erreicht hatte, machte diese Einschätzung noch wahrscheinlicher. Der Mann setzte sich wieder in Bewegung und kam näher. Der Läufer schluckte seine schweren, stampfenden Schritte, dennoch spürte man sie in einem Vibrieren des Bodens. Als Alexander ihn vorübergehen sah, war er überrascht, denn es war kein Fetter. Es war ein vielleicht zwanzigjähriger, Ausgehuniform tragender Unteroffizier von schlanker Statur und nordischem Aussehen, dessen Wangen glühten. Alexander kannte ihn nicht. Er trat einen Schritt zurück, um nicht gesehen zu werden. Kaum war der andere an Alexanders Zimmer vorbei, machte er kehrt – und auch das Kehrtmachen begleitet von gedämpftem Poltern, als trüge er Schuhe aus Metall – und trat an die Tür gegenüber. Er legte das Ohr ans Holz; sich räuspernd, klopfte er. Es wurde geöffnet, Alexander konnte aber, obwohl er vortrat und hinspähte, nicht sehen, ob der Mann oder die Frau öffnete, sah nur einen Streifen dunkelroten Teppichboden. Der Blonde schlüpfte in das Zimmer, und die Tür hinter ihm schloss sich, wie sie sich zuvor geschlossen hatte: wie Wasser über einem Gegenstand, der versinkt.

Er hatte das Auto in der Parkgarage abgestellt. Der Wind hatte nachgelassen. Die Hände in den Manteltaschen und den Blick geradeaus, ging er Richtung Garage. Es gab nicht mehr allzu viel Verkehr, in der Ferne sah er auf der Ringstraße eine Straßenbahn, die langsamer als tagsüber zu fahren schien; hinter den beleuchteten Fenstern saßen reglose Gestalten wie Schattenrisse; ein letzter Fiaker schaukelte, Alexander nur mit Mühe überholend, stadtauswärts dahin, die Federn der Kutsche quietschten, und das Zaumzeug rasselte. Aus einer Seitenstraße schoss ein alter, weißer VW-Bus mit offener Seitentür, aus der, kaum hatte der Bus abgebremst, ein kleiner, drahtiger Mann sprang und einen Zeitungsständer am Laternenpfahl montierte. Schon fuhr der Bus wieder an, der Mann – Pakistani? Inder? – lief hinterher, sprang hinein. Alexander fielen die Zeitungsausschnitte ein, die auf dem Tischchen in seinem Wohnzimmer gelegen waren und die Lilo bei ihrem Besuch aufmerksam durchgesehen hatte. Als hätte es nicht stattgefunden, hatte er seither nicht ein einziges Mal daran gedacht: die Fahrt in die Heimat, das Sitzen in der vollbesetzten Halle, die irgendwann eine Maschinenhalle gewesen sein musste, und das erregte Warten. Und hatte es vielleicht wirklich nicht stattgefunden? Es war so belanglos, so belanglos wie fast alles in seinem Leben. Eine Frau kam ihm entgegen; mit schnellem, klackendem Schritt lief sie an ihm vorbei. Alexander drehte sich um und sah ihr nach. Aber er sah sie gar nicht richtig, wie er nichts richtig sah, seit er aus dem Hotel getreten war. Er sah die ganze Zeit über nur den jungen, gutaussehenden Unteroffizier vor sich. Wer versank?

Die Kirche – ein dreischiffiger spätgotischer Bau, vor zwanzig Jahren umfassend renoviert – war nahezu bis auf den letzten Platz besetzt. Es herrschte ein beständiges leises Gemurmel. Jakob war zu früh gekommen und hatte von seiner Warte in der ersten Reihe der Empore aus beobachtet, wie die Bänke sich nach und nach füllten. Allmählich wurde es ruhiger. Der gedrungene, kahlköpfige Vorbeter, der wie ein Verwachsener aussah und so klein war, dass seine Mantelschöße nur knapp nicht am Boden streiften, war in dem ihm eigenen Watschelgang aus der Sakristei gekommen und hatte sich in die Bank seitlich des Altars gesetzt. Unter den Letzten, die eintrafen, waren Jakobs Eltern; sie sahen sich nach einem freien Platz um und gingen nach hinten, zu den unter der Empore gelegenen Reihen. Jakob war überrascht, sie zu sehen, denn sie hatten Markus eigentlich nicht gekannt und gingen kaum je in die Kirche. Aber wunderte er sich nicht auch bei vielen anderen, ja bei den meisten, sie zu sehen? Schließlich dachte er, sie alle seien nicht um Markus' Willen gekommen, sondern bloß aus Neugier.

Er wusste, dass er ungerecht war, wusste aber auch, dass etwas daran war, das »wahr wie das Weiß des Schnees« war. Jakob senkte den Blick und betrachtete einige Minuten lang die Maserung unter dem rötlich-braunen Lack der Kirchenbank, bevor er geistesverloren begann, mit dem Fingernagel die Rillen nachzufahren. Eine hallende Stille, die sich bis in die letzten Winkel fortsetzte – oder, wie er auf einmal dachte, aus ihnen hervorkam –, herrschte in dem Gebäude, und eisige, wie tiefnächtliche Kälte, denn die erst kurz vor Beginn der Totenwache eingeschalteten Heizstrahler unter den Bänken wärmten nicht. Jakob hatte sämtliche Rillen nachgezeichnet und ließ die Hand ruhen; er hob wieder den Blick. Im linken Schiff, drei Reihen hinter dem Marienaltar, kniete Nina immer noch, und immer noch bebten ihre Schultern unter dem Mantel, während ihre Mutter den einen Arm um sie gelegt hatte und im anderen das schlafende Kind sacht wiegte. Man hörte hin und wieder ein Schniefen von dort. Oder kam es anderswo her? Vielleicht. Beim Eintreten war Nina stehengeblieben und hatte – als wüsste sie, ihn dort zu finden, und als wollte sie ihn finden – zur Empore hochgesehen, und ihre Blicke waren sich begegnet, aber sofort hatte sie das Gesicht wieder abgewandt und war weitergegangen. Danach hatte er geglaubt, man sehe ihn an: von hinten, von der Seite … Er spürte es. Ja, er war sich sicher gewesen, und es juckte ihn, sich umzudrehen. Aber er tat es nicht. Es ging niemanden etwas an, dass sie sich getrennt hatten.

Die Dinge sprachen sich schnell herum. Als Jakob sie von der Baustelle aus anrief, wusste sie es schon; noch im Krankenhaus hatte sie es von ihrem Vater erfahren. Markus' Mutter war, nachdem sie vergebens mit dem Frühstück auf ihn gewartet hatte, ohne zuvor auch nur in seinem Zimmer nachzusehen, ob er womöglich bloß verschlafen habe, in den Dachboden hinaufgestiegen und hatte ihren jüngsten Sohn aufgeknüpft gefunden. Sie war seither in der Nervenheilanstalt in der Stadt, und es hieß, sie werde nicht einmal zur Beerdigung kommen. Ob ihr Vater Nina auch davon erzählt hatte, dass neben Markus' Strick ein zweiter gehangen war? Bestimmt jedenfalls war nicht der Vater es, der sie darauf gebracht hatte, Jakob sei dabei gewesen. Wie sollte er auch? Es musste ihr selbst eingefallen sein. Es war Jakob vollkommen schleierhaft, wie sie darauf kommen konnte. Deshalb hatte er ihr auch nichts zu entgegnen gewusst, nichts entgegnen können, ja, zumindest anfangs, sogar gelacht, als er am Abend jenes Tages nach Hause gekommen war und sie ihm, zwischen halbgepackten Taschen kniend, vollkommen aufgelöst entgegenschrie, er solle ihr aus den Augen gehen, er sei ein Vieh, ein Mörder, mit dem sie »nicht eine Stunde länger« unter einem Dach leben wolle. Aber was taten ihre Anschuldigungen, die nichts mit ihm zu tun hatten, die schließlich bloß etwas ganz anderes verhüllten – oder vielmehr enthüllten? Aber auch das konnte man nicht sagen, denn er hatte nie wirklich angenommen, dass sie

Markus vergessen hatte; es war ihm bloß irgendwann nicht mehr wichtig gewesen. Er verstand. Fragte sich nicht, wie lange das noch gegangen war. Fragte sich nicht, warum er es nicht bemerkt hatte. Er versuchte nicht, sie aufzuhalten.

Der Vorbeter mit seiner weder hohen noch tiefen, aber eigentümlich dringlichen, quengelnden Stimme hob an, und wenig später dröhnte der gesamte Kirchenraum von dem monotonen Gebet. Erst nach über einer Stunde war es beendet. Es war immer noch nicht wärmer geworden. Die Menschen standen rasch auf und strömten zum Ausgang. Jakobs Blick ging wie von selbst wieder zu Nina hin. Ebenso, wie er sie aus der Ferne sah, waren seine Empfindungen für sie: wie aus einer Ferne; schwach, vage, weder angenehm noch unangenehm, ein bisschen wie nie gewesen. Bestimmt wusste sie, dass er sie beobachtete, aber sie sah nicht mehr her. Das Band zwischen ihnen – welches Band? Es hatte nie eines gegeben. Er blieb noch, nachdem das Tor hinter dem Letzten ins Schloss gefallen war. Man hatte die Heizung unter den Bänken abgestellt, und von überallher jetzt das Ticken der abkühlenden Strahler. Er schlug den Kragen hoch und sah der Mesnerin zu, wie sie durch die Schiffe ging und mit einer langen Stange, an deren Ende ein Hütchen aufgeschweißt war, die Kerzen löschte. Wie unpassend, dass sie den Weihnachtsschmuck nicht abgenommen haben, dachte Jakob. Die Feiertage sind doch vorbei … Aus der Sakristei erscholl ein Lachen. Ja, es hatte sich gut gefügt für ihn. Ach, das war weit zu wenig gesagt. Unablässig der Mesnerin zusehend, schien es ihm, als wäre seine Qual wie die Flammen der Kerzen: einfach ausgelöscht. Doch von wem? Die Mesnerin führte ihre Bewegungen mit einer Regelmäßigkeit aus, die einstudiert schien; für jede Kerze brauchte sie exakt gleich lang. Es war beruhigend, ihr zuzusehen.

»He! Das ist kein Hotel hier! Raus mit dir, verschwinde ...«

Er spürte einen festen Stoß gegen die Schulter und schreckte hoch. Es war dunkel und kalt; er musste eingedöst sein. Ohne sich umzusehen, sogar ohne sich zu fragen, wer es war, der ihn so unsanft aufstörte, erhob er sich. »Ja, ja, ist ja schon recht, ich gehe doch schon«, murmelte er, stand auf und taumelte die steinerne Wendeltreppe hinab und nach draußen.

Kaum war er auf dem Vorplatz, merkte er, dass er schlotterte. Ein kräftiger Wind blies und riss an den Sträuchern, die den Platz gegen die Straße hin abschirmten. Er war ausgekühlt in der kalten Kirche. Er rieb sich die Hände und ging raschen Schritts zum Parkplatz, auf dem außer seinem Moped kein weiteres Fahrzeug mehr stand. Die Straßenlaternen ließen ihr gelbes, schwaches, von der Kälte wie zersetztes Licht in Kegeln auf den Boden fallen. Der Himmel war wie aus Eisen; geschmiedet; sternenklar; dennoch musste es eben noch geschneit haben. Die Spuren der Autos waren nur noch als Andeutungen zu sehen. Jakob wischte den Schnee vom Sitz, zog die Handschuhe aus dem auf dem Gepäckträger liegenden Helm und klopfte sie ab. Gedämpft hörte er die Turmuhr schlagen, als er schlingernd losfuhr.

Den beiden folgenden Totenwachen blieb er fern, doch hörte er auf der Baustelle, dass sie ebenso gut besucht gewesen waren wie die erste.

Das Begräbnis war für vierzehn Uhr angesetzt. Als er gegen halb zwei zur Aufbahrungshalle kam, war er nicht zu früh. Eine große Menge, über der fortwährend Atem in vielen kleinen Fahnen aufstieg und verschwand, wartete bereits davor. Nur hin und wieder kam jemand heraus und machte sich auf den Weg zur Kirche. Jakob verstand es nicht – war es nicht üblich, gleich nach dem Kondolieren wieder zu gehen? Aus welchem Grund blieben sie? Markus war doch nur bei den Jungen beliebt gewesen ... die Alten hatten nie ein gutes Haar an ihm gelassen. Er dachte an seine Mutter und wie sie dagegen gewesen war, dass er mit Markus Umgang gehabt hatte. Neugier, hatte er bei der Totenwache gedacht. Aber welche Neugier denn? Niemand konnte wissen, weshalb er sich umgebracht hatte; es würde nie herauszufinden sein. Und auch, dass neben ihm ein zweiter Strick gehangen war, war wohl nichts als Zufall und konnte unmöglich jemanden ernsthaft, dauerhaft neugierig machen. Vielleicht war der Strick immer schon dort gehangen, vorzeiten für irgendetwas verwendet –

einen Sack Getreide etwa, an den die Mäuse nicht herankommen sollten –, nie jemandem eigens aufgefallen. Er dachte an Markus' Mutter. Waren sie am Ende nur ihretwegen da, um ihr, der vom Schicksal Geschlagenen, beizustehen? Er reihte sich in die Schlange ein. Lange musste er warten, bis er den Angehörigen – dem Vater und den Brüdern, sämtlich eingehüllt in warmen Schnapsdunst; die Mutter war tatsächlich nicht zu sehen – sein Beileid aussprechen konnte. Er hatte dabei den Eindruck, als würden sie durch ihn hindurchsehen. Eben hatte er sich noch gefragt, warum die Leute blieben, jetzt blieb er selbst vor der Halle stehen und wartete, bis es zu Ende war. Es dauerte noch annähernd eine halbe Stunde, dann wurde der Sarg endlich aus der Aufbahrungshalle geschoben und, gefolgt von der stummen Menge, in die Kirche gebracht.

Nach einem Blick in die vollbesetzte Empore stieg Jakob die nur mit einer Kordel abgesperrte Wendeltreppe in das Orgelgestühl hoch, das über der Empore lag und in dem nie jemand saß und lediglich, bei seltenen Gelegenheiten, der Chor seinen Platz hatte. Es gab keine Sitzbänke, nur Klappstühle aus Holz, die an der Wand lehnten. Jakob nahm einen Stuhl und stellte ihn nah an der Brüstung auf. Er setzte sich und rückte den Stuhl leise noch näher an die Brüstung heran, stützte die Arme darauf ab und sah nach unten. Immer noch strömten Menschen herein; manche, an die Mauer gelehnt, hatten sich bereits damit abgefunden, stehen zu müssen, andere drängten sich noch in eine Bank; hier und dort überließ einer einem Alten seinen Platz. Auch Nina war da. Sie saß allerdings nicht mehr im linken Schiff, sondern im mittleren, nur eine Reihe hinter der Familie. Sie schien alleine gekommen zu sein; vielleicht, dachte er, war ihre Mutter mit dem Kind zu Hause geblieben, oder sie saß anderswo, und er sah sie nicht. Er beachtete Nina diesmal nur kurz und bemerkte nicht einmal seine Eltern, die ebenfalls in einer der vorderen Reihen saßen, denn die meiste Zeit lag sein Blick auf dem den Sarg aus Tanne tragenden Katafalk und dem davor auf einem Ständer aufgestellten Bild in einem Silberrahmen, das Markus zeigte. Er versuchte, sich vorzustellen, dass Markus in dem Sarg lag – es gelang ihm nicht.

Noch waren Pfarrer und Ministranten nicht eingezogen, da hob eine Musik an, die Jakob irgendwie vertraut vorkam, die er schon irgendwo einmal gehört zu haben glaubte, die er jedoch nicht einordnen konnte. Hatte Nina sie manchmal gesummt? Nach dem Lied begann die Trauerfeier. Und sie war feierlich – Schulkinder lasen mit stockenden und, weil sie schlecht ans Mikrofon heranreichten, kaum hörbaren Stimmen Fürbitten, riesige Bilder von Gebirgen und Seen und grünen Wiesen wurden von irgendwoher auf eine leere Mauer projiziert –, und sie dauerte sehr lange. Das Feierliche wurde nur kurz durch den Pfarrer selbst verletzt, gestört, zuerst durch seine nichtssagende, sich hinziehende Predigt, und dann, am Ende dieser unzähligen Sätze, durch den Hinweis darauf, dass Selbstmörder in früheren Zeiten kein kirchliches Begräbnis bekommen hätten. Allerdings war dieser Hinweis – Absicht oder nicht – wie versteckt am Ende der Predigt eingefügt, so dass in der halb eingeschläferten Menge nur für einen kurzen Moment ein leises Raunen aufkam, das allerdings kein empörtes war, sondern vielmehr eines von Erwachenden, das zu fragen schien, ob man richtig gehört oder es sich nur eingebildet habe.

Das an diesem Tag ohnehin nur fahle Licht schwand bereits, als die Menge die Kirche verließ und dem Verstorbenen das letzte Geleit gab. Langsam und unter beständigem Gebet bewegte der Zug sich Richtung Friedhof. Jakob hängte sich an das Ende der Prozession; hinter ihm marschierte nur noch die Kapelle, die einen besonders langsamen Trauermarsch spielte. Als die Menschentraube auf dem Friedhof zum Stillstand kam und die Musik verstummt war, hörte man – von woher zu dieser Jahreszeit? – das Quaken von Fröschen. Ein paar Köpfe drehten sich fragend hin und her. Über alte, knacksende Lautsprecher ertönte die Stimme des Pfarrers, der ein Gebet sprach. Jakob konnte kaum etwas sehen, erahnte nur eine Bewegung in der Mitte der Traube; jetzt musste der Sarg vom Katafalk gehoben und über die Grube gehievt worden sein. Ohne dass sie sich in irgendeiner Weise angekündigt hätten, schossen ihm die Tränen in die Augen; unauffällig wischte er sie weg. Wovon Markus so oft in vagen Andeutungen – die Jakob von Anfang an ahnungsreich verstanden hatte, klarer vielleicht als Markus selbst – gesprochen hatte, war Wirklichkeit geworden. Erst jetzt begriff er es richtig. Weshalb beschuldigte Nina ihn, Jakob, nannte ihn Vieh, nannte ihn Mörder? Noch einmal hörte er, wie sie ihm diese aus ihrem tiefsten Inneren zu kommen scheinenden Worte entgegenschrie. War sie verrückt geworden? Und auch wenn er verstand, dass ihr das Unglück vielleicht wirklich den Verstand getrübt hatte, verstand er nicht, was sie mit ihren Worten meinen mochte. Trotzdem, obwohl er nichts damit zu tun hatte und er zudem genau wusste, dass weder er noch sie noch sonst irgendjemand Markus von seinem Vorhaben hätte abbringen können, war ihm, als habe Nina in verborgener Weise recht, als hätte er Schuld auf sich geladen und wäre irgendwie verantwortlich für das Geschehene, auf das er während einer gewissen Zeit fast mit einer Art Vorfreude gewartet hatte. Der Geruch von Holzrauch zog von einem der nahen Häuser über den Friedhof, und die Kapelle in Jakobs Rücken hob wieder zu spielen an. Das war das Zeichen, dass der Sarg hinuntergelassen wurde. Kurz darauf hörte man das Knirschen des Kieses unter dem Gewicht der vielen Menschen; sie stellten sich an, um ein Schäufelchen Erde auf den Sarg zu werfen. Vor Jakob tat sich eine Blickschneise auf, und er konnte sehen, wie der Bestatter die weißen, hier und da von schneeiger Erde befleckten Seile hochzog, sie aufwickelte und behutsam neben den Aushub legte. Er wandte sich ab und verließ mit den Ersten den Friedhof.

Als er, nach Hause zurückgekehrt, im Badezimmer die Krawatte abnahm und das Hemd auszog, hielt er inne und betrachtete sich im Spiegel. Merkwürdig, dass ihm einen Herzschlag lang gewesen war, sein Bruder blicke ihn daraus an. Er sah ihm wirklich immer ähnlicher. Dabei waren sie von ihrem Wesen her so unterschiedlich, kam ihm vor. Er etwa sprach fast nie, wenn er nicht gefragt wurde, während Alexander sich in die Brust warf und in einem fort redete ... Ihm fiel der Abend ein, an dem er mit Markus vor dem Haus gesessen und Alexander dazugekommen war. Worüber hatten sie gesprochen? Er erinnerte sich nur noch, dass Markus irgendeinen Witz gerissen hatte – wie es damals immer gewesen war, wenn er Publikum hatte. Lächelnd über diese Erinnerung ging er ins Wohnzimmer. Dabei bemerkte er, wie ruhig er war. Ja, die Ruhe war in ihn zurückgekehrt. Was fremd, ungreifbar und bedrohlich in den vergangenen Monaten in ihm gewühlt und getobt hatte – was war es gewesen? Er blickte darauf wie auf etwas Unwirkliches zurück, oder wie auf das kaum erkennbare jenseitige Ufer eines wild und schäumend dahinstürmenden Flusses, über den keine Brücke ging.

Es gab keinen Grund mehr, die Wohnung zu behalten. Nachdem Nina in seiner Abwesenheit ihre Sachen abgeholt hatte, befand sich kaum noch etwas darin, und bei jedem Schritt hallte es. Bald gab er sie auf und zog wieder auf den Hof.

Es war für ihn ein folgerichtiger Schritt, dem kein langes Nachdenken vorausging, und auch seine Familie schien sich nicht zu wundern, dass er wieder da war. Niemand fragte ihn etwas; nicht einmal nach dem Kind fragten sie, und Jakob wurde klar, dass wohl nur er es nicht gewusst oder zumindest geahnt hatte, dass das Kind nicht seines war. Dann hatte also auch Markus gewusst, dass er einen Sohn hatte? Jakob bezog Alexanders Zimmer. Wenn er das Fenster öffnete, sah er auf die granitverkleideten Pfeiler der Autobahn; metallisch, als ob ein Riese auf eine lose Eisenplatte stiege, dröhnte es von Zeit zu Zeit; und immer noch lag der leicht süßliche Geruch in der Luft. Alexanders Habseligkeiten schaffte er in sein bisheriges Zimmer; sein Bruder kam so selten, dass Jakob sich kaum vorstellen konnte, es werde ihn stören. Das Band über der Tür ließ er hängen. Anfangs blieb er zwar noch manchmal davor stehen und überlegte, es abzunehmen, aber schließlich erinnerte er sich jedes Mal an jenen Abend, der ihn ins Wirtshaus geführt hatte, und er dachte, dass es wirklich war, als hätten diese Worte als Zauberspruch gewirkt, als hätte nicht der Zufall, sondern diese Worte ihn gerettet, und er ließ es, wo es war.

Obwohl er überlegt hatte, zu kündigen und sich etwas anderes zu suchen, arbeitete er weiterhin für den Maschinenring; er verdiente ganz gut, und die Baustelle lag in der Nähe und würde kaum vor dem Sommer fertig sein. Und danach könnte er ja kündigen, ein paar Wochen Urlaub machen und immer noch überlegen ... Nebenher versorgte er die verbliebenen Tiere, obwohl niemand ihn darum gebeten hatte; es gehörte für ihn einfach dazu, und er tat es ganz von selbst. Der Vater war fast ständig unterwegs; war er zu Hause, telefonierte er und lief aufgeregt im Haus herum. Jakob empfand jetzt eine große Zuneigung zu ihm; wenn der Vater Hilfe brauchte, ging er ihm ohne Zögern oder Murren zur Hand. So wie die Erinnerung an die Szene, als der Vater ihm sein letztes Geld gegeben hatte, Zuneigung in ihm auslöste, löste jene an die Begegnung mit der Großmutter Abneigung aus; nie stieg er in ihre Wohnung hoch, die sie nicht mehr verließ. Wenn die Mutter ihn – am Wochenende – bat, das Essen hochzubringen, weigerte er sich entweder, oder er trug es bis vor die Tür, schlug mit der Faust gegen das Türblatt und stieg wieder nach unten. An den Abenden saß er oft mit der Mutter zusammen. Während er, die Beine auf den Tisch gelegt, eine Flasche Bier trank, redete sie von Luisa, der ihr einziger Kummer zu gelten schien. Seit langem hatten sie sich gewundert, warum Luisa dem Kind kein Deutsch beibrachte, jetzt hatte sich herausgestellt, dass Chet auf einmal alles Deutsche verabscheute und damit nichts mehr zu tun haben wollte. Luisa wusste nicht, was der Grund dafür war; Vorfahren von ihm waren vom NS-Regime verfolgt worden, aber das war ihm schon lange bekannt gewesen, lange bevor er, damals noch Universitätsangestellter, für ein Forschungssemester nach Wien gekommen war – das konnte es also nicht sein. Oder doch? Während er das Deutsche jedenfalls strikt ablehnte, hatte er angefangen, alles Schwedische zu verherrlichen. Sogar seine eigene Herkunft trat immer mehr in den Hintergrund; er sprach fast nur noch Schwedisch und nannte sich neuerdings Hjalmar – nach einem Schriftsteller der Jahrhundertwende. Es komme nicht in Frage, sagte er, dass sie jemals wieder nach Österreich zögen. Sein Kind werde in Schweden aufwachsen, ja, sein Kind sei Schwede. So telefonierte sie nur noch heimlich mit ihrer Mutter. »Wie soll das weitergehen?«, fragte die Mutter ein ums andere Mal. »Soll sie ihn doch verlassen«, sagte Jakob. »Was ist daran so schwer?« Die Mutter ging auf diesen Vorschlag nicht ein. »Oder soll sie ihn anzeigen ... Hat sie nicht selbst gesagt, dass die Schweden einander ständig wegen irgendetwas anzeigen? Sogar die Kinder ihre Eltern, wenn die ihnen das Fernsehen verbieten?« Je mehr Wochen verstrichen, desto seltener gab er eine Antwort und zog es vor, seinen eigenen Gedanken nachzuhängen. Doch konnte man Gedanken nennen, was Sorgen waren? Denn es war Gerede aufgekommen, dass an dem Selbstmord etwas nicht stimmte. Freilich, Markus hatte ihn seit Jahren angekündigt, aber es war doch bloß etwas wie ein Tick gewesen, eine Angewohnheit, eine besonders eigenwillige Spielart seiner Angebereien. Was, fragte man sich, hatte es mit dem zweiten Strick auf sich? Wofür war er bestimmt gewesen? Für einen Zweiten? Und wo war derjenige, als es geschah? Hatte er sich gar vor Ort befunden? Die Namen derer, mit denen Markus davor noch im Wirtshaus gewesen war, fielen. Der Wirt sagte jedem, der es hören wollte, dass sie sehr lange zusammengesessen seien und sein Lokal knapp hintereinander verlassen hätten. Jakob wurde dabei zunächst nie genannt. Aber nachdem dieses Gerede eine Zeitlang gegangen war, meldete sich eine Nachbarin der Bergers zu Wort; die Höfe lagen nur einen Steinwurf voneinander entfernt. Es schien, als hätte die bald achtzigjährige Witwe es bis dahin vergessen gehabt, dass sie in der Unglücksnacht gegen ein Uhr aufgewacht war, weil sie gehört hatte, wie ein Moped gestartet wurde und wegfuhr. Da fiel es dem Wirt doch wieder ein, dass auch Jakob an dem Abend dagewesen war. Und es gab kaum einen von Markus' Freunden, der nicht schon längst ein Auto hatte.

War es für sie denn mehr als eine Affäre gewesen? Doch, er war sich sicher. Wie viel mehr? War es vielleicht so viel, dass es zu viel war? Hatte sie Angst bekommen, die Kontrolle zu verlieren? Aber selbst wenn es so war, nützte es nichts. Mit keinem Argument, keiner Beteuerung und keinem Schwur war sie zu überzeugen. Wenn er zu ihr fahren würde, vielleicht würde sie, wenn er nur hartnäckig genug war, noch einmal oder sogar noch mehrmals einem Treffen zustimmen, aber sie würde ihre Ehe nicht aufgeben. Das hatte er nach und nach begriffen. Und hatte auch begriffen, dass gerade das das Einzige war, was er wollte. Er fuhr nicht hin, rief sie nicht an, schrieb ihr nicht. Nicht einmal insgeheim wartete er auf Ereignis. Dennoch war ihm die ganze Zeit, als könne sie ihn auf irgendeine verborgene Art und Weise hören, als könne sie lesen oder empfinden, was er dachte, als hätte sie ein Sensorium dafür, und so war ihm sein Denken wie ein fortwährend stilles Gespräch mit ihr, das alles linderte – das übertünchte, was nicht war.

Er hatte es sich angewöhnt, nach dem Bürodienst noch ein Café in der Innenstadt aufzusuchen, das »Central« in der Herrengasse etwa oder den »Bräunerhof« in der Bräunergasse; dort trank er etwas, blätterte, ohne wirklich zu lesen, in den Zeitungen und stellte mit sonderbarer Freude fest, dass immer schon veraltet war, was über die Entwicklungen im täglich sich verschärfenden russisch-ukrainischen Konflikt geschrieben wurde. Umgeben von Fremden zu sein und ihre Stimmen zu hören, lenkte ihn ab und zögerte den Zeitpunkt hinaus, wieder allein zu sein. Denn wenn er nach Hause kam, lagen jeweils immer noch viele Stunden vor ihm, die ihm unüberwindlich schienen und die er mit nichts zu füllen wusste, die sich nicht einmal füllten, wenn er den Fernseher einschaltete oder ein Buch las. Wenn er schließlich bezahlte und ging, holte er sein Auto nicht immer sofort, sondern streunte manchmal noch lange in der Stadt herum.

Eines Abends trieb es ihn bei diesem Gehen weiter als sonst aus dem Zentrum hinaus, und er ging so lange scheinbar ziellos dahin, bis er sich unversehens vor der Villa des Brigadiers wiederfand. Fast erschrak er, als er das Haus erkannte. Ein Mal war er hiergewesen. Wann? Was wollte er hier? Längst war es dunkel. Niemand war auf der Straße zu sehen. Trotzdem duckte er sich an eine Stelle, an die kein Licht heranreichte. Er wagte einen Blick. Das etwas erhöht gelegene Untergeschoß war erleuchtet, und er konnte ins Innere des

Hauses sehen. Die kleine Familie saß um den nah ans Fenster gerückten Esstisch; was darauf stand, konnte er nicht sehen, nur die Flammen mehrerer brennender Kerzen sah er. Sie waren gerade dabei, Suppe zu essen, nur der Junge schien nichts zu sich zu nehmen; er war damit beschäftigt, von einem zum anderen blickend und sichtlich Aufmerksamkeit einfordernd, irgendetwas zu erzählen. Auf einmal, mitten in dieses Reden und Schauen und Fordern hinein, stand der Brigadier auf und rief etwas – was, war nicht zu verstehen, aber es war doch so laut, dass es noch draußen, in der stillen, klaren, kaum bewegten Abendluft zu hören war. Alexander war etwas zusammengezuckt und meinte, es sei ein Wutausbruch, wie der Brigadier ihn bisweilen im Büro hatte, bis er begriff, dass keine Rede davon sein konnte und es sich nur um einen Scherz gehandelt hatte. Denn er sah, wie Lilo und der Sohn lachten und der Brigadier, ebenfalls lachend, sich wieder setzte. Da zog sich Alexanders Brust schmerzhaft zusammen. Zugleich empfand er eine ungekannte Beschämung, als stehe nicht er im Schutz der Dunkelheit und spähe in ein beleuchtetes Zimmer, sondern als wäre umgekehrt er ausgestellt in einem überhellen Licht, aus dem es kein Entrinnen gab. Eine Krähe – es klang wie das Anreißen eines großen Streichholzes – spreizte die Flügel und flog krächzend von dem Baum im Garten. Schwerfällig hob er den Blick nach ihr, ohne sie in dem Düster ausmachen zu können; nur ihr Krächzen lag noch in der Luft. Sie erinnerte ihn – woran? Ihm war, als spotte sie über ihn.

Es brach eine Zeit für ihn an, die streckenweise von dem Gefühl beherrscht war, er löse sich auf. Sein Leben schien ihm vor den eigenen Augen auseinanderzufallen, ohne dass er es aufzuhalten vermochte. Die Frau, die er liebte, war unerreichbar. Saß er nicht die Stunden im Büro ab, wusste er nichts mehr mit sich anzufangen. Was auch immer er tat, es war von Lustlosigkeit gekennzeichnet. Sinnlos war alles. Er dachte darüber nach, seinen Abschied einzureichen. Allein, um den Brigadier nicht mehr sehen zu müssen; ihn zu sehen war ihm eine tägliche Marter. Aber was sollte er stattdessen tun? Er hatte ein wenig Geld angespart, er könnte das Medizinstudium wieder aufnehmen. Wollte er denn Arzt werden? Hatte er es je gewollt? Er wusste es nicht mehr. Früher war jede Veränderung – oder nur jeder Ansatz zu Veränderung – eine Bewegung nach vorne gewesen, jetzt drang die Bewegung in sich selbst ein und fiel dabei zusammen wie ein Kartenhaus. Hätte er, so wie die Dinge standen, nicht genauso gut Pfarrer werden können? Dann hätte er bei allem, was geschah, gedacht: Gott will es so ... Auch über die Situation mit Lilo würde ein Priester denken: Er will es so ... Darüber musste er lächeln. Wie schön solche Einfachheit war, solch einfaches Denken. Oder war das denn etwa nicht schöner als diese Banalität: Pech gehabt, vögelt sie eben wieder mit ihm ... dem Fetten ... –

ein Gedanke, von dem nichts als ein modriger Geschmack zurückblieb? Es kam vor, dass er das unwillkürliche Bedürfnis hatte, mit jemandem zu reden; und da ihm sonst niemand einfiel, rief er mitunter seine Schwester an, die er jedoch nie erreichte; nicht ein einziges Mal hob sie ab; wenn sie Stunden später zurückrief, war ihm nicht mehr danach zu reden, und er ging nicht ans Telefon. Was sollte er ihr sagen? Und wenn er, was er zwar gewiss nicht tun würde, ihr alles erzählte: Welchen Rat würde, könnte sie ihm geben? Es gab keinen Rat; oder vielleicht gab es sogar einen, aber es gab keine Lösung.

Je länger er darüber nachdachte, desto deutlicher sah er, dass er nichts Neues mehr anfangen würde. Es fiel ihm nicht schwer, es sich einzugestehen, fast war er erleichtert über die Einsicht. Die Würfel waren längst gefallen, die Weichen gestellt. Auch wenn alle Welt das anders sah, konnte er nicht finden, er sei noch jung; er fühlte sich alt und berechnete bereits, wie viel ihm noch bis zur Pensionierung fehlte. Nur dreißig Jahre noch, sagte er sich, vielleicht weniger. Wenn wirklich Krieg kommt … und es sieht ganz so aus, als würde einer kommen … Lilo, versuchte er sich einzureden, würde er vergessen. Er würde sich, wie er es immer getan hatte, wieder eine Geliebte suchen. Auch andere Mütter haben schöne Töchter … Vorbei würde sein dieser elende Zustand, der ihm bisweilen eines erwachsenen Mannes unwürdig vorkam. Freilich, noch war es nicht so weit, noch dauerte dieser Zustand an. Die Zeit, bis es so weit war, musste er irgendwie überstehen.

Vor den Weihnachtsfeiertagen hatte es eine Versteigerung gegeben; irgendwelche Dinge, die sich das Jahr über in den Büros angesammelt hatten – meist waren es Werbegeschenke von Unternehmen, aber auch Liegengebliebenes, von irgendwem Vergessenes und nicht mehr Abgeholtes war darunter –, wurden versteigert, und das eingenommene Geld wurde für einen wohltätigen Zweck gespendet. Weil es zum guten Ton gehörte, hatte Alexander bei ein paar Dingen mitgeboten, unter anderem bei einem Tabletcomputer, den er am Ende bekam. Er nahm ihn mit, legte ihn in eine Ecke der Wohnung und vergaß ihn. Erst im Februar, als er sich aufraffte, sauberzumachen, fiel das Ding ihm wieder in die Hände; es war noch nicht einmal ausgepackt. Er holte es aus der Schachtel und nahm es in Betrieb. Es war, bis auf einen Browser und einen Terminplaner, nichts darauf installiert. Er öffnete den Planer, blätterte ein wenig herum und schloss ihn wieder; er konnte sich nicht vorstellen, von seiner Gewohnheit abzugehen, Termine in einem Notizbuch zu vermerken. Er öffnete das andere Programm, und eine Suchmaschine öffnete sich – offenbar hatte er mit dem Gerät Zugang zum Internet. Er tippte in die Maske der Suchmaschine das Erste, was ihm einfiel: seinen Namen. Er drückte auf die Enter-Taste und wartete, bis die Suche beendet war. Es gab kaum etwas zu ihm; er klickte das erste Suchergebnis an. Langsam baute sich die Seite auf. Auf einmal kam es ihm idiotisch vor, was er da tat. Schon wollte er das Tablet wieder ausmachen, da fiel ihm etwas ein, das er nachsehen wollte, und er klickte sich zu der Suchmaske zurück. – In den folgenden Tagen und Wochen machte er die Entdeckung, dass sich das Internet, das er bis dahin nur beruflich, zum Versenden von E-Mails und sporadisch für das Bestellen von vergriffenen Büchern verwendet hatte, hervorragend dazu eignete, Zeit totzuschlagen. Obwohl die Verbindung langsam war, vergingen die Stunden im Nu, ohne dass er hinterher eigentlich wusste, was er getan hatte; einen anderen hätte das gestört, ihm vielleicht sogar Gewissensbisse verursacht, die entfernt jenen eines reuigen Trinkers gleichen mochten, Alexander war es nur recht. Er konnte Lilo dabei vollständig vergessen. So, auf dem Weg vom Hundertsten ins Tausendste, kam ihm irgendwann auch Elvira wieder in den Sinn. Was war aus jenem Verfahren, das wiederaufgenommen werden sollte, geworden? Die Zeitung hatte er lange nicht mehr gelesen.

Rasch wurde er fündig; tatsächlich war der Prozess neu aufgerollt worden. Die Berichte, auf die er stieß, stammten sämtlich aus der Lokalpresse; die überregionalen Medien schienen diesmal nicht das geringste Interesse mehr gehabt zu haben, dabei zu sein – für sie war der Fall erledigt. Vielleicht interessierte sich deshalb selbst die Lokalpresse weniger dafür; die Artikel zu dem Prozess fielen jedenfalls allesamt recht karg aus. Die entscheidende Information war, dass den Ausführungen des Zeugen, ein ebenfalls aus Linz stammender Bekannter von Viktor S., kein Glauben geschenkt wurde; sie seien, so ein Bericht, »löchrig und in Summe unglaubwürdig, und nicht einmal Viktor S. scheint sich für sie zu interessieren«. So war nach kurzer Prozessdauer das Urteil der Erstinstanz bestätigt worden. Die meisten Berichte waren einigermaßen neutral verfasst, nur jene in der Zeitung, welche Alexander abonniert hatte, klangen voreingenommen. Der letzte Artikel, der sich dazu fand, war ein Kommentar in jenem Blatt. Der Reporter beklagte darin die »ohne jeden Zweifel enormen Kosten« eines solchen Verfahrens und fragte in sarkastischem Ton, ob die Justiz gedenke, jedes Verfahren neu aufzurollen, »sobald sich nur irgendein Wirrkopf findet, der zugunsten des nach dem Gesetz bereits Verurteilten zu lügen bereit ist«, bevor er, immer wütender, fortfuhr, seine eigenen Vermutungen anzustellen. »Warum er das getan hat, wissen wir nicht. Ist es ausgeschlossen, dass er selbst dazu angestiftet wurde? Jemand ihn bezahlt, ihn bestochen hat? Ja, warum soll es nicht genau so gewesen sein? Wer es – nur ein Gedankenspiel! – absurd nennt, wenn der Verfasser dieser Zeilen aufgrund eines Verdachts und ohne einen einzigen (sic) wirklichen Beweis einen neuen Prozess fordern würde, kann auch nicht umhin, jenen anderen absurd zu nennen! Im Namen von Justitia, der Göttin der Gerechtigkeit (und im

Namen von uns Steuerzahlern!): Es müssen die Dinge einmal beim Namen genannt werden!«

Alexander legte das Tablet weg, stand auf und durchsuchte den Zeitungsstapel, fand die Ausgabe aber nicht mehr, in welcher der Text abgedruckt sein musste; er hatte sie wohl bereits weggeworfen. Auch die Ausgabe der folgenden Woche war nicht mehr da, die er gerne nach Leserbriefen durchgesehen hätte; ob jemand darauf reagiert hatte? Er setzte sich wieder, nahm das Telefon und wählte, einen Blick auf die Uhr werfend, die Nummer von zu Hause. »Im Namen von Justitia«, wiederholte er, während er darauf wartete, dass jemand dranging. Endlich wurde abgehoben.

»Ja?«

»Ich bin es.«

»Ja, sieh an, dich gibt es auch noch?«, rief der Vater aus. »Wie geht es dir?«

»Danke«, sagte Alexander. »Hör zu, hast du kurz Zeit? Ich wollte dich etwas fragen.«

»Was denn?«

»Ich habe gerade etwas über diesen Mord gelesen, du weißt schon.«

»Was ist damit?«

»Nichts. Es ist nur, in dem Artikel, den ich gelesen habe, schreibt der Journalist, dass der Zeuge gelogen hat. Dieser Zeuge, der behauptet, der Mörder sei dazu angestiftet worden. Ich frage mich, was bei euch darüber geredet wird. Weißt du da etwas?«

»Was soll ich da groß wissen?«, sagte der Vater. »Ich habe mit den Leuten nichts zu tun.«

»Verstehe«, sagte Alexander, »in Ordnung. Es hätte mich nur interessiert. Aber es ist ganz egal.« Eine kurze Pause entstand. Alexander griff nach dem Tablet und wischte darüber, um die Sperre aufzuheben. »Und sonst? Wie geht es euch?«

»Aber er täuscht sich«, sagte der Vater, Alexanders Frage übergehend. »Er hat nicht gelogen.«

»Sagen das die Leute?«

»Was weiß denn ich, was die Leute sagen! Und selbst wenn ich es wüsste, es kümmert mich nicht ... Nein, ich sage das. Hätte sogar ein Kind gemerkt.«

»Wie? Warst du etwa dort?«

»Viele waren dort.«

Alexander legte das Tablet beiseite und stand auf.

»Auch welche aus dem Dorf?«

»Ja.«

»Warum?«

»Aus Neugier ...«

»Nur aus Neugier geht man doch nicht zu so was«, sagte Alexander.

»Den Leuten gefällt es nicht, ständig auf diese Sekte angesprochen zu werden.«

»Hm. Aber warum warst du dort?«, fragte er. »Hast du auch etwas gegen sie?«

»Ich? Nein, warum? Die Sekte ist mir egal. Ich interessiere mich einfach so.«

»Einfach so?«

»Man interessiert sich eben für seine Umwelt. Das ist doch nur natürlich. Das ist doch menschlich, oder nicht?«

Wich der Vater aus? Alexander erinnerte sich, wie oft sein Vater irgendwohin gefahren war, ohne dass einer den Grund dafür gekannt hatte. Weshalb sollte es anders geworden sein?

»Ja, wahrscheinlich ist es das«, sagte er schließlich.

Er trat an das nach hinten hinausgehende Fenster. Eine Amsel – die, welche auch morgens immer dort war – saß in der Schneebeere, auf der das Licht aus der Wohnung, durchkreuzt vom Schatten der Sprossen, wie gemalt lag; sie drehte eine weiße, gefrorene Frucht im emporgereckten, winterlich fahlen Schnabel.

»Er wollte wohl seinem Freund helfen«, sagte Alexander.

»Weiß der Teufel, was er wollte.«

Die Amsel schüttelte sich; sie hatte die Frucht geschluckt, öffnete den Schnabel wieder und putzte sich mit einem Beinchen das Gefieder. Es sah aus, als befinde sie sich in einem Käfig aus Licht.

»Willst du noch mit Mama reden? Oder mit Jakob? Ich kann ihn holen.«

»Ist er zu Besuch?«

»Nein, er ist wieder da.«

»Ist er zurückgezogen?«

»Ja.«

»Wann?«

»Vor ein paar Wochen vielleicht.«

»Und mit – wie heißt sie?«

»Das ist nichts mehr.«

»Und das Kind?«

»Wie es aussieht, wollte sie ihm das unterjubeln.«

»Es ist nicht seines?«

»Nein.«

Ein paar Stunden später lag Alexander im Bett und konnte nicht einschlafen. Es waren nicht die überraschenden Neuigkeiten über Jakob, die ihn beschäftigten; darüber hatte er nur flüchtig nachgedacht und war zu der Ansicht gekommen, dass der Schicksalsschlag, den sein Bruder empfinden mochte, sich spätestens in ein paar Jahren als großes Glück für ihn herausstellen würde. Es war nicht gut, sich so früh solche Verpflichtungen aufzubürden; allzu wahrscheinlich war, dass man sie als Last empfand, die immer schwerer wurde, bis man eines Tages vielleicht daran zerbrach oder sie zumindest nicht mehr aushielt. Manch einer von den Zeitsoldaten, die er kennengelernt hatte, war vor genau so etwas davongelaufen – oder hatte es versucht; denn die Zeit verging, und irgendwann mussten sie alle wieder nach Hause, wo sich nichts verändert hatte ... Nein, das beschäftigte ihn nicht. Er konnte wegen der anderen Sache nicht schlafen. Was er gelesen und vom Vater gehört hatte, kam ihm äußerst merkwürdig vor. Und obwohl er von den Gewohnheiten des Vaters wusste, kam es ihm, je länger er darüber nachdachte, ebenfalls merkwürdig vor, dass jener dem Prozess beigewohnt hatte. Denn es stimmte zwar, er tat heute dies und morgen das; aber er tat es doch nur, wenn es in irgendeinem Zusammenhang mit den eigenen Interessen stand, mit irgendeinem Geschäft oder besser irgendeiner seiner nie aufgehenden Geschäftsideen. Er überließ sich den Erinnerungen. Bild um Bild stieg herauf und zog vorbei. Warum nur Bilder, warum keine Stimmen? Hatte die Erinnerung keine Sprache? Und was war das überhaupt? Konnte man sich jederzeit erinnern, willkürlich? Wie ging es? Und war Sich-Erinnern mehr zu wissen, als man wusste? Er fragte sich, weshalb der Vater dort gewesen war. Freilich könnte er ihn noch einmal anrufen, zugleich wusste er, dass er keine wirkliche Antwort bekäme. Er zuckte zusammen. Er spürte, wie der Schlaf, der sich stundenlang ferngehalten hatte, sich nun doch näherte. Er sah Lilos Gesicht vor sich; es war erhitzt und leicht gerötet, ihr dunkler Teint schien so noch dunkler. Nur drei kleine, knapp nebeneinander liegende Flecken hatten sich nicht gerötet und ihre Farbe beibehalten und sahen aus wie der Abdruck einer Pfote. So sah sie aus, wenn sie sich liebten. Sie lächelte ihn an, und auch er lächelte und streckte seine Hand aus, um das Pfötchen, das seine Entdeckung war und nicht einmal Lilo selbst zuvor je bemerkt hatte, zu berühren, wie er es immer berührt hatte.

Es war noch nicht richtig Tag geworden, und so sehr hatte er sich schon an die Dunkelheit gewöhnt, dass es in diesem Moment schwer vorstellbar war, auch nur irgendwann würde es wieder hell werden. Das Licht sickerte wie ganz leichter Nieselregen von oben in das Dunkel. Jakob schaute eine Weile in die Ferne; die Berge waren kaum als Umrisse zu erkennen; wie von irgendwo Herabgestürztes; da und dort sah man, flackernd, Lichter. Von der Autobahn her das unablässige Rauschen des Frühverkehrs. Ein paar Vögel – Amseln und Kohlmeisen – zwitscherten bereits. Wenn er die Augen schloss, klang es wie im Frühjahr.

Unter seinen Füßen knirschte der hartgefrorene, wochenalte Schnee, der an den Schuhen nicht haftenblieb. Dennoch klopfte er sich der Gewohnheit entsprechend die Schuhe auf dem dabei kurz dröhnenden Metallraster ab, bevor er die Tür zu der Halle aufzog, in der es nur unbedeutend wärmer als draußen war. Es war Montag, und erst ein paar waren da; sie hatten aber noch nicht zu arbeiten begonnen, standen bloß herum, unterhielten sich, tranken Kaffee und rauchten. Als er eintrat, blickten sie wie ein Mann zur Tür. Warteten sie auf jemanden, der nicht er war, oder warum sahen sie ihn so eigentümlich an – so als hätte man ihnen mit einem nassen Lappen übers Gesicht gewischt? Jakob kümmerte es nicht weiter. Obwohl niemand ihn grüßte, grüßte er, gähnte und ging zur Garderobe, um seinen Helm und die Handschuhe abzulegen und die Schuhe zu wechseln. Während er damit beschäftigt war und sich einen Kaffee vom Automaten holte, kamen die Restlichen. Auch sie begrüßten ihn nicht, obwohl sie mit den anderen so redeten, wie sie es immer taten. Sonderbar, dachte Jakob, aber auch egal. Nachdem er den Kaffee geschlürft hatte, suchte er sich die Dinge zusammen, die er brauchte, um die in der vergangenen Woche unterbrochene Arbeit wiederaufzunehmen. Nicht nur den kleinen Hammer suchte er vergebens, sondern auch die Schachtel mit den Schellen. Vielleicht hatte er die Sachen liegengelassen. Er nahm, was er fand, und ging nach hinten.

»Was machst du da?«

Jemand, dessen Gesicht Jakob nicht sehen konnte, weil er mit dem Rücken zu ihm auf dem Boden kniete, war dabei, die Schellen, die Jakob gesucht hatte, anzubringen; er war blond und ein wenig stämmig: die Hose spannte über den Schenkeln und dem Gesäß.

»Arbeiten«, sagte der andere, sich kaum umwendend, und zog die Nase hoch. Jakob war sicher, ihn nicht zu kennen.

»Verschwinde hier, das ist meine Baustelle«, sagte er. »Und gib mir meinen Hammer wieder.«

Der Unbekannte gab keine Antwort und arbeitete unbeirrt weiter. Jakob fiel das Logo am Rücken des grünen Anzugs ins Auge.

»Du bist auch vom Maschinenring?«, fragte er überrascht.

»Hm«, machte der andere.

»Ich habe nicht gewusst, dass sie noch einen schicken.«

»Wieso noch einen? Mir haben sie gesagt, ich bin der Ersatz für den, der nicht mehr kommt.«

Jakob verstummte. Er stellte noch eine oder zwei Fragen, die fast überflüssig waren; er stellte sie mehr, um nicht nichts zu sagen; er war überrumpelt, sprachlos und wollte es überspielen; denn er wusste da bereits, was er vielleicht schon länger hätte wissen können, dass man ihn nämlich loswerden wollte, dass er hier nicht mehr erwünscht war. Hatte man ihn nicht schon seit zumindest einer Woche anders als zuvor behandelt? Er hatte es nicht sehen wollen. War es denn wirklich möglich, dass ein bloßes Gerücht solche Auswirkungen hatte? Das war doch verrückt! Er warf einen Blick über die Schulter und sah, dass die Szene beobachtet worden war. Ihm wurde ganz klamm. Über eine Seitentür verließ er die Halle. Inzwischen war es deutlich heller geworden. Er sah auf die Uhr. Es ging gegen halb acht. Er lief um die Halle herum und machte ein paar Schritte auf und ab. Um Punkt halb acht rief er in der Personalvermittlung an.

»Jakob Fischer hier«, sagte er kurzatmig, kaum hatte am anderen Ende sich jemand gemeldet. »Warum zum Teufel sagt mir keiner Bescheid?«

Als er hörte, dass es die Frau war, mit der er sprach – und nicht Bernd, den er noch aus der Schule kannte und den er nie hatte leiden können –, wurde seine Wut augenblicklich schwächer; er hatte mit ihr bereits öfter gesprochen, und sie war immer sehr freundlich zu ihm gewesen.

»Ist Bernd nicht da?«, fragte er, noch bevor sie antworten konnte, ärgerlich darüber, seiner Wut nicht freien Lauf lassen zu können.

»Er kommt heute erst später.«

»Warum hat mich keiner angerufen? Habt ihr meine Nummer verloren? Und was soll das überhaupt?«

»Ich habe versucht, anzurufen, aber ich habe dich nicht erreicht, Jakob«, sagte die Frau. »Ich habe dir sogar auf die Box gesprochen. Hast du sie denn nicht abgehört?«

»Nein«, sagte er schon leiser. »Ich höre sie nie ab.«

»Bist du hingefahren?«

»Was glaubst du denn?«

»Das tut mir wirklich leid. Das Beste ist, du fährst wieder heim. Ich werde nachsehen, wo wir dich morgen hinschicken können. Für heute gab es nichts anderes – habe ich dir auch auf die Box geredet. Ich melde mich am Nachmittag wieder, einverstanden?«

»Ja«, knurrte Jakob und legte auf.

Stille trat ein, als er in die Halle zurückkam. Ein paar wandten sich ab, andere, wie sich auf eine Auseinandersetzung vorbereitend, richteten sich auf und verschränkten die Arme vor der Brust oder stützten die Hände in die Hüften. Jakobs Herz schlug schnell – vor Wut, und noch wegen etwas anderem: einer jähen Beschämung, die ihm unerklärlich schien und doch nicht unerklärlich war; denn allzu klar war, woher das alles kam. Er konnte nicht verhindern, dass ihm das Blut ins Gesicht stürzte. Er senkte den Blick und ging rasch zur Garderobe und holte seine Sachen und atmete erst wieder richtig, als er im Freien stand.

Verwundert sah die Mutter ihn hereinkommen und sein Jausenpaket im Kühlschrank verstauen. Sie sah auf die Uhr, es war kaum acht. Sie schob den Laptop weg; Luisa hatte sie gebeten, eine Zeitlang nicht mehr anzurufen, also schrieb sie E-Mails.

»Warum bist du nicht in der Arbeit?«, fragte sie.

»Ich mache einen Sechziger«, sagte er, ohne sie anzusehen.

»Was heißt das?«

»Dass ich blau mache. Blue monday, Mama.«

»Ach ja«, sagte sie – nichts weiter.

Er ging in sein Zimmer und warf sich aufs Bett. Er zog die Ohrstöpsel aus der Brusttasche und steckte sie ans Handy. Das Album »Ultra« von Depeche Mode lief dort weiter, wo er es unterbrochen hatte. Die CD war unter

Alexanders Sachen gewesen; seit er sie gefunden hatte, hörte er sie in jeder freien Minute. Er schloss die Augen und bewegte einen Fuß im Takt und summte mit. Hin und wieder öffnete er die Augen und warf einen Blick aufs Display, ob jemand angerufen hatte. Aber niemand ließ etwas von sich hören, auch am Nachmittag nicht. Gegen Abend, kurz vor Büroschluss, rief er an. Wieder hob die Frau ab.

»Ich bin es«, sagte er. »Jakob. Du wolltest anrufen.«

»Ja«, sagte sie, »tut mir leid, es ist etwas dazwischengekommen.«

»Was denn?«, fragte Jakob.

»Wir hatten eine – warte kurz. Was sagst du? Jakob? Ich gebe dir Bernd, ja? Er will mit dir sprechen.«

Es knackte in der Leitung.

»Ich aber nicht mit ihm«, sagte Jakob.

»Pech«, sagte Bernd. »So ist das Leben.«

»Was soll das?«, fragte Jakob; das war alles, was ihm einfiel.

»Wir haben gerade nichts für dich«, sagte Bernd – und es war nur noch ein Tuten zu hören; Bernd hatte aufgelegt.

Jakob war außer sich. Was bildete dieser Hurensohn sich ein? Konnte einer, der noch keine drei Monate beim Maschinenring arbeitete, so mit ihm umspringen? Nein, das konnte er bestimmt nicht. Sofort rief er wieder an, aber niemand hob mehr ab.

In den folgenden Tagen versuchte er, einen von

Bernds Vorgesetzten zu sprechen. Er wurde durchgestellt, man hörte ihn an und versicherte, sich zu kümmern und sich wieder zu melden. Aber niemand meldete sich. Nachdem er eine ihm ewig vorkommende Woche lang nichts gehört hatte, wartete Jakob nicht weiter.

Wochen vergingen. Allmählich schien das Ende des Winters zu nahen; auf der Straße schmolzen die Eisplatten, das Wasser lief zum Bankett hin ab und ließ glänzenden Streusplitt aus Kalk zurück; und der Schnee auf den Wiesen und Feldern wurde immer weniger, bis zwischen fahlem Grün und fettem Braun nur noch hier und da weiße Reste zu sehen waren. Jakob tat inzwischen wieder die gesamte Arbeit auf dem Hof. Es war nicht mehr so viel wie früher. Jemand war von der Straße abgekommen und hatte den Weidezaun beschädigt. Der Schaden sah nicht neu aus; die Reifenspuren stammten von lange vor dem Winter. Als er den Vater darauf ansprach, wusste der von nichts; er behauptete zwar, mehrfach dort gewesen zu sein – er habe vergeblich versucht, den Wasserwagen wegzubringen –, es sei ihm aber nicht aufgefallen. Ob Jakob sicher sei? Die Spuren müssten nicht unbedingt etwas damit zu tun haben. Jakob machte sich daran, den Schaden auszubessern, damit das verbliebene Vieh so bald als möglich wieder auf die Weide konnte. War er sich sicher? Er war sich vor allem sicher, dass der Vater nicht versucht hatte, den Wasserwagen wegzubringen; er hatte es bestimmt einfach vergessen; man würde sehen, wie sehr der Frost den Wagen beschädigt hatte. Jakob sagte nichts dergleichen. Überhaupt redete er mit dem Vater kaum noch etwas – obwohl er es gern getan hätte. Er wusste einfach nicht, wie. Allzu verändert kam der Vater ihm vor; zwar war er immer schon nervös und fahrig gewesen, sein jetziges Verhalten aber setzte dem noch eines drauf. War er zu Hause, lief er wie ein Gejagter von einem Raum in den nächsten, rannte aus dem Haus und wieder ins Haus hinein und schien, obwohl man nichts hörte, mit sich selbst zu sprechen; unablässig bewegten sich seine Lippen. Scherze, wie früher täglich – und selbst vor kurzem noch, als Jakob erst ein paar Tage zurück war, hatte er seinem Sohn auf die Schulter geklopft und irgendeinen Witz gemacht und daraufhin lauthals gelacht –, waren von ihm keine mehr zu vernehmen. Was ihn beschäftigte, lag auf der Hand; denn obwohl er nun sogar den letzten Grund verkauft hatte, schwamm er immer noch in Geldsorgen. Er stieg nun öfters zu der Großmutter hoch; doch nie vergingen zehn Minuten, bevor man ihn schon toben hörte; und kurz darauf wurde die Tür aufgerissen und wieder zugeschlagen, dass die Scheiben im ganzen Haus und das Besteck in den Laden klirrten, und er polterte mit einem Ausdruck im Gesicht, als wolle er die eigenen Zähne zerbeißen, die Stiege herunter und stürmte nach draußen und verschwand für lange. Was hat er bloß?, ging es Jakob an manchen Tagen durch den Kopf. Er fragte sich das nicht oft, denn allzu sehr war er mit sich selbst beschäftigt.

»Glaubst du nicht, dass du auch einmal wieder etwas arbeiten musst?«, fragte die Mutter ihn, wie ihm vorkam, fast ständig. Natürlich glaubte er das, und er wollte es auch; er mochte es nicht, nichts zu tun, und längst hatte er sich vorgenommen, bei einer Leasingfirma in W. anzurufen. Zweifellos würden sie ihn sofort nehmen, sie suchten immer Arbeiter. Und überall, wo er arbeiten würde, würden die anderen ihn nicht bei seinem richtigen Namen nennen, sondern, wie jeden Leasingarbeiter, Li Sing rufen, als wäre er ein Chinese... Auch damit würde es sich leben lassen. Besser, niemand zu sein, als dass sie zu viel über einen wussten oder überhaupt gleich mehr, als es zu wissen gab. Er nahm sich vor, anzurufen oder, noch besser, hinzugehen. Nur tat er es nicht. Im Gegenteil, er verließ den Hof überhaupt nicht mehr. Allein die Vorstellung, ins Dorf zu fahren, verursachte ihm rasendes Herzklopfen. Wenn er nicht draußen beschäftigt war, lag er die meiste Zeit auf seinem Bett, hörte Musik und starrte an die Decke. Stellte die Mutter ihre Frage, gab er keine Antwort mehr. Er wusste nicht, was er ihr sagen sollte. Er sah sie nicht einmal mehr an. Inzwischen war er überzeugt davon, dass auch sie von dem Gerücht gehört hatte. Warum sprachen sie ihn dann nicht einfach darauf an? Weshalb redeten sie darum herum, ließen es aus? Wieso gaben sie ihm nicht die Möglichkeit, zu sagen, dass das alles vollkommener Unfug war? Nachts wachte er bisweilen auf und sagte sich: Sie glauben mir nicht. Deshalb sprechen sie es nicht an. Weil sie mir nicht glauben, dass ich nichts damit zu tun habe. Und ich kann nichts dagegen machen. – Draußen wurde es mit jedem Tag heller, aber die Stimmung im Haus verdüsterte sich mehr und mehr.

Es war einer der letzten Wintertage. Jakob und der Vater saßen am Tisch. Im Radio liefen die Nachrichten in großer Lautstärke. Ein noch zugedeckter Topf und eine Schüssel mit fast farblosem Eisbergsalat standen da. Die Mutter, die der Großmutter das Essen gebracht hatte, kam zurück und setzte sich an den Tisch, griff nach dem Schöpflöffel und nahm den Deckel vom Topf.

»Jakob«, sagte sie, den Schöpflöffel in den Topf tauchend. »Jakob!«

Er fasste seinen Teller und hielt ihn ihr hin, hörte aber weiterhin der Reportage aus der Ukraine zu. Schon seit Wochen war die Rede davon, dass sich russische Soldaten – man nahm zumindest an, dass es sich dabei um solche handelte; sicher konnte man es nicht sagen, denn sie waren vermummt und trugen keine Hoheitszeichen – auf der ukrainischen Halbinsel Krim herumtrieben; zuletzt war sogar der Militärflughafen von diesen Kämpfern besetzt worden; Russland, hatte es stets geheißen, dementiere jegliche Beteiligung. Jetzt aber – und wie von einer Stunde auf die andere – hatte Russland sich die strategisch wichtige Halbinsel einverleibt, während der Westen dem Ganzen tatenlos – und, bis auf irgendwelche fast reflexhaften Drohungen, die meisten davon von jenseits des Atlantiks, eigentlich auch wortlos – zusah. Als der Bericht zu Ende war, stellte der Vater das Radio leiser.

»Man könnte richtig Angst bekommen«, sagte die Mutter.

»Ach was«, sagte der Vater versonnen. »Wovor denn? Mir gefällt, wie der Bursche das macht.«

»Was gefällt dir denn daran?«, fragte die Mutter empört. »Denk doch an Alexander!« Sie schien nicht überrascht, dass er, was sonst kaum noch vorkam, auf ihre Worte reagiert hatte – oder war es ihr nicht aufgefallen?

Alexander, dachte Jakob, würde mit dem Vater einen Streit anfangen – oder es versuchen –, wie er früher mit dem Großvater bei jeder Gelegenheit einen Streit angefangen hatte. Jakob wusste dazu nichts zu sagen; ihm war, als gehörten dergleichen Dinge ausschließlich der Vergangenheit an, den Geschichtsbüchern und dem Geschichtsunterricht in der Schule, und könnten nicht wirklich in der Gegenwart geschehen. Sie waren mit dem Essen fertig und hatten die Teller zusammengestellt.

»Die Preise werden noch tiefer sinken«, sagte der Vater – er meinte die Preise für Schweinefleisch, die seit Jahren so niedrig waren, dass dadurch bereits viele Bauern nicht nur in ihrem Bezirk in die Knie gezwungen worden waren. War das die Antwort auf ihre Frage? Jedenfalls wirkte es für einen Moment, als komme Leben in ihn, das heißt eine Idee für ein Geschäft, aber er sagte nichts weiter, und Jakob sah, dass die Augen des Vaters sich überhaupt nicht bewegten und wie erloschen waren.

Die Mutter schüttelte den Kopf und stand auf. »Ich mache Kaffee.«

In dem Moment fuhr ein Auto vor.

»Wer kann das sein?«, sagte sie und ging, die Teller noch in der Hand, zum Fenster.

Der Vater sah zu ihr hin und schien sich zu fragen, was sie dort tat. Dann fiel es ihm ein.

»Wer?«, fragte er, aber die Mutter gab keine Antwort.

Er erhob sich und stellte sich neben sie. Draußen stand bei laufendem Motor ein weißes Taxi. Die Sonne war hervorgekommen, und das Licht glänzte so stark in den Scheiben des Autos, dass sie nicht ins Innere sehen konnten.

»Wer zum Teufel ist das?«, fragte der Vater.

Da sprang der Kofferraum auf, und der Fahrer stieg aus und ging um den Wagen herum. Die hintere Tür öffnete sich. Noch bevor mehr als ein blondes, fast weißes Haarbüschel zu sehen war, stieß die Mutter einen Schrei aus.

»Luisa!«

Sie stellte die Teller auf dem Fensterbrett ab und stürzte nach draußen.

»Luisa?«, fragte Jakob vom Tisch her.

Der Vater rührte sich nicht; er blieb stehen, wo er war. Er sah zu, wie seine Frau ihr Enkelkind in den Arm nahm und hochhob, während das Kind sich den Schlaf aus den Augen rieb. Luisa stand mit hängenden Armen daneben; auch sie sah erschöpft aus. Der Fahrer hievte das Gepäck aus dem Kofferraum und schleppte es zum Hauseingang. Es waren zwei große Taschen und ein kleiner, prall gefüllter rosafarbener Rucksack. Jakob stand nun ebenfalls am Fenster und blickte nach draußen.

»Auch das noch«, sagte der Vater.

Alexander hatte sich an die Umstände gewöhnt. Er hatte sich auch daran gewöhnt, dass sie ihn zu einem andern gemacht hatten. Er war ein stiller, wortscheuer Mann geworden. Er war nicht mehr leutselig und hielt sich von den Menschen eher fern. Es ergaben sich kaum Gespräche mehr. Er war froh darüber, zugleich fragte er sich mitunter, warum es so war. Denn nicht nur er mied, er wurde, vielleicht sogar in einem noch größeren Maß, auch selbst gemieden. Hätte er traurig ausgesehen, wäre es ihm klarer gewesen, weshalb es so war; man mied die Traurigen. Aber wenn er sich im Spiegel betrachtete, konnte er nicht finden, dass etwas Trauriges an ihm war, höchstens etwas Melancholisches, Schwermütiges, das wohl die beständigen und immergleichen Gedanken an Lilo ihm verliehen. Einmal hörte er auf der Straße ein Kind zu seiner Mutter sagen: »Er hat solche Schuhe angehabt – genau solche braunen Stiefel wie dieser alte Mann da!« Alexander war bereits ein gutes Stück auf der von zarten, ausschlagenden Kirschbäumen gesäumten Straße weitergegangen, als sein Blick auf seine Stiefel fiel und er sich fragte, ob es sein konnte, dass das Kind ihn gemeint hatte.

Er besuchte weder Bars noch Cafés, machte nur selten noch ein paar Schritte in der Stadt; meistens fuhr er nach dem Dienst gleich nach Hause, kochte sich etwas und setzte sich danach mit einer Flasche Blaufränkischer oder Pinot noir ins Wohnzimmer und nahm die am Vorabend unterbrochene Lektüre von Tolstois »Krieg und Frieden« wieder auf. Ja, er las wieder; denn auch wenn er oft zerstreut war und es geschah, dass er den ganzen Abend nicht öfter als drei oder vier Mal umblätterte und er auf diese Weise nur sehr langsam vorankam, war es ihm lieber, mit einem Buch dazusitzen als mit dem Tablet, das ihn nur noch zerstreuter machte.

Außerdem war das Guthaben aufgebraucht, seit Wochen vergaß er, es aufzuladen. Als er es das letzte Mal benutzt hatte, wollte er herausfinden, um wen es sich bei dem Zeugen gehandelt hatte, dessentwegen der Prozess noch einmal aufgenommen worden war. Es war nicht schwer gewesen; er fand ein Foto, auf dem Viktor und Floris Mader, in den Zeitungen Floris M. genannt, gemeinsam zu sehen waren, es war ein Klassenfoto, sie waren Schulkameraden gewesen. Ein paar Klicks später hatte er sogar Maders Adresse herausgefunden; er wohnte in einem Sozialbau in der Neuen Welt, einem Stadtteil im Süden von Linz; nur was Mader arbeitete oder studierte, konnte Alexander nicht herausfinden.

An einem sonnigen Wochenende im März, früh am Vormittag, stieg er ins Auto und fuhr übers Land; seit langem schon war das sein Zeitvertreib am Wochenende. Auch im Ausland war er an seinem freien Tag – »off day« – mit einem ihm zur Verfügung stehenden Puch G herumgefahren, manchmal ins Quartier der Amerikaner, manchmal nach Priština, manchmal, und das war ihm das Liebste gewesen, ohne Ziel.

Die Sonnte gleißte, ohne zu wärmen, und die Dinge warfen lange, schmale Schatten. Er durchquerte Dorf um Dorf. Von Zeit zu Zeit hielt er an und betrachtete ein Haus, das ihm gefiel. Er mochte die Vorstellung, in einem dieser Straßendörfer einmal selbst ein Haus zu besitzen; ein altes Bauernhaus vielleicht, direkt an der kaum befahrenen Straße, mit dem nicht einsehbaren Garten nach hinten hinaus ... Ein eigenes Haus, und irgendwo einen dieser kleinen Erdkeller, in dem man seinen Wein lagern konnte ... Er gelangte immer weiter Richtung Nordwesten. So oft in den vergangenen Jahren war er hier gewesen, dass er auf die Straßenschilder nicht mehr achtete; er fuhr einfach dahin, bog einmal hier, einmal da ab und kam immer irgendwo wieder heraus. Die Landschaft wandelte sich, wurde weniger lieblich, und die Dörfer ordneten sich anders. Auch das gefiel ihm, und entspräche es ihm nicht eher, hier zu wohnen? Nahe der tschechischen Grenze, wo in mancher Mulde noch Schnee lag, kehrte er ein.

Er setzte sich an einen Tisch. Außer ihm war nur eine Gruppe Arbeiter in dem Restaurant. Sie beäugten ihn kurz und beachteten ihn nicht weiter, und ihre Unterhaltung, die für einen Moment ausgesetzt hatte, gewann wieder an Lautstärke. Der Kellner, ein Tscheche mit großer Hornbrille, nahm die Bestellung auf, verbeugte sich leicht und ging, den Block vor sich hertragend, in die Küche. Kurz darauf kam er mit dem Glas Bier in der einen und dem Teller Suppe in der anderen Hand zurück. Alexander ließ sich servieren und aß die Suppe. Erst als die Hauptspeise kam, nahm er einen Schluck von dem Bier. Nachdem er gegessen hatte, bestellte er noch einen Kaffee und einen Kognak – auch das tat er gerne am Wochenende. Die Arbeiter waren gegangen. Auf dem Tisch, an dem sie gesessen waren, lagen leere Zigarettenpackungen und eine aufgeschlagene Zeitung. Alexander bemerkte den Zigarettenrauch in der Luft, den er zuvor nicht wahrgenommen hatte. Er betrachtete die Bilder an den Wänden – Stiche, Urkunden, ein Marienbild – und die Reihe von Pokalen über der Theke. Der Kellner kam wieder und fragte:

»Noch einen Wunsch?«

»Nein«, antwortete Alexander, »bringen Sie mir die Rechnung.«

»Zahlen?«

»Ja.«

Nachdem der Kellner das Geld genommen und sich

bedankt hatte, rückte er seine Brille zurecht und fragte: »Kommen Sie aus Linz? Natürlich – wenn ich Sie fragen darf.«

»Nein«, sagte Alexander. »Aus Wien.«

»Das ist weit weg.«

Es klang wie eine Frage.

»Nicht so weit«, sagte Alexander.

Und das wird mein Leben sein?, fragte er sich. Dass ich mich in einem fort abzulenken versuche? Dass ich das Dasein nur ertrage, wenn ich mit irgendetwas beschäftigt bin, und sei es nur das Sitzen in irgendeinem Wirtshaus weit fort oder das Halten – nicht einmal Lesen – eines Buches?

»Jedenfalls gute Fahrt«, wünschte der Kellner. »Und danke sehr.«

Er legte sich die rechte Hand auf den etwas vorstehenden Bauch, und zum wiederholten Mal verbeugte er sich leicht. Er wollte sich schon abwenden, da fragte Alexander:

»Wie weit ist es bis nach Linz?«

»Nach Linz? Von hier? Zwanzig Minuten vielleicht.«

»Danke.«

Alexander machte sich auf den Weg.

Bis er das zwölf Geschoße zählende, hässliche, im Erdgeschoß mit Unentzifferbarem beschmierte Haus gefunden hatte, dauerte es schließlich fast eine Stunde. Er parkte gegenüber und versicherte sich noch einmal, dass es die richtige Nummer war. Er stieg aus, überquerte die Straße und überflog die Namen auf den Klingelschildern; Mader war nicht darunter.

Alexander betrat das Gebäude und fuhr mit dem Lift in die oberste Etage; auch das Innere der Aufzugkabine war beschmiert, und der Anblick erinnerte an eine Bahnhofstoilette. Als die Tür sich öffnete, stieg er aus. Er sah sich um und machte sich auf die Suche nach Maders Wohnung. Er fand sie im siebenten Stock. Die Musik, die aus der Wohnung drang, war schon einige Stockwerke höher zu hören gewesen; es war irgendeine Rockmusik. Alexander drückte die Klingel und wartete; er drückte sie noch einmal, diesmal länger. Man hörte sie vermutlich nicht bei dem Lärm. Er wartete, bis das Lied zu Ende war, und klingelte wieder. Ein neues Lied begann, brach kurz darauf jedoch ab. Noch einmal drückte Alexander auf die Klingel. Die Musik blieb weg, und er hörte, wie eine Tür ging und Schritte näherkamen.

»Wer ist da?«, fragte eine raue Stimme.

»Ich habe nur eine kurze Frage«, sagte Alexander, sich am Türrahmen abstützend.

Hinter der Tür blieb es stumm.

»Du warst doch Zeuge bei diesem Prozess«, sagte Alexander.

Immer noch blieb es stumm.

»Floris?«

Keine Antwort.

»Die Zeitungen schreiben, du hättest gelogen.«

»Was willst du?«

»Ich weiß, dass du die Wahrheit gesagt hast.«

»Was denn sonst? Glaubst du vielleicht, ich lüge? Für diesen Idioten? Ich habe auch so schon genug Scherereien.«

»Seid ihr denn nicht befreundet?«

Alexander hörte ein Lachen.

»Ich und der? Nein. Er war nur manchmal hier und hat mich vollgequatscht, das ist alles.«

Eine kurze Pause entstand.

»Was heißt vollgequatscht?«

»Was ist daran nicht zu verstehen? Vollgequatscht – was ein Verliebter eben so redet.«

»War er verliebt in Elvira?«, fragte Alexander.

»Was fragst du mich das«, sagte Floris. »Dort weiß jeder, wie es gewesen ist.«

»In dem Dorf, meinst du?«

»In dem Kaff, ja.«

»Wer sagt das? Viktor?«

»Viktor«, sagte Floris verächtlich. »Dieser Dummkopf versteht doch überhaupt nichts.«

»Wer sagt es dann?«

Die Kette wurde zurückgezogen, und die Tür öffnete sich einen Spaltbreit. Alexander, der ganz nah am Türblatt gestanden war, trat zurück. Im Spalt erschien das bleiche Gesicht eines nicht besonders großgewachsenen Anfang Zwanzigjährigen; Strähnen schwarz gefärbten Haars waren wie eigens über das Gesicht gelegt.

Abgestandene, rauchgeschwängerte Luft drang aus dem Inneren der Wohnung. Floris musterte Alexander von oben bis unten.

»Was willst du wissen?«

»Warum du für ihn ausgesagt hast.«

»Wer bist du? So ein Zeitungsschreiber?«

»Nein.«

»Was dann?«

»Sagen wir, ich bin ein Freund von Viktor.«

Ein verächtliches Zucken ging über Floris' Mund. Er strich sich die Haare zurück, aber schon nach einer Sekunde lagen sie wieder über dem Gesicht.

»Also kennst du vielleicht auch seine anderen Freunde.«

»Welche meinst du?«

»Die, die mich gebeten haben, zu sagen, was ich weiß.«

»Gebeten?« Alexander zog die Brauen hoch; dann lächelte er. »Oder es dir vielleicht erst gesagt haben, was du weißt?«

Wieder ging ein Zucken über Floris' Mund – auch er lächelte.

»Jedenfalls werden sie dir großzügig gedankt haben. Oder warum hast du es sonst getan?«

»Ich weiß nicht, wovon du redest.«

»Bist du sicher, dass du es nicht weißt?«

Keiner der beiden lächelte mehr. Einige Sekunden vergingen, in denen sie sich unverwandt ansahen.

»Verzieh dich«, sagte Floris endlich.

Die Tür schloss sich. Schritte entfernten sich. Kurz darauf drang wieder dieselbe dröhnende, scheppernde Musik aus der Wohnung wie zuvor, als er gekommen war:

»She'll be right here in my arms
So in love
She'll be right here in these arms
She can't let go«

Alexander fuhr auf der Autobahn zurück. Das eben Erlebte erschien ihm wie ein Traum, an den man sich in kräftigen Farben erinnert, der einem aber trotzdem langsam entgleitet und in einem nichts als Leere zurücklässt; am längsten blieben ihm die Worte des Liedes im Kopf, bevor auch die zerfielen. Er versuchte gar nicht, irgendetwas von all dem zu behalten. Er dachte an Lilo. Er sehnte sich nach ihr. Nach nichts sonst sehnte er sich, zu jeder Stunde des Tages und der Nacht, als nach ihr. Nur sie einmal kurz sehen, nur für einen Atemzug lang ihre Hand berühren, ihr Handgelenk …

Je näher er Wien kam, desto dichter wurde der Verkehr. An der Abfahrt, die er nehmen sollte, um in sein Dorf zu gelangen, fuhr er vorbei, ohne dass es ihm auffiel. Die Autobahn endete und ging in die Wiener Westeinfahrt über. Vor, hinter und neben ihm glitten Autos wie auf Wasser oder Eis dahin; Lichter kamen in einem fort näher und entfernten sich wieder, so dass das Gefühl, selbst zu fahren, sich beinahe verlor. Auf der Gürtel Straße kehrte dieses Gefühl jäh wieder. Der Verkehr stockte, man kam nur in Rucken, Meter um Meter, voran. Die Bordelle und Peepshows waren bereits erleuchtet und blinkten, aber noch sah man keine Mädchen in den Auslagen. An den Kebab- und Würstelbuden Menschentrauben ... Zwischen den Stationen der U-Bahn nur vereinzelt Fußgänger ... ein paar Radfahrer, die als blendende Punkte dahinschossen ... Ratten ... Alexanders Auge registrierte das alles, aber er war ganz woanders. An der Währinger Straße bog er ab und fuhr, wieder stockend, stadtauswärts.

Im Villenviertel war kaum Verkehr. Je näher er dem Haus kam, desto langsamer fuhr er, und schließlich hielt er an und stellte den Motor ab. In den Häusern brannten Lichter. Ein Mann mit einem Hund ging vorbei. Alexander sah ihm nach. Und sie?, fragte er sich, als wäre, seitdem er in dem grenznahen Wirtshaus darüber nachgedacht hatte, keine Zeit vergangen. Weshalb kommt sie nicht zu mir? Zieht sie das hier vor? Zieht sie das hier der Liebe vor? Ein behagliches Leben in einem hübschen Häuschen in einer hübschen Gegend mit einer kleinen Party am Wochenende hin und wieder? Das kann ich nicht glauben. Aber worauf wartet sie? Ich bin doch hier. Sie muss nur einen einzigen Schritt machen. Das weiß sie. Der Mann mit dem Hund verschwand in einer Seitenstraße. Flüchtig erinnerte Alexander sich daran, wie es ihm nach jener Ballnacht gegangen war, nachdem er im »Orient« den jungen Offizier gesehen hatte: Wochenlang hatte er es nicht aus dem Kopf bekommen, die Frau, deren nervöses, schweres Lachen er gehört, deren netzbestrumpftes Bein und sich darüber bauschendes Kleid er gesehen hatte, müsse Lilo gewesen sein. Aber diese Erinnerung ließ ihn lediglich – und auch nur kurz – lächeln; er brachte die Dinge nicht mehr durcheinander. Ich will dich nicht mehr erobern, dachte er. Ich liebe dich, das ist alles. Alexander seufzte. Er müsste sich gedulden, müsste weiter warten. Aber hatte er es denn nicht einmal gemocht, zu warten? Er würde es wieder zu mögen lernen. Ja, er mochte es fast schon wieder. Ich glaube nicht mehr an Gott, dachte er. Schon lange nicht mehr glaube ich an Ihn. Aber wenn dir etwas zustieße, würde ich wieder an Ihn glauben, nur damit ich hoffen kann, dich im Jenseits wiederzusehen. Er startete den Wagen und fuhr an. Erst an der nächsten Kreuzung schaltete er die Scheinwerfer ein.

Stadtauswärts war kaum jemand unterwegs. Alexander war irgendwie heiter zumute. Langsam fuhr er dahin und spürte die einmal von der einen, dann wieder von der anderen Seite kommenden Böen umso stärker. Denn starker Wind war aufgekommen; abgetragene Erde schlug mit hartem Rieselgeräusch gegen seine Scheiben; und hier und da lagen von Bäumen heruntergefegte Zweige mit noch jungem, hellgrünem Laub auf der Straße. Als er aus dem Auto stieg und lauschte, war es windstill. Es war kühl.

Er betrat die Wohnung und schaltete das Licht ein. Er streifte die Schuhe ab, hängte die Jacke an den Haken und machte sich daran, ein wenig Ordnung zu schaffen. Auf einmal bemerkte er, wie die Heiterkeit ihn verließ und er sich unwohl zu fühlen begann, ohne zu wissen, weshalb. Seine Haut an den Armen juckte ihn; immer wieder hielt er inne und kratzte sich, zuerst mit den Fingernägeln, und als das keine Linderung brachte, mit den Stoppeln seines unrasierten Kinns, aber auch das half nicht; das Unwohlsein wich nicht. Er war wohl müde und sollte sich schlafen legen. Er stellte Wasser auf und kochte sich Tee, den er ins Schlafzimmer mitnehmen wollte. Er hatte sich so heftig gekratzt, dass seine Arme rot waren und brannten. Er ging ins Bad. Er setzte sich an den Wannenrand und sah auf den gelb-orangefarbenen Vorleger am Boden. Als wäre er irgendwie nicht an ihnen beteiligt gewesen, als entstehe erst jetzt eine Verbindung zwischen ihnen und ihm, strömten die Ereignisse des Tages auf ihn zu. Was um alles in der Welt hatte er in Linz zu suchen gehabt? Was von diesem halb zugedröhnten Versager gewollt? Was ging ihn diese ganze sonderbare Geschichte an? Sollte sich doch einsperren lassen, wer wollte. Und was hatte er schon wieder im Villenviertel verloren gehabt? Auch das ging ihn nichts an. Nein, nicht nur das; es ging ihn nicht einfach nichts an; sondern von allen Dingen auf der Welt ging ihn das am wenigsten an. Absurd, lächerlich, dumm, zu denken, die Umstände verhinderten irgendetwas, während schlicht Lilo es war, die ihr Zusammensein verhinderte. Denn sie hatte gewählt, ihre Entscheidung längst getroffen. Sie hatte sich nie gefährdet und würde es nie tun. Er hatte umsonst gewartet. Er hätte es begreifen müssen. Sie ging ihn nichts mehr an. Und es stand ihm nicht einmal zu, an sie zu denken.

So kraftlos, so am Boden zerstört sie gewesen war, als sie ankam, so viel Platz beanspruchte Luisa schon nach kurzer Zeit für sich und ihr Kind. Obwohl sie regelmäßig behauptete, bald nach Wien zu ziehen und »ein neues Leben anzufangen« – ihr Studium wieder aufzunehmen, nebenher irgendwo Deutsch zu unterrichten, wie sie es in Schweden in der Anfangszeit getan hatte, vielleicht aber auch etwas ganz anderes anzufangen –, gab es nicht das geringste Anzeichen dafür. Im Gegenteil, Jakob hatte sogar das Zimmer räumen müssen und schlief wieder in seiner Kammer im Erdgeschoß. Luisa hatte ihn nicht darum gebeten, sie hatte es verlangt; es stehe ihr zu, hatte sie gesagt, es sei ihr Recht. Jakob hatte sich widerspruchslos gefügt. Er war, als sie nach Wien gezogen war, noch zu jung gewesen, um wirklich sehen zu können, wie sie war; doch er ahnte, dass sie auch damals nicht sehr viel anders gewesen war – und dass das Pochen auf ihre Rechte nicht unbedingt allein daher kam, dass sie sich in den vergangenen Jahren mehr und mehr hatte untersagen lassen, wie sie zumindest behauptete. Nur wenn das Telefon läutete, zuckte sie zusammen und verstummte, und dann schien für einen Moment alles an ihr nicht wie sonst nach außen, sondern nach innen gerichtet.

Die meiste Zeit saß sie bei der Mutter in der Küche, trank eine Tasse Kaffee nach der anderen, aß Kekse und redete wie aufgezogen; entweder erzählte sie davon, welch heruntergekommenes Land Schweden sei und dass dort »rein nichts« funktioniere, oder sie erzählte von ihrem Noch-Ehemann Chet und davon, wie sehr er sie unterdrückt habe. Angeblich war er ein ganz anderer geworden, jeden Tag fremder, bedrohlicher. Immer öfter hatte sie Angst, er würde handgreiflich, würde sie verprügeln, sagte sie. »Er hatte ein solches Blitzen in den Augen, weißt du? Wie ein Wahnsinniger. Gott, wie mir das Angst gemacht hat! Ich brauche nur daran zu denken, schon zittere ich wieder wie ein Lammschweif. Schau her, siehst du's?« Saß sie nicht in der Küche, war sie bei der Großmutter, der das Kleine neues Leben eingehaucht zu haben schien – sie kam sogar je und je wieder nach unten und machte, eher geweist vom Kind als das Kind weisend, ein paar Schritte vor dem Haus. Zwischen den Geschwistern fiel, vom Notwendigen abgesehen, kaum ein Wort. Auch mit dem Vater sprach Luisa eigentlich nichts, sah ihn nicht einmal an, als wäre er nicht da, und wenn er sie beim Essen so daherreden hörte, fragte Jakob sich mitunter, ob sie vielleicht nicht bloß den einen, vor dem sie davongelaufen war, sondern gleich alle Männer hasste. Er dachte allerdings nur oberflächlich darüber nach; hätte er es ausführlicher getan, wäre ihm vielleicht aufgefallen, dass es auch an ihnen lag. Der Vater war nämlich gar nicht mehr ansprechbar; sagte man etwas zu ihm, hörte er es zwar, fragte aber nur: »Was?« – und schüttelte den Kopf. So tief wie nie zuvor schienen ihn die Geldnöte zu plagen – und zugleich schien er begriffen zu haben, dass sie nicht zu lösen waren. Nur noch momenthaft mochte er hoffen; selten, dann aber heftiger denn je, kam es doch noch zu einem Streit zwischen ihm und der Großmutter, ansonsten war von ihm nichts zu vernehmen. Immer noch rannte er von einem Zimmer ins andere und bewegten sich seine Lippen unablässig, aber an seiner ganzen Erscheinung war etwas Durchlässiges, Gespensthaftes. Und er, Jakob, selbst? Er hielt sich beinah nur noch draußen auf, ob er etwas zu tun hatte oder nicht. Und es gab fast nichts mehr zu tun: Bis auf eine Kuh, die Tag und Nacht brüllte, waren alle Tiere verkauft. Dennoch zog er es vor, draußen zu sein; unerträglich war ihm der Aufenthalt im Haus geworden. Nur im Freien, alleine, fühlte er sich einigermaßen unbeschwert; aber auch dort nur, wenn niemand ihn sah; kam gegen Mittag das Postauto, verbarg er sich. Kaum war er im Haus, fühlte er sich wie in Ketten. Seit die Großmutter wieder nach unten kam und ihn oft minutenlang mit ihrem Blick durchbohrte, bevor sie, als wolle sie ihn verhöhnen, bloß irgendwelche Banalitäten zu ihm sagte, war es noch schlimmer geworden. Seine Nerven waren zum Zerreißen gespannt. Er schlief nicht mehr; unzählige Male schreckte er während der Nacht mit dahinjagendem Atem hoch und glaubte, ersticken zu müssen. Er fühlte sich umstellt, meinte zu wissen, dass man ihn gleich abholen würde. Dass sie vor der Tür waren, vor dem Fenster, überall ums Haus, sogar unter der Brücke sah er welche stehen und nur auf den Moment warten. Und dann kam dieser Moment. Sie holten ihn ab. Er wehrte sich nicht. Er stellte sich. Er ging ihnen sogar entgegen und streckte die Hände aus. Wortlos legte man ihm silbern blitzende Hand- und Fußschellen an und führte ihn ab. Ohne etwas zu fragen, ging er mit. Er sah alles ganz genau. Er sah, wie er auf den Dorfplatz geführt wurde, wo eine Menge zusammengekommen war und sich drängte; in der ersten Reihe stand seine Familie; aller Augen waren auf ihn gerichtet; niemand sagte ein Wort. Aber plötzlich fingen sie an, zu skandieren. »Schuldig!«, dröhnte der Stimmenchor. »Schuldig, schuldig, schuldig!«

Diese immergleiche Schreckensvision peinigte ihn. Keine Nacht verging mehr, ohne dass er irgendwann nach draußen stürzte, um sich unter dem sich von einem winterlichen zu einem sommerlichen wandelnden Himmel auf und ab gehend und die erdige, lebenssatte Luft des erwachenden Jahres in sich aufnehmend allmählich wieder zu beruhigen. Er hatte Angst, immer größer werdende Angst. Er ging nicht mehr unter Menschen. Entfernte sich nicht mehr als ein paar Hundert Meter vom Hof. Wusste, obwohl er unentwegt darüber nachdachte, nicht mehr, was er tun sollte. Der Kreis, den er um sich spürte wie einen aus Feuer, wurde enger und enger. In einer dieser Nächte kam ihm der Einfall, zu Elvira zu gehen. Zunächst war es nur eine flüchtige Idee, die er sofort abtat und die ihm nicht die geringste Erleichterung verschaffte – oder tat er sie gerade deswegen ab? Am nächsten Tag ärgerte er sich über die Idee. Sie war wertlos. Was sollte er ausgerechnet dort? Was sollte das helfen? Waren nicht genauso auch dort Menschen? Und gerade das sollte der letzte Ort sein, an den er konnte? Nein, es war Unsinn, er würde nicht hingehen. Doch in der folgenden Nacht dachte er erneut darüber nach, und diesmal ließ es sich schon weniger leicht abtun. War es nicht vielleicht tatsächlich eine Möglichkeit? Und da bemerkte er, dass etwas wie Hoffnung in ihm zu keimen begann.

Eine Zeitlang dauerte es noch, bis er sich überwinden konnte; schließlich fuhr er hin. Der Zweifel verließ ihn dabei nicht, oder es war vielmehr eine Ängstlichkeit, und er sagte sich den ganzen Weg über vor, er könne es ja einmal versuchen, könne sich einfach alles ansehen und, wenn es nichts für ihn war, danach nie wieder hingehen.

Es war ein Glück für ihn, darauf verfallen zu sein. Willkommen heißende Blicke. Freundliche Blicke. Von da und dort wohlwollendes Nicken. Wortlose Zuwendung. Niemand, den er schon einmal wo gesehen hätte. Und schließlich, bei dem mehrere Stunden dauernden Gebet, das unbeschreibliche, beglückende Gefühl, Teil eines großen Zusammenhalts zu werden.

Seither, seit diesem ersten Mal, hatte er keine einzige der samstäglichen Andachten bei Elvira Hager versäumt. War die Andacht zu Ende, blieb er, wie viele andere, noch ein wenig; man stand herum und unterhielt sich. Alle waren hochgestimmt, fast ein wenig überdreht vom gemeinsamen Gebet. Auch Jakob war hochgestimmt. Und zudem: Wie schön, ja, herrlich war es, nach so langem endlich wieder einmal einfach so zu reden. Ein Mal hatte er sogar Gelegenheit gehabt, mit Elvira selbst ein paar Worte zu wechseln; sie hatte ihn angesprochen und gefragt, ob es ihm bei ihnen gefalle, und nervös hatte er irgendeine Antwort mehr gestammelt als gesagt. Denn in der Sekunde war ihm wieder bewusst geworden, dass er eigentlich gar nicht gläubig war – oder zumindest nicht wusste, ob er es war, weil er darüber nie nachgedacht hatte und auch jetzt nicht nachdachte –, und fürchtete, sie könne ihn durchschauen, oder auch nur irgendetwas fragen und damit bloßstellen. Zugleich spürte er aber eine solche Wärme von ihr ausgehen, dass er wusste: Selbst wenn sie etwas ahnte, würde sie ihm das niemals zeigen. Er war aufgenommen, wenn er nur aufgenommen sein wollte. So war das hier. Und irgendwie hatte das bei allem Beglückenden etwas so Unvertrautes, dass es ihm auch ein wenig unheimlich war. Ob sie seine Antwort verstanden hatte? Wenn nicht, dann sah sie ihm die Antwort an, denn sie strahlte ihn an und sagte:

»Ja, findest du wirklich? Das freut mich sehr!« Sie wurde plötzlich ernster, ohne jedoch das freundliche Strahlen zu verlieren. »Aber nichts von all dem hier ist mein Verdienst«, sagte sie. »Ich bin nur Sein Werkzeug. Er hat mir den Weg gezeigt.«

»Wer?«, fragte Jakob, ohne nachzudenken, aber schon während er fragte, wurde er über und über rot. Ob sie es bemerkte, war nicht zu sagen; sie sah anderswo hin, in irgendeine Ferne, und schien ihn ganz vergessen zu haben. »Ich meine«, stammelte er. Da sah sie ihn wieder an und berührte, als wolle sie ihn beruhigen, flüchtig seinen Arm und sagte: »Ich hoffe, wir sehen uns nächste Woche wieder.« Er war von der Berührung wie elektrisiert. »Ja«, sagte er und errötete wieder, noch stärker als zuvor. – So rasch wie möglich hatte er sich nach dem kurzen Wortwechsel auf den Weg gemacht.

Zu Hause verlor er kein Wort über das Ganze. Erst nach Wochen schien es überhaupt jemandem aufzufallen, dass er samstags immer für Stunden verschwand, und vielleicht fiel es ihnen nur deshalb auf, weil er sich wieder mehr sehen ließ, er wieder mehr Zeit im Haus verbrachte; oft war er neuerdings irgendwo mit der Bibel zu sehen. Wäre er mit einem Roman oder auch nur einer Zeitung dagesessen, sie hätten ihn wohl angesprochen; zumindest Luisa, die einfach nicht verstehen konnte, warum ihr Bruder keiner Arbeit nachging, obwohl er, wie sie oft sagte, zwei gesunde Hände hatte, hätte ihn angesprochen; aber von jemandem, der in der Bibel las, ging etwas aus, das man nicht anrühren durfte, und so hielt sogar Luisa sich zurück.

Anfangs war das Lesen in der Bibel lediglich ein Mittel gewesen, um die Verunsicherung, die Elvira in ihm ausgelöst oder ihm bloß bewusst gemacht hatte, zu beseitigen. Es wurde bald zu etwas anderem. Mit zunehmendem Eifer las er. Er zog sich dazu zurück, las nicht mehr am Küchentisch oder auf der Treppe oder vor dem Haus, und sein Lesen, bei dem er Wort für Wort mit dem Finger abfuhr, fast mitbuchstabierte, glich einem Studium, ja einer Arbeit. Je mehr Wochen vergingen, desto häufiger entstand bei diesem Lesen ein Gefühl in seinem Inneren, welches sogar berauschender war als jenes, das er bei den Andachten empfand. Oder gar nicht berauschender, nein; aber es wirkte anders, länger nach, und es mündete nicht in Einsamkeit.

Der Sommer, allzu kühl und wie nicht recht gewesen, näherte sich seinem Ende. Es ging Jakob gut wie seit langer Zeit nicht mehr. Zwar mied er das Dorf weiterhin, die Vorstellung aber, ja die Gewissheit, er sei Hauptgegenstand des hiesigen Klatsches, machte ihm keine Angst mehr. Selbst die Vorstellung, hinzufahren, ängstigte ihn nicht. Denn was hatte er schließlich getan? Nichts. Sollten sie doch reden, was sie wollten. Sollten sie sich doch das Maul zerreißen. So einfach und ursprünglich vertraut der Gedanke war, so unmöglich war es Jakob eine lange Zeit gewesen, ihn zu denken, ihn zuzulassen.

Obwohl es nach jenem kurzen zu keinem weiteren Gespräch mehr zwischen Elvira und ihm gekommen war, hatte er im Lauf der Wochen und Monate ein Gefühl stiller, immer noch weiter zunehmender Verbundenheit zu ihr entwickelt. Er wusste, was es alles über sie hieß, und er wusste auch, dass nicht erst seit der Angelegenheit mit dem Liebeskreuz, nicht erst seit dem Mord nichts Gutes mehr über sie laut wurde. Wenn auch im Detail anders, musste es auch früher schon so gewesen sein, und vielleicht hatte man immer schon schlecht über sie gesprochen; allzu deutlich hatte er noch die Worte von Markus im Ohr. Dachte er an das Gerede, spürte er einen grenzenlosen Zorn in sich wachsen, der ihm manchmal vorkam, als sei er identisch mit jenem, den er nicht hatte empfinden können, als es gegen ihn gegangen war, und den er auch jetzt noch nicht empfinden konnte und doch tief in sich wusste. Denn es war haltlos. Nichts an Elvira war dämonisch, kein stechender Blick war ihr eigen, und nie äußerte sie sich schlecht über jemanden – schon gar nicht hetzte sie jemanden auf. Sie war nicht nur die gottesfürchtigste, sondern auch die herzlichste Person, die sich denken ließ, und dass sie nicht immer so sein sollte, wie er sie erlebte, ja, sogar dass sie jemals auch nur einen Deut anders gewesen sein sollte, war für ihn einfach unvorstellbar. Weit weg war dieses Geschwätz für ihn, und auch wenn er davon wusste, beschäftigte es ihn nicht; es beschäftigte ihn nur, wenn er mitbekam, wie seine Schwester irgendeinen von der Großmutter vernommenen Tratsch der Mutter weitererzählte – eine neue Lieblingsbeschäftigung Luisas, der sie mit Begeisterung nachging. Dann dachte er nämlich an all das, was über Elvira im Umlauf war, und er musste aufstehen und, sich die Fingernägel in die Handballen drückend, die Küche verlassen.

Noch ein Problem löste sich wie von selbst. Es war nach einer Andacht. Man stand, wie immer bei gutem Wetter, im Freien zusammen; überall hatten sich kleine Gruppen gebildet, in denen die lebhaftesten Gespräche geführt wurden. Es gab keine feste Sitzordnung, und Jakob war diesmal neben einem älteren Herrn gesessen, den er zuvor noch nie gesehen hatte; der Alte hatte vor Jakob den Saal verlassen und seinen Hut vergessen. Es war ein brauner Hut. Jakob bückte sich und nahm ihn an sich und sah, dass auf das innere Band mit weißem Lackstift ein Name geschrieben war; er stand auf und machte sich auf die Suche nach dem Besitzer. Er musste nicht lange Ausschau halten. »Ah!«, rief der Mann, sobald er Jakob erblickte, als kennten sie sich, winkte und kam ihm entgegen. »Ihr Hut«, sagte Jakob.

Ihm war an diesem etwas schwülen, leicht bewölkten Tag nicht nach Reden zumute. Er wechselte ein paar Worte mit dem Alten, der womöglich, wie es Jakob durch den Kopf ging, wirklich zum ersten Mal hier war und froh, nicht alleine herumstehen zu müssen. Jakob wollte sich gerade verabschieden, da hörte er Elviras Stimme ganz in der Nähe. Auch der Alte war aufmerksam geworden. »Sie ist wunderbar, nicht?«, sagte er. Sie sahen zu ihr hin. »Ja«, sagte Jakob und versuchte zu verstehen, was Elvira sagte. Wenn er richtig gehört hatte, suchte ihr Mann einen Arbeiter. Sie redete mit einem etwa Dreißigjährigen, der etwas geantwortet haben musste, das jedoch für Jakob nicht zu hören gewesen war; er musste eine leise Stimme haben, denn sie standen nicht sehr weit entfernt, und Elvira war gut zu verstehen. »Schade«, sagte sie, »ich werde weiterfragen. Du weißt, er ist kein großer Anhänger der Gemeinschaft, er hat sogar eine Zeitlang geglaubt, er könne mir das Ganze ausreden … Aber wenn er Hilfe braucht, fragt er doch jedesmal wieder mich, ob ich ihm nicht jemanden wüsste. Er weiß eben, dass auf meine Leute Verlass ist.« Darauf lachte sie so offen und so herzlich, wie sie immer lachte, und Jakob sah, wie sie dem Mann für eine lange Sekunde – sehr viel länger als damals ihm – die Hand auf den Arm legte. Auch der Alte hatte die Geste bemerkt. »Eine wirklich ganz wunderbare Frau«, sagte er.

Tat Jakob es für sich oder vielmehr für Elvira, dass er noch am selben Tag hinfuhr?

Das Sägewerk lag südlich des Dorfes in einer Talenge und wurde durch einen Kanal mit Flusswasser versorgt.

Jakob kannte es zwar vom Vorbeifahren, doch das Gelände, zur Straße hin durch Bäume und Sträucher abgeschirmt, erwies sich als weitaus größer, als er angenommen hatte. Unter freiem Himmel reihte sich ein meterhoher Stapel Schnittholz an den anderen zum Trocknen; zum Kanal hin befand sich eine hohe, mit roten, da und dort moosbewachsenen Dachpfannen gedeckte und an allen Seiten offene Halle, unter der weitere Stapel lagerten. Am oberen, nördlichen Ende des Geländes lag das größte Gebäude, dessen Tor weit aufgezogen war und in dem sich die Säge befinden musste; im Giebel nisteten Tauben. Eine trockene, harzige Würze, untermischt mit dem frischen, leichten Geruch der um das Gelände wachsenden Bäume und Büsche und des nahen Wassers, lag in der Luft. Ein Arbeiter war vor dem großen Gebäude damit beschäftigt, Pakete heller Bretter mit Blechband zu verschnüren.

Am Rand der Zufahrt, von der Straße aus nicht zu sehen, stand eine kleine Hütte, vor der ein grüner Pick-up parkte. Die Hütte hatte ein großes Fenster, das vollkommen verstaubt war. Die Tür stand offen; zwei graue Hohlziegel hinderten sie am Zufallen. Jakob stellte sein Moped neben dem Wagen ab und zog den Helm vom Kopf. Er hörte Popmusik aus der Hütte dringen. Er zog den Schlüssel ab, legte den Helm auf den Sitz, trat auf die Hütte zu und klopfte an die Tür. Als niemand antwortete, schaute er sich um, bevor er eintrat.

Erwin Hager saß mit dem Gesicht zum Eingang reglos hinter dem aufgeklappten Laptop und schien etwas zu lesen; eine Hand lag auf der Maus, in die andere hatte er sein Kinn gestützt. Er sah nicht aus, als wäre er bereits über fünfzig. Er hatte ein großes Gesicht mit scharfen und klaren Zügen; sein Kinn war kräftig und dicht mit Bartstoppeln bewachsen, während im restlichen Gesicht kein Bartwuchs zu sehen war. Seine dunklen Haare waren kurz geschnitten und lockten sich an den Schläfen ein wenig. Es war heiß und stickig in der dunklen Hütte. Jakob räusperte sich.

»Was ist?«, sagte Erwin Hager, ohne aufzusehen.

»Ich habe gehört, man sucht einen Arbeiter«, sagte Jakob.

Erwin brauchte einen Augenblick, um zu verstehen. Mit der Hand, mit der er sein Kinn gestützt hatte, griff er zum Radio und drehte es leiser. Er sah Jakob an. »Hat sie dich hergeschickt?«

»Nein. Ich habe nur gehört, wie sie jemanden gefragt hat. Wie sie zu jemandem gesagt hat, dass man wen sucht. Da dachte ich ...«

Erwin rückte ein Stück vom Schreibtisch ab; sein Gesicht erschien dunkler als eben noch.

»Ja«, sagte er, »ich brauche wirklich jemanden. Was hast du gelernt?«

»Ich war beim Maschinenring«, sagte Jakob.

»Ein Bauernsohn also«, stellte Erwin Hager fest und nickte. »Von wo? Wie heißt du?«

Jakob sagte es ihm. Erwin schwieg daraufhin eine Weile lang.

»Ich brauche wirklich jemanden«, sagte er dann wieder. »Wann könntest du anfangen?«

»Jederzeit«, sagte Jakob.

»Gut«, sagte Erwin. »Komm am Montag. Um acht. Dann sehen wir weiter. Abgemacht?«

»Abgemacht«, sagte Jakob erfreut. »Montag um acht.«

Erwin suchte etwas zwischen den herumliegenden Papieren, nahm schließlich irgendeines und schrieb etwas auf die unbedruckte Rückseite.

»Eine Frage noch«, sagte er. »Bist du auch so ein Fanatiker?«

Jakob fühlte sich überrumpelt. Er erinnerte sich daran, was Elvira vorhin gesagt hatte: Erwin hielt nichts von der ganzen Angelegenheit. Das war wohl der Grund, warum er sich nie blicken ließ? Nur ein einziges Mal hatte Jakob ihn gesehen, oder hatte geglaubt, ihn zu sehen, denn damals hatte er nicht gewiss sein können, dass es sich tatsächlich um den Hausherrn handelte. Er war von der Andacht nach Hause gefahren und ihm auf der Zufahrt begegnet – es hatte gewirkt, als sehe er sich die Wagen oder vielmehr deren Nummernschilder an. Jakob beherrschte sich nur mit Mühe. War es ein Wunder, dass alles so war, wie es war, wenn sogar Elviras Mann abfällig über ihre Bewegung sprach? Was hieß: Fanatiker? Jakob hatte noch nicht einen Einzigen getroffen, auf den dieses Wort gepasst hätte. Und schon gar nicht auf ihn selbst. Er fühlte sich wohl dort, geborgen, am Platz, deshalb ging er hin. Er wusste nicht, was er sagen sollte, verzog aber keine Miene und wandte den Blick auch nicht ab. Irgendetwas daran schien Erwin zu gefallen, denn er lächelte.

»Ich warte auf eine Lieferung«, sagte er. »Sie muss gleich kommen. Wenn du willst, kannst du mir auch sofort helfen.«

Ein sehr lautes Hupen ertönte. Jakob drehte sich um, bückte sich ein wenig und linste durch das verschmutzte Fenster nach draußen. Hinter den Bäumen und Büschen konnte er einen Lastwagen erkennen, der in die schmale Zufahrt einbog. Auf den beiden Anhängern lagen Fichtenstämme, von denen die Rinde in graubraunen Fransen hing. Erwin griff unter den Tisch und fasste nach etwas, sprang auf und lief an Jakob vorbei nach draußen und wedelte mit den Händen. »Geht schon«, rief er dem Lastwagen entgegen und setzte sich seine Schirmkappe auf, »schneller, schneller!«

»Sie sollten Urlaub nehmen.«

»Ist das ein Befehl, Brigadier?«

Der Brigadier machte eine wegwerfende Handbewegung.

»Doch kein Befehl. Ein Vorschlag. Eine Empfehlung.«

Stille breitete sich im Besprechungszimmer aus.

»Im Übrigen schließt sich ihr auch der General an.«

»Ich verstehe. Sind zwei Wochen in Ordnung?«

»Ich hatte eher an zwei Monate gedacht.«

»Zwei Monate? Aber Brigadier!«, rief Alexander aus.

»Sie gehören zu meinen fähigsten Männern«, sagte der Brigadier. »Aber in dem Zustand, in dem Sie sich momentan befinden, sind Sie zu nichts zu gebrauchen.«

Alexander presste die Lippen aufeinander.

»Sehen Sie mir meine harten Worte nach, Oberleutnant, und seien Sie nicht verärgert. Es ist nur zu Ihrem Besten.«

»Ja«, sagte Alexander.

»Erholen Sie sich und kommen Sie in zwei Monaten wieder.«

»Sonst noch etwas, Brigadier?«

»Halten Sie uns über Ihren Aufenthaltsort auf dem Laufenden und seien Sie erreichbar. Wir wissen nicht, was kommt.«

»Zu Befehl.«

Der Brigadier ging Richtung Tür. Alexander folgte ihm. Die Hand schon am Knauf, drehte der Brigadier sich noch einmal um.

»Warum fahren Sie nicht an den Comer See? Es ist herrlich dort zu dieser Jahreszeit. Ich war im letzten Jahr mit meiner Frau dort. Könnte Ihnen sogar ein Hotel empfehlen.«

»Danke«, sagte Alexander und versuchte, es aufrichtig klingen zu lassen. Er dachte nicht eine Sekunde daran, irgendwohin zu fahren, wo ihn erst recht wieder die Erinnerung – oder, noch schlimmer, eine erfundene, eine gegen seinen Willen herbeiphantasierte Erinnerung – plagen würde. Vielleicht, dachte er, ist es gar kein Fehler, einmal eine Zeitlang von hier weg zu sein, den Fetten einmal eine Weile lang nicht zu sehen.

In den ersten Tagen fühlte er sich sehr einsam. Er ging in der Wohnung auf und ab, rauchte eine Zigarette nach der anderen und wusste nichts mit sich anzufangen. Möglicherweise sollte er tatsächlich verreisen – aber, um alles in der Welt, wohin sollte er denn fahren? Er überlegte, seine Eltern zu besuchen, verwarf den Gedanken aber gleich wieder. Was sollte er dort tun, wenn er keine Lust mehr hatte, die Zeit im Wirtshaus totzuschlagen, wie er es früher immer getan hatte? Seine Einsamkeit hing nicht damit zusammen, dass er alleine war. Ihm fehlte die Arbeit, das Büro. Auf einmal bemerkte er, dass vor allem der Brigadier ihm fehlte. Er verstand das nicht, wie konnte das sein? Es stimmte, sagte er sich, lange schon rief dessen Anblick keinen Hass mehr in ihm hervor. Da begriff er: Das feiste, zufriedene Gesicht des Brigadiers war ihm der Beweis dafür, dass es Lilo gutging … Und dieses Wissen war das Einzige, was er haben konnte; zwei Monate lang würde ihm selbst das genommen sein.

Einige Tage später nahm er den Zug nach Zürich. Er fuhr Erste Klasse und hatte ein Abteil für sich alleine; zwar ging manchmal jemand vorbei und blickte herein, aber niemand setzte sich zu ihm. Die meiste Zeit über döste er, wenn er wach war, blätterte er in einem Magazin oder schaute einfach aus dem Fenster.

Er blieb eine Nacht in Zürich, sah sich einiges – in einem Reiseführer als sehenswert Beschriebenes – an, aß im Hotel zu Abend, ging früh schlafen und nahm am nächsten Morgen den Zug nach Como.

Er stieg im »Palace Hotel« ab und bekam ein Zimmer mit Blick auf den See. Auch diese Empfehlung hatte er dem Reiseführer entnommen. Der Brigadier hatte recht gehabt, das Klima hier war wunderbar. Es war fast noch spätsommerlich warm, das Licht gleißend und die Farben in diesem Licht frisch und unverbraucht. Nur an den Blättern der Bäume sah man, wie weit das Jahr schon fortgeschritten war.

Seine Tage verliefen innerhalb kurzem nach einem strengen oder vielmehr gleichmäßigen Ablauf. Er stand um neun Uhr auf, ging hinunter und frühstückte. Direkt im Anschluss setzte er sich die Sonnenbrille auf und machte einen langen Spaziergang und kehrte erst gegen Mittag wieder ins Hotel zurück, duschte und legte sich ins Bett. Den Nachmittag verschlief er bei geschlossenen Läden. Wenn er wieder wach war, zog er sich an und setzte sich auf die Gästeterrasse, trank ein Glas und las ein paar Seiten in »Krieg und Frieden«. Abends ging er in der Stadt spazieren und hielt nach Restaurants Ausschau; sobald er eines gefunden hatte, das ihm zusagte, kehrte er ein. Danach ging er entweder ins Hotel zurück, um an der Bar noch etwas zu trinken, oder er ging in einen Jazzclub, den er an einem der ersten Tage entdeckt hatte. Als Kind und Jugendlicher hatte er kaum Musik gehört; wenn, war es irgendetwas Zufälliges aus dem Radio, oder es war Kirchenmusik; später, in Wien und noch in der Anfangszeit beim Militär, hatte er viel und fast wahllos Musik gehört, als müsse er etwas nachholen, bis er wieder damit aufgehört hatte. Lilo hatte oft von Musik gesprochen und nicht verstehen können, wie es für jemanden so wenig Bedeutung haben konnte wie für Alexander. Sie liebte klassische Musik – Wagner, Bruckner, Dvořak –, und sie liebte Jazz.

Es war deshalb, dass er gerne in den Club ging. Er merkte, wie nervös er manchmal hinsah, wenn die schwere Eingangstür aufgestoßen wurde – als könnte sie es sein, die kam. Der Club war immer voll, und immer waren viele US-Amerikaner im Publikum; es herrschte eine vertraute Atmosphäre, man schien sich zu kennen. Die Combos kamen aus der Umgebung, einmal trat aber auch eine amerikanische Gruppe auf, und da war es noch voller als sonst. Der Clubbesitzer war ein kleingewachsener Mann, der allerdings, sah man von seinem dichten Stoppelbart ab, eher einer Frau glich. Er bewegte sich grazil, und wenn er ging, sah es aus, als liefe er über ein Seil – so eng setzte er die Füße voreinander. Zwischen den einzelnen Sets sagte er jeweils ein paar Worte ins Mikrophon, stellte die Musiker vor und machte ein wenig Werbung für die CDs, die es von der Band zu kaufen gab. »Nehmen Sie sich eine mit«, sagte er, »sie sind heute Abend gratis. Bloß das Autogramm, das drauf ist, kostet zwanzig Euro.« Die amerikanische Band trat an mehreren Abenden hintereinander auf; Alexander hörte sie zweimal.

Bei ihrem letzten Auftritt war der irisch aussehende Saxophonist, der sich bei den Auftritten davor eher im Hintergrund gehalten hatte, stark angetrunken. Noch während sie die erste Nummer spielten, unterbrach er und rief in Richtung Theke: »Hey, wait, wait! Ich habe da irgendetwas gelesen. Was war es noch? Ah ja … In einem Magazin oder so, ich weiß nicht mehr. Hier in der

Nähe muss es irgendwo noch einen Club geben – einen Jazzclub ... Der Besitzer ... er hat sich den Schwanz abgeschnitten.« Die Leute lachten. »Aber es war auf Italienisch. Vielleicht habe ich es nicht richtig verstanden. Weißt du etwas davon?« Der Clubbetreiber, der gegen eine Mauer gelehnt stand, sagte: »Hieß der Typ, von dem die Rede war, Lorenzo?«

»Ich weiß nicht mehr ... Hatte vielleicht irgend so einen verdammten Namen ... Ist das ein Schwulenname?«

»Wenn er Lorenzo hieß, war wohl ich gemeint.«

Der Saxophonist zog die Brauen hoch, so dass seine glänzenden, wasserblauen Augen stark hervortraten und sein Gesicht sich rötete, und wollte etwas sagen – blähte dann aber bloß die Backen, wandte sich lachend seinen Kollegen zu und spielte weiter. Nach der Pause, in der die Leute an die Theke gingen und sich etwas zu trinken holten, sagte der Besitzer wieder ein paar Worte; er war eben hinter der Theke hervorgekommen und hielt ein kleines Messer in der Hand.

»Was ist denn das?«, unterbrach ihn der Saxophonist. »Das sieht ja aus wie so ein verdammter Eier-Abschneider!«

Es waren nur noch wenige, die lachten; eine ältere Dame stand sogar auf und rief, der Saxophonist solle mit seinen Späßen aufhören und lieber spielen. Der Musiker schien irritiert über den Zuruf, schüttelte den Kopf und lachte auf, sagte von da an aber nichts mehr.

Es war noch nicht Mitternacht, als Alexander in sein Zimmer zurückkam. Ohne Licht zu machen, sah er auf den mondüberzitterten See hinaus. Er genoss die Stille, in der er das Wasser gegen das Ufer schlagen hören konnte. Eine Weile lang stand er so. Dann, die Vorhänge offen lassend, legte er sich schlafen.

Am nächsten Tag fuhr er mit einem der ersten Boote nach Bellagio. Er hatte von einer romanischen Kirche gehört, die er besichtigen wollte. Die Gassen von Bellagio waren zu der frühen Stunde noch leer, die meisten Läden geschlossen. Nur die Bars hatten offen, und hier und da stand jemand – meistens ein älterer Mann – an der Theke und trank Kaffee. Eine Handvoll Menschen trat aus der San-Giacomo-Kirche, als er hinkam; der Frühgottesdienst war eben vorbei. Alexander ging hinein und setzte sich in eine Bank. Es roch nach Weihrauch und dem Stein der Mauern. Er verlor sich in der Betrachtung des Mosaiks in der Kuppel über dem hohen, schmalen Altar. Wie lange war er in keiner Kirche mehr gewesen? Seit wann hatte Religion nichts mehr mit seinem Leben zu tun? Und weshalb saß er dennoch so gerne hier, als wäre es zu Hause? Mehr als eine Stunde blieb er unter den romanischen Bögen sitzen und nahm sich, als er ging, vor, wiederzukommen. Er streunte ein wenig durch den Ort; allmählich kamen die Touristen aus ihren Hotels. Später setzte er sich auf eine Uferterrasse und trank ein Glas Bier. Gegen Mittag nahm er ein Boot zurück.

Nur wenige Hotelgäste gab es, die länger blieben; die meisten sah man zwei-, drei-, höchstens viermal, bevor sie wieder abreisten. Zwei ältere Ehepaare und ein mittelaltes sowie ein jüngerer Mann schienen bereits eine ganze Weile hier zu sein; der Umgang der Kellner mit ihnen war vertrauter. Nach der ersten Woche von Alexanders Aufenthalt begann man sich zu grüßen. Zu einem Gespräch kam es allerdings nie; anfangs fürchtete Alexander noch den Moment, in dem es irgendjemandem einfiele, ihn an den Tisch zu bitten, schon nach kurzem aber glaubte er nicht mehr an diese Möglichkeit. Die Eheleute schienen sich auch miteinander nicht zu unterhalten, und der offenbar alleinreisende Mann war, wann immer man ihn sah, damit beschäftigt, sein Notizbuch – vielleicht mit Reiseeindrücken, vielleicht mit Versen – zu füllen.

Hin und wieder überlegte er, weiterzureisen; er warf die Polster auf den Boden seines Zimmers und strich die Bettdecke glatt und breitete die Landkarte auf dem Bett aus und suchte sie nach möglichen Zielen ab; dabei wusste er aber immer, dass er es nicht tun würde, nicht weiterreisen, sondern so lange wie möglich hier bleiben würde. Denn was immer er ansah, hatte auch sie vielleicht angesehen, wo immer er ging, da war vielleicht auch sie gegangen. Dass sie dabei nicht alleine gewesen war, spielte für ihn keine Rolle, er bedachte es kaum. Er träumte ihr hinterher und konnte ihr auf diese Weise nahe sein, wie es sonst nicht mehr möglich war. Er wusste, es war etwas Falsches daran; denn sein Blick, wenn er etwas betrachtete, das sie betrachtet haben mochte, legte sich nicht auf ihren, seine Hand, wenn er etwas berührte, das sie berührt haben mochte, nicht auf ihre; das alles ging eigentlich in eine Leere; und doch gab er sich, blind und still-leidenschaftlich, ein Mal noch diesen Träumen hin.

Jakob mochte es, für Erwin zu arbeiten. Erwin trug ihm morgens ein paar Dinge auf und sagte den restlichen Tag kein Wort mehr zu ihm. Mit dem anderen Arbeiter, Traian, einem Rumänen, der allerdings nicht jeden Tag im Sägewerk war, sondern meistens im Wald – Erwin besaß mehrere Hundert Hektar davon –, redete er fast überhaupt nichts. Wenn Traian nicht da war und der Wind aus einer bestimmten Richtung kam, konnte man seine Säge von früh bis spät kreischen hören.

Bald schon merkte Jakob, dass das Geschäft nicht gut lief; nur alle paar Tage holte jemand etwas ab. Es wunderte ihn, denn in der Bauernzeitung hatte er gelesen, dass die Nachfrage nach Holz gut war, die Preise stiegen: Zwar dauerte die Wirtschaftskrise nach wie vor an, aber viele Leute, die welches hatten, »verbauten« ihr Geld, und deshalb hatte die Baubranche, hatten die Handwerksbetriebe weniger Einbußen als andere Sparten, ja zum Teil lief es sogar besser als davor. Freilich, sagte Jakob sich, war das aber auch bloß Statistik; wie es beim Einzelnen aussah, war wieder etwas anderes. – Es kam vor, dass bereits am Nachmittag alles erledigt war und ihm nichts mehr zu tun einfiel und er, nachdem er hier und da noch ein wenig aufgeräumt oder zusammengekehrt hatte, früher Feierabend machte. Erwin schien nichts dagegen zu haben, ja, schien es nicht einmal richtig zur Kenntnis zu nehmen. Aber anhand der Abrechnung, die er nach fünf oder sechs Wochen bekam, sah Jakob, dass es sehr wohl bemerkt wurde, wann er kam und ging, und er hörte auf, die Stunden mitzuschreiben – eine Gewohnheit noch vom Maschinenring her. Das Einzige, was Erwin abseits der morgendlichen Halbsätze manchmal andeutete, war, dass er sich um seine Frau sorgte. Jakob arbeitete bereits einige Wochen für ihn, als Erwin anfing, diese Sorgen zu formulieren.

»Sie hat so viele Feinde«, sagte er. »Elvira, meine ich.«

»Ich weiß«, sagte Jakob und spürte, wie er erstaunt war und es ihn unwillkürlich froh machte. Elviras Bewegung mochte Erwin nichts bedeuten, er mochte sie vielleicht sogar ablehnen, zu seiner Frau aber hielt er. Und es freute ihn auch, weil ihm diese Mitteilung ein Vertrauensbeweis war. Erwin seufzte.

»Sehr viele. Wie so ein unsichtbares Heer …« Er nickte, als sähe er es vor sich. »Sie sagt, manchmal kommen welche und beobachten sie. Fremde, verstehst du? Suchen nach irgendeinem Anhaltspunkt, um sie anzeigen zu können oder so. Das macht sie halb verrückt. Sie kann nächtelang nicht schlafen deshalb. Von dem Gerede ganz zu schweigen.«

»Ja«, sagte Jakob und fragte sich zum ersten Mal, wie es gewesen sein musste, als sie geheiratet hatten. Natürlich mussten auch Erwin all die Gerüchte zu Ohren gekommen sein, die damals über sie im Umlauf waren. War Erwin der Einzige gewesen, dem sie gleichgültig waren? Der Einzige, der in ihr etwas anderes gesehen hatte? Denn es war schließlich unmöglich, dass er all das geglaubt und sie dennoch genommen hatte. Oder war es doch nicht unmöglich? Der Gedanke verwirrte ihn. Und hatte sie damals schon zum Glauben gefunden? Hatte es vielleicht sogar mit ihm, Erwin, zu tun, dass sie gläubig geworden war? Welches Ereignis, welches Erlebnis steckte hinter dem Satz: »Er hat mir den Weg gezeigt«? Er wusste diese Dinge nicht und wusste auch nicht, wie sie herauszufinden wären.

Erwin sah ihn auf eine sonderbar durchdringliche Weise an. Jakob fiel auf, dass seine Augen nicht blau, wie er gedacht hatte, sondern grau waren.

»Ist dir denn etwas von solchen Schnüfflern bekannt?«, fragte er.

»Nein.«

»Weiß der Teufel, was sie da finden wollen!« Erwin lachte auf, gleich darauf seufzte er aber wieder. »Was soll man dagegen machen? Es ist zum Verzweifeln, aber man kann nichts machen.«

»Ja«, sagte Jakob.

Er mochte es auch deshalb, für ihn zu arbeiten, weil er nicht mehr gern zu Hause war. Es war für ihn nicht mehr das Zuhause von einst, und er überlegte, sich anderswo eine Wohnung zu nehmen. Er dachte an W.; bisweilen überkam ihn die Lust, in einer Stadt zu wohnen. Es erschien ihm neuerdings, seitdem er bei der Stellung gewesen und für tauglich befunden worden war, als etwas Kostbares, an einem Ort zu leben, an dem einen niemand kannte oder zumindest nur das von einem wusste, was man selbst preisgab. Und vielleicht würde dort endlich auch der Alptraum oder vielmehr die nächtliche Schreckensvision aufhören, die ihn, nachdem er eine Weile davon verschont gewesen war, wieder plagte, und zwar in einem Maß, welches das frühere sogar noch überstieg und ihn manchmal an den Rand des Wahnsinns brachte. Die Entfernung hinderte ihn bisher noch daran, in die Stadt zu ziehen, aber in einem Jahr würde er den Führerschein machen und ein Auto haben, so dass das keine Schwierigkeit mehr darstellen würde. Auf den Hof würde er zwar noch ab und zu kommen, aber nicht allzu oft, ein paar Mal im Jahr vielleicht, so wie früher Alexander. Es würde ihm nicht fehlen. Was auch? Es war doch alles anders geworden, als es gewesen war.

Luisa hatte begriffen, dass die Großmutter daran dachte, ihr beziehungsweise der kleinen Marie das Geld oder zumindest den Großteil davon zu vermachen, und seit sie das begriffen hatte, saß sie den ganzen Tag bei ihr und umschmeichelte sie – war zu einer richtigen Erbschleicherin geworden, wie Jakob es nur aus Filmen kannte. Wenn sie mit der Mutter am Küchentisch saß, sagte sie Sätze wie: »Aber mir muss sie schon auch etwas geben. Sie kann es nicht einfach sperren lassen, bis das Kind achtzehn ist. Das muss ich ihr klarmachen – dass sie das nicht tun kann. Sonst sieht sie ihr Urenkel nicht wieder.« Und die Mutter nickte dazu und sagte: »Ja, da hast du ganz recht. Das geht natürlich nicht.«

Der Vater hatte aufgegeben. Er hatte auch noch das letzte Tier verkauft und stritt nicht mehr mit seiner Mutter. Er war bankrott und schien sich damit abgefunden zu haben. Nie war er richtig arbeiten gegangen, jetzt arbeitete er mehrmals in der Woche auf irgendwelchen Baustellen in der Umgebung. Seltsam, dachte Jakob manchmal, dass ich die Zeiten zurücksehne, als er jeden Tag von einer wieder neuen Idee erzählt hat. Sosehr es mir damals auf die Nerven gegangen ist, sosehr sehne ich es zurück. Wie lebendig war das alles. Und jetzt? Als wäre etwas vornübergekippt, als hätte sich etwas umgekehrt. Und auch wenn es mir oft verrückt vorkam, was er redete, habe ich ihn doch ernster nehmen können, als ich es heute kann. Als wir alle es heute können. – Denn niemand nahm etwa ernst, dass der Vater mit Jakobs neuer Beschäftigung nicht einverstanden war, als er im Oktober davon erfuhr, zumal er nicht recht begründen konnte oder wollte, weshalb nicht.

»Für den arbeitest du?«, rief er.

»Warum sollte ich nicht?«, fragte Jakob und begegnete dem starren und zugleich entsetzten Blick des Vaters gelassen.

Es schien, als wolle der Vater unbedingt etwas sagen, aber als vermöge er es nicht.

»Was?«, fragte Jakob, wartete, ob noch irgendetwas kam, und schüttelte dann den Kopf.

Anfang November begann es zu schneien. Bald war die Zufahrt nicht mehr zu erkennen, denn der Schneepflug fuhr nicht, wenn keine Schneestangen gesetzt waren, und der Vater machte keine Anstalten, welche zu setzen. Immerhin musste es ihm auffallen, dass man die Zufahrt nicht mehr benützen konnte, denn er parkte das Auto unter der Brücke. Jakob beschloss, die Stangen, spätestens am Wochenende, selbst zu setzen, vielleicht noch davor, denn in der Säge war wenig Arbeit, und er machte meistens schon gegen drei oder noch früher Schluss, danach hatte er Zeit. Aber es verging fast eine Woche, bis er dazu kam.

Es war ein Freitag, und als er damit fertig war, war es sieben Uhr abends; er klopfte die Schuhe an der Tür ab und drehte sich noch einmal nach den Stangen um: ein wenig krumm, aber noch in der Dunkelheit deutlich sichtbar, ragten sie aus dem Schnee hervor. Vielleicht würde schon morgen geräumt sein. Er betrat das Haus, aus dem ihm warme Luft entgegenströmte. »Ah«, machte er, warf die Handschuhe auf den Boden und rieb sich die Hände. Er zog Schuhe und Jacke aus und ging in die Küche. Luisa, Marie auf dem Schoß, und die Mutter saßen am Tisch und wechselten kein Wort miteinander und schienen seine Anwesenheit nicht zu bemerken. Diese Stille war ungewöhnlich und irgendwie unangenehm – fast noch unangenehmer als ihr Geschwätz. Jakob stellte sich ein paar Minuten lang an den Ofen und wärmte sich. Mit der Zeit vergaß er beinah, dass er nicht alleine in dem Raum war. Er dachte an die Stangen und dass es ihm gefiel, dass sie nicht so gerade waren wie jene von der Gemeinde gesetzten. Er nahm Brot und Käse, schnitt ein paar Scheiben herunter, drückte Senf aus der Tube, aß an der Anrichte stehend zu Abend und zog sich anschließend in sein Zimmer zurück. Er legte sich aufs Bett und hörte Musik und döste bald ein. Nach ein paar Minuten wachte er wieder auf. Ihm war kalt, und er fühlte sich furchtbar zerschlagen. Bleischwer geworden, stand er auf und zog sich aus. Er wollte nichts als schlafen, schaltete das Licht aus und legte sich nieder. Doch sobald er lag, war er wieder hellwach. Wie konnte das sein, wo er doch gerade noch so todmüde gewesen war? Nach einer Weile tastete er nach den Kopfhörern und ließ die Musik weiterlaufen. Lange lag er mit offenen Augen und ohne sich zu bewegen, und als auf einmal Licht war und die Gestalt des Vaters in der Tür stand, dachte er, er sei doch eingeschlafen, und hielt, was er sah, in der ersten Sekunde für einen Traum. Der Vater sah fremd aus; wie ein anderer schaute er sich um, wie einer, der diesen Raum nicht kannte, weil er ihn noch nie gesehen oder weil der Raum sich verändert hatte. Es dauerte, bis sein Blick jenem Jakobs begegnete und Jakob begriff, dass er nicht träumte. Die Ohrstöpsel herausziehend, richtete er sich auf.

Der Vater ließ den Türrahmen los, an dem er sich festgehalten hatte, und ging Richtung Schreibtisch. Er war sturzbetrunken; Jakob hatte ihn zwar unzählige Male außer sich gesehen, aber niemals betrunken, nicht einmal angetrunken. Auf der kurzen Strecke von der Tür zum Schreibtisch verlor er mehrfach fast das Gleichgewicht und fing sich erst im letzten Moment mit einem linkischen und schweren Schritt zur Seite. Als er den Schreibtisch erreicht hatte, hielt er sich zuerst an der Tischplatte, dann, nach einer leichten Drehung, an der Stuhllehne fest; aber noch im Stehen wankte er und riss mit zusammengepressten Augen an der Stuhllehne, als wäre nicht er, sondern sie es, die nicht stillstehen konnte. Allmählich wurde er sicherer und stand einigermaßen ruhig, bevor er sich, die auf dem Stuhl liegende Kleidung dabei zu Boden wischend, niedersetzte. Einige Minuten verstrichen. Der Vater ließ den Kopf hängen und schnaufte schwer. Endlich hob er den Kopf.

»Dieser Mann ist ein Verbrecher, Jakob«, sagte er. Seine Stimme klang tief und heiser, aber er lallte nicht.

»Was meinst du?«, fragte Jakob.

»Hager«, sagte er. »Er ist ein Verbrecher.«

Jakob setzte sich ganz auf, rutschte ein Stück zurück, bis er sich anlehnen konnte, und zog die Beine an. Er roch den säuerlichen Alkoholdunst, der sich im Zimmer ausgebreitet hatte. Der Vater starrte Jakob an. Seine Augen schienen zu fiebern, so sehr zitterte es in ihnen.

»Leute, die sich nie in ihrem Leben etwas zuschulden haben kommen lassen!«, rief er plötzlich aus, und es klang, als weine er. Aber als er weiter sprach, war es wieder wie zuvor. »Sein Geschäft«, sagte er, »geht schlecht. Er braucht das Geld. Aber wer tut das nicht, wer braucht keins? Wird man denn deshalb gleich zu einem gemeinen Verbrecher?«

Er sah Jakob fragend an. Jakob gab keine Antwort. Allzu verwundert war er über den Zustand des Vaters. Was war nur mit ihm geschehen? Wo hatte er sich derart zugerichtet? Und warum? Zudem wusste Jakob nicht, wovon die Rede war.

»Du weißt doch«, sagte der Vater, »wer seine Frau ist. Diese Sektenführerin. Sie war nicht immer ganz so heilig, wie sie jetzt tut. Oh, nein, das war sie nicht. Oh, nein.« Er schüttelte den Kopf. »Bei irgendeiner Gelegenheit tritt er an jemanden heran – an irgendjemanden, den er vielleicht nicht einmal kennt! –, nimmt ihn beiseite und sagt zu ihm: ›Du hast dann und dann etwas mit ihr gehabt. Weißt du es noch? Klar, es ist lange her, aber ich habe Beweise. Wenn du nicht willst, dass es deine Frau oder sonstwer erfährt, musst du schon ein kleines Sümmchen springen lassen.‹ So einfach macht er's. Und ich sage dir, alle zahlen.«

»Warum zahlen sie, wenn es nicht stimmt?«, fragte Jakob.

»Was?«

Der Vater sah aus, als könne er Jakobs Frage nicht verstehen, und da begriff Jakob, dass seine Frage dumm gewesen war, als hätte er nichts gelernt aus der Erfahrung der vergangenen Monate, und er ließ es, sie zu wiederholen.

»Woher weißt du das?«, fragte er stattdessen.

»Ich weiß es eben ...«, sagte der Vater beinahe murmelnd. »Er hat immer schon seine Spielchen getrieben. Glaubst du vielleicht, er ist zufällig an den ganzen Wald gekommen? Nein, nein. Und sie wird sich nicht ohne Grund vergast haben ...«

Was redet er?, fragte sich Jakob. Vergast? Von wem spricht er? Von Erwins erster Frau, die jung gestorben ist?

Die Lippen des Vaters bewegten sich weiter, aber es war nichts zu vernehmen als schwerer Atem, bis er auf einmal ausrief:

»Und Elvira, diese Heilige?« Er lachte. »Spielt dieses dreckige Spiel mit ... Warum tut sie es, wenn sie so heilig ist? Zum Dank vielleicht? Es stimmt schon, kein anderer hier hätte eine solche genommen. Aber hat sie denn nicht gewusst, dass ihm gar nichts übriggeblieben ist, dass nämlich auch er nach allem keine andere mehr gekriegt hätte, ist sie wirklich so beschränkt?«

Jakob wusste immer noch nicht, wovon der Vater redete. Er kannte zwar dieses und jenes Gerücht, aber das waren nur Schnipsel, die er nicht zusammenfügen konnte, die keine Geschichte ergaben. In dem Moment kam es ihm vor, als blicke er durch den Spalt eines Vorhangs auf eine Bühne, als könne er nur Ausschnitte sehen und nicht das Ganze.

Zwar war es ihnen aufgefallen, dass er die Samstagnachmittage weg war, aber nach wie vor wussten sie nicht, wohin er ging; ab und zu versuchte die Mutter, ihm etwas zu entlocken, indem sie ihn mit einer »neuen Freundin« aufzog, aber es gelang ihr nicht. Niemand ahnte, dass er bei Elviras Andachten war.

»Jakob, auch mich hat er zu erpressen versucht. Aber ich sage dir, ich habe nicht gezahlt, und ich werde nicht zahlen. Keinen Groschen bekommt der von mir. Ich habe mir nichts zuschulden kommen lassen!«

Die letzten Worte hatte er mit gereckter Faust gerufen. Er ließ die Hand wieder sinken.

»Sagst du gar nichts dazu?«, fragte der Vater.

»Was soll ich denn sagen?«

»Dass du aufhören wirst, für diesen Zigeuner zu arbeiten.«

Jetzt verstand Jakob, was er von ihm wollte.

»Ach so«, sagte er.

»Hörst du auf?«, fragte der Vater.

»Nein«, sagte Jakob.

»Nein? Nach allem, was ich dir erzählt habe?«

»Er zahlt gut«, sagte Jakob.

»Er zahlt gut«, wiederholte der Vater spöttisch und legte den Kopf in den Nacken, und sein Gesicht verzog sich dabei auf eine groteske Weise. »Aber hörst du denn nicht? Er ist ein Verbrecher! Ein hundsgemeiner Verbrecher! Und was ich dir gesagt habe, ist noch nicht einmal alles ... Ich habe ihn im Verdacht, dass er noch ganz anderes auf dem Gewissen hat, noch Schlimmeres. Hat nicht auch dieser Mörder für ihn gearbeitet?«

»Welcher Mörder?«

»Der, der der Bäckerin den Kopf abgehackt hat.«

»Weiß ich nicht«, sagte Jakob. »Kann sein.«

Der Vater hatte sich so weit vorgelehnt, dass der Stuhl wackelte. Er bemerkte es und lehnte sich zurück. Er presste die Augen wieder zusammen, als überfiele ihn in dem Augenblick ein Schwindel oder ein starker Schmerz.

»Dabei geht doch sein Geschäft nur ihretwegen schlecht. Ihretwegen kommt niemand mehr zu ihm. Er sollte sie zwingen, diese Sekte aufzulösen, dann würde er schon wieder Kundschaft bekommen.«

Jakob begann der Kopf zu schwirren. Vage erinnerte er sich an die Worte, die er von Elvira gehört hatte – dass Erwin ohnehin versucht hatte, sie dazu zu bringen, aufzuhören. Er fragte sich, ob es sein konnte, dass das etwas mit seinem Geschäft zu tun hatte.

»Es ist spät«, sagte er.

»Ja«, sagte der Vater. Er blickte zu der offenstehenden Tür hin, als messe er die Entfernung ab und überlege, ob er sie gefahrlos überwinden konnte. Aber vielleicht überlegte er auch etwas anderes, denn er sagte, sich wieder an Jakob wendend: »Hör zu, das muss unter uns bleiben. Kein Wort zu irgendwem, ja?«

»Ja.«

»Zu gar niemandem!«

»Ja.«

Der Vater erhob sich und machte einen Schritt auf das Bett zu und hob den Zeigefinger.

»Ich bin besoffen, ich weiß. Ich will es gar nicht abstreiten. Aber ich sage dir die reine Wahrheit. Denk darüber nach.«

»Irgendetwas muss ich arbeiten«, sagte Jakob nur.

»Dann halt die Augen offen. Willst du mir wenigstens das versprechen, Jakob?«, fragte er sehr ernst.

»Ja, Papa.«

Der Vater lächelte. Er sah ein wenig so aus wie früher, wenn ihm eine Idee gekommen war. »Gut«, sagte er. »Gut, mein Sohn.«

Er blieb immer noch stehen, und immer noch lächelte er.

»Denn irgendetwas ist da noch. Irgendetwas stimmt da ganz und gar nicht. Halt du nur die Augen offen, dann werden wir zwei ihm schon auf die Schliche kommen.«

Nach und nach, wie die Flamme einer niederbrennenden Kerze, verlor sich das Lächeln. Er sah sehr erschöpft aus; seine Arme, eben noch jeden Moment in Bewegung, hingen kraftlos und dürr wie Weidenzweige herab, und die Augen fieberten nicht mehr, sondern hatten vielmehr jeden Glanz verloren und lagen stumpf in ihren Höhlen.

»Ja«, sagte er. »Hast du es übrigens schon gehört? Sie hat alles der Partei vermacht. Das ganze Geld.«

»Oma?«

»Ja.«

»Welcher Partei?«

»Den Rechten. Das hätte, sagt sie, auch der Großvater gewollt.«

»Habe ich noch nicht gehört«, antwortete er.

»Es ist in Ordnung so«, sagte der Vater. »Es ist das einzig Richtige.«

Jakob sah ihn an.

»Es ist das einzig Richtige«, wiederholte der Vater, als hätte er Jakobs Gedanken gelesen. »So geht alles wieder dorthin, von wo es gekommen ist.«

Auch er, dachte Jakob einige Minuten später am weit geöffneten Fenster stehend und dem metallischen Dröhnen von der Brücke her lauschend, nachdem der Vater wie ein am Halfter gezogenes Pferd aus dem Zimmer getorkelt war und er die Tür hinter ihm verriegelt hatte: Auch er.

Wie lange er auch dort stand und die eiskalte, von

Holzrauch und Schneegeruch gesättigte und trotzdem noch den leicht süßlichen Geruch nach Verwesendem tragende Luft in sein Gesicht wehen spürte und sich zu beruhigen versuchte, er konnte nichts anderes denken als das: Auch er. Auch er denkt so. Sogar er. Sogar er verleumdet sie.

Es war ruhig, als er nach der zweimonatigen Auszeit in den Dienst zurückkehrte. Diese Ruhe hing vor allem damit zusammen, dass die Regierungstruppen und die Separatisten in der Ukraine einen Waffenstillstand vereinbart hatten, der vorerst zu halten schien.

Seine Abwesenheit schien Alexander nicht bloß zwei Monate, sondern viel länger gedauert zu haben. Freundlich wurde er empfangen und in einer halbstündigen Sitzung darüber unterrichtet, was in den vergangenen Wochen geschehen war. Danach kehrte er an seinen Schreibtisch zurück; er hatte einige Stapel abzuarbeiten.

Der Brigadier war in den ersten Tagen von Alexanders Rückkehr nicht da; er war mit einem Offizier nach Kiew geflogen und von dort weiter in den Osten des Landes gereist, um mit den erst kürzlich als Beobachter ins Krisengebiet entsandten Offizieren zusammenzutreffen. Sobald er zurück war, würde Alexander mit ihm sprechen und ihm sagen, dass es eine fabelhafte Idee gewesen war, ihn in den Urlaub zu schicken. Es ging ihm gut. Und das, obwohl er nicht aufgehört hatte, in einem fort an Lilo zu denken, ja, in Como sogar mehr denn je an sie gedacht hatte. Es war ihm nun vertraut geworden, dass sie nicht da war. Er liebte sie, ohne dass er etwas von ihr wusste. Nur Dich habe ich so geliebt, war ihm bei einem seiner Besuche in der Kirche von Bellagio durch den Kopf gegangen, und er war ein wenig erschrocken bei dem Gedanken. Er war froh, dass es ihm so gut ging, und schwor sich, eher den Dienst zu quittieren, als es zuzulassen, dass er in den früheren, ihm jetzt krankhaft und unerträglich erscheinenden Zustand zurückfiele.

Ganz anders war das Licht hier, als es dort, am See, gewesen war; dennoch war es heller als in irgendeinem Winter zuvor. Oder war es lediglich die Wärme, die es so wirken ließ? Fast fünfzehn Grad hatte es in der weihnachtlich geschmückten Stadt, die Leute standen vor den Lokalen in der Sonne, und die Vögel sangen, und wäre nicht alles kahl gewesen, man hätte nicht glauben wollen, dass es Winter war.

Am ersten Wochenende, welches er wieder zurück war, traf Alexander sich mit Luisa. Sie und Marie lebten nun in der Stadt – seit wann, wusste er nicht, hörte aus Luisas knapper Antwort lediglich heraus, dass es noch nicht sehr lange sein konnte. Sie war noch stämmiger geworden, zudem wirkte sie blass, als liege nicht ein langer heißer Sommer und ein ebenfalls recht sonniger Herbst hinter ihnen. War sie denn immer nur im Haus gewesen? Sie trafen sich zu Mittag und gingen ins »Central«, wo sie trotz des strahlenden Wetters ein paar Minuten auf einen freien Tisch warten mussten, bevor sie von einem gehetzten Kellner in eine Loge im hinteren Teil des Cafés geführt wurden. Sie legten ihre Mäntel ab, setzten sich und bestellten. Luisa kramte Farbstifte und einen Zeichenblock aus ihrer Tasche hervor und legte es Marie hin, die sich auf der Bank ausstreckte und, die Unterlippe über die Oberlippe geschoben, sofort zu malen anfing. Alexander beugte sich über den Tisch und sah ihr zu. Zuerst malte sie eine große blaue Fläche, hörte aber mittendrin auf, wechselte den Stift und setzte eine kleine gelbe Sonne darüber, deren Strahlen bis an den Blattrand reichten – und griff wieder zu dem blauen Stift.

»Du bist ja eine richtige Malerin«, sagte Alexander nach einer Weile. Und zu Luisa: »Sie ist begabt!«

»Das macht sie gern«, sagte Luisa, strich Marie durch die Haare und fügte hinzu: »Aber sie versteht noch nicht so gut deutsch. Es kommt erst langsam.«

Die ersten Minuten vergingen in seltsamer Befangenheit. Sie hatten sich so lange nicht mehr gesehen, dass sie nicht recht wussten, was sie reden sollten. Alexander fragte nach der Familie, Luisa gab einsilbige Antworten. Beide sahen sie immer wieder zu Marie und der Zeichnung hin. Der Kellner brachte den Kaffee und die heiße Schokolade für Marie. Alexander rührte Zucker in seine Tasse, nahm einen Schluck und behielt die Tasse in der Hand.

»In Schweden gibt es so etwas nicht. Man wird nirgends bedient. Nur in den teuren Lokalen. Sonst muss man sich immer alles selbst holen. Wie auf einer Autobahnraststätte.«

»Ach ja?«, sagte Alexander. Er schien ihr nicht recht zuzuhören; er beobachtete gerade eine Gruppe älterer Damen, die zu einem großen Tisch geführt wurden, und die, während sie gingen, ihre auf Russisch geführte Unterhaltung nicht abreißen ließen. »Schon die halbe Innenstadt gehört den Russen«, sagte er, wieder seiner Schwester zugewandt. »Sie kaufen alles auf.«

»Das ist in Schweden genauso«, sagte sie.

»Man müsste es verbieten«, sagte er. »Manche Länder haben da Regelungen, dass nicht jeder, der zufälligerweise zu viel Geld hat, sich überall einkaufen kann. So etwas müsste es hier geben. Aber egal. Was sagst du zu diesem Wetter? Ist das nicht herrlich? Vielleicht gehen wir später noch ein paar Schritte, was meinst du?«

»Das wäre aber Diskriminierung«, sagte sie, auf das Vorherige zurückkommend. »Zumindest in Schweden könnte man so argumentieren.«

Alexander stellte seine Tasse ab. Zum ersten Mal sah er seine Schwester richtig an.

»Luisa«, sagte er. »Was ist eigentlich passiert? Warum bist du weggegangen?«

Luisa seufzte und sah woandershin. »Ach«, sagte sie und machte eine wegwerfende Handbewegung. Sie wollte irgendetwas sagen, aber die Stimme versagte ihr, Tränen traten ihr in die Augen, und sie begann zu weinen.

»Was hast du?«

Unwillkürlich griff Alexander nach ihrer Hand.

»Nein«, sagte sie, »nichts. So etwas Dummes.«

Sie wischte sich die Tränen ab. Aber kaum hatte sie sie abgewischt, kamen schon neue.

»Erzähl mir, was passiert ist, Luisa.«

»Wie soll ich das erzählen?«, fragte sie, legte den Kopf in den Nacken, schniefte und versuchte dann zu lachen. »Es klingt irgendwie gar nicht so schlimm.«

Nachdem sie sich fast drei Stunden später vor dem Abgang der U-Bahn-Station verabschiedet hatten und er den beiden nachgesehen hatte, bis sie in dem zugigen Schacht nicht mehr auszumachen waren, schlenderte Alexander die Herrengasse Richtung Kohlmarkt entlang. Er hatte Luisa versprochen, ihr in allem behilflich zu sein, wenn sie etwas brauchte, und er nahm sich vor, sie bald schon einmal zu sich einzuladen und für sie zu kochen. Es würde ihr, aber auch der Kleinen guttun. Vor einem Schaufenster blieb er stehen und sah sich Mützen an; bald setzte er sich wieder in Bewegung. Was interessierten ihn diese Mützen? Er hatte sie kaum wahrgenommen. Allzu sehr ging ihm nach, was seine Schwester ihm erzählt hatte. Sie tat ihm leid. Es klang nach keinen schönen Jahren. Ein Mann, der so nach und nach seine ganze Persönlichkeit veränderte … Er erinnerte sich an früher, als sie, ein kleines Mädchen, sich auf den

Boden geworfen und gewälzt hatte, wenn sie nicht bekam, was sie wollte. Ganz anders wirkte sie jetzt auf ihn. Er hatte den Eindruck, sie sei erwachsen geworden, und war sich sicher, dass es ihr nicht schwerfallen würde, hier neu anzufangen. Und hatte sie nicht sogar angedeutet, dass sie jemanden kennengelernt hatte?

Ein paar Tage später trafen sie einander wieder. Die ungewöhnliche Wärme hielt an, und sie entschieden, sich diesmal nicht ins Café zu setzen, sondern stattdessen die Sonne zu genießen und am Donaukanal spazieren zu gehen. Alexander schob den Buggy, in dem Marie schlief, während träge und dunkel und stumm das im Sommer fast grüne Wasser neben ihnen dahinzog und die Zweige der Weiden blattlos und ohne Kraft in ihr Spiegelbild griffen. Es zeigte sich, dass die Geschwister kaum noch etwas voneinander wussten. Da beim letzten Mal fast nur sie geredet hatte, drängte sie diesmal ihn, zu erzählen, und so berichtete er von sich, erzählte, wo er gewesen war und wie er schließlich wieder nach Wien gekommen war, ließ dabei aber vieles aus, ohne es selbst recht zu bemerken.

»Und keine Frauen?« Sie sah ihn von der Seite her an.

Alexander murmelte eine unverständliche Antwort.

»Du musst reich sein«, sagte sie.

»Reich? Ich?«

Er verstand nicht, was sie meinte, verstand nicht, wie sie darauf kam. Weil er keine Frau hatte? Sie erklärte es nicht näher und wechselte das Thema.

Auf dem Rückweg – Marie war aufgewacht und wieder eingeschlafen – ergab es sich, dass sie von dem Mann erzählte, den sie kennengelernt hatte. Sie erzählte nicht viel, aber immerhin ein wenig. Es war Österreicher, aus Kärnten stammend, seit zwanzig Jahren in Wien ansässig. Techniker. Sie könne noch nichts sagen, meinte sie, denn sie kenne ihn eigentlich noch kaum. Habe ihn erst ein paar Mal getroffen. Sie könne nur sagen, dass sie ihn möge und dass auch Marie ihn möge, dass er ihr aber manchmal ein wenig herrisch vorkomme – und damit könne sie gar nichts anfangen, darauf reagiere sie sehr empfindlich. Sie lachte auf. Alexander sah sie fragend an. Ob er das verstehen könne?

Obwohl sie sogar eines vereinbart hatten, kam es danach zu keinem weiteren Treffen. Alexander versuchte ein paar Mal, sie zu erreichen, aber sie ging nie dran und rief nicht zurück. Schließlich schickte er sein Weihnachtsgeschenk für Marie mit der Post; nachdem er es aufgegeben hatte, kam es ihm auf einmal übertrieben vor, obwohl er Stunden damit verbracht hatte, es auszusuchen.

Zunächst bedauerte er, dass das frisch Geknüpfte bereits wieder zu reißen drohte oder gar schon wieder gerissen war; er war aber nicht allzu traurig, sondern sagte sich, das sei ein erfreuliches Zeichen, denn es müsse bedeuten, dass es mit dem Mann etwas geworden und Luisa mit der neuen Situation beschäftigt sei. Er beschloss, nicht mehr anzurufen; und da von ihr weiter nichts zu hören war, dachte er mit der Zeit so wenig an sie, wie er es früher getan hatte.

Dennoch war die Begegnung mit Luisa und Marie ein Ereignis für ihn gewesen, das – zusammen mit der vielen liegengebliebenen Arbeit – seine ganze Aufmerksamkeit derart in Anspruch genommen hatte, dass ihm die fortwährende Abwesenheit des Brigadiers gar nicht richtig auffiel. Erst kurz vor den Feiertagen kam sie ihm zu Bewusstsein, und er erkundigte sich und erfuhr, dass der Brigadier sich auf der Reise in die Ukraine eine schwere Erkältung zugezogen habe und man ihn erst nach den Feiertagen zurückerwarte. Doch auch nach den Feiertagen wartete man vergeblich auf ihn; der halbe Januar verging, bis er wieder ins Büro kam. Ein paar Tage lang sah man ihn in Daunenjacke, Schal und Mütze, Tee aus der Kappe einer Thermoskanne schlürfend, äußerst schlecht gelaunt und für niemanden zu sprechen, bevor er erneut fernblieb; es hieß, das Fieber sei zurückgekehrt. Erst Anfang Februar saß er wieder an seinem Platz. Er hatte zwar gewiss zehn Kilo an Gewicht verloren und sah blass aus, seine Augen aber blitzten vor Lust, vor Drängen, und er war bester Laune und fluchte in einem fort auf die »verdammten Russen, die das Zündeln nicht lassen können«. Umso größer war der Schock, als man zwei Wochen später, an einem schon helleren, schon beinah frühlingshaften Montagmorgen erfuhr, dass der Brigadier in der Nacht auf Sonntag einem Herzinfarkt erlegen war. Vielleicht schon mit

Beschwerden war er gegen zwei Uhr früh aufgestanden und an die frische Luft gegangen; auf dem Rückweg – die Haustür hatte er merkwürdigerweise offen gelassen – war er im Flur, dabei Bilder von den Wänden reißend, zusammengebrochen, wo seine Frau, geweckt von einem Schrei und dem Lärm der fallenden Bilder, ihn fand.

An einem klaren, sehr kalten Tag wurde er mit militärischen Ehren auf dem Zentralfriedhof beigesetzt. Alexander hielt sich im Hintergrund und sah Lilo nur von fern; ihr Gesicht war von einem schwarzen Schleier verborgen. Die Zeremonie wurde – wohl wegen der niedrigen Temperaturen – knapp gehalten. Danach hieß es, die Witwe lade in ein nahes Gasthaus; Alexander entschuldigte sich und ging nicht mit.

Keine Erleichterung gab es nach der Beerdigung. Kein: Die Bahn ist frei! Warum nicht? Hätte er sich nicht freuen müssen? Stattdessen legte sich eine Bedrückung auf ihn. Jetzt erschien Lilo ihm wieder sehr fern, und nicht einmal der Tod ihres Mannes brachte sie ihm näher. Er wartete darauf, aber es geschah nicht; im Gegenteil, sie schien sich immer weiter zu entfernen, immer ungreifbarer zu werden. Es beschäftigte ihn wieder, dass er nichts von ihr wusste. War sie überhaupt in der Stadt? War sie nicht vielleicht verreist? Weggezogen? Wie ging es ihr? Als sie einmal – Ende März – ins Ministerium kam, um das Büro auszuräumen, trug Alexander ihr seine Hilfe an, doch sie, über irgendwelche Mappen gebeugt und sie durchblätternd, hob nicht einmal den Kopf und lehnte unwirsch ab: »Ich brauche niemanden.« Ein paar Stunden lang war sie im Haus, und auf einmal war sie verschwunden; obwohl er achtgegeben hatte, hatte Alexander sie nicht gehen gesehen.

Nur während dieser paar Stunden hob sich seine Stimmung: Er hatte sie gesehen, sie war gesund, sah unverändert aus. Er belebte sich, und wieder sagte er sich, dass ihm das Wissen genüge, dass es sie gab, dass er sie nicht zu besitzen brauche, bevor er wieder bedrückt wurde. Auf einmal bemerkte er, wie leer war, was er sich sagte. Es sollte ihm genügen, dass es sie gab? Es sollte ihm je genügt haben? Nichts als ein Selbstbetrug war das gewesen, kein anderer als die Religion. Er hatte es eilig. Worauf warte ich?, fragte er sich wieder und wieder. Worauf um alles in der Welt warte ich? Denn er wusste schließlich genau, was zu tun war, welchen Schritt er machen musste, bevor ein anderer ihn setzte oder bevor es zu spät war. Aber er konnte ihn nicht machen. Er musste warten. Weshalb musste er warten? Lange genug hatte er gewartet. Lange genug diese Einseitigkeit angedauert. Sie war doch zum Greifen nah, zum Teufel! Dachte er jetzt an Lilo, waren die Gedanken keine zärtlichen mehr; überhaupt hatte er kaum noch Gedanken; er fragte sich auch nicht mehr, wie es ihr gehe, und nicht einmal Sehnsucht empfand er mehr: nur noch Gier. Er wollte sie, und zwar sofort, und dass das nicht möglich war, machte ihn – ein Pferd, das an die Kandare genommen wird und nicht an die Kandare genommen werden will, weil es sie nicht kennt – zuweilen fast rasend.

Es war ein extremes und zugleich unbeständiges Frühjahr; die Temperaturen stiegen und fielen, auf sommerliche Tage folgten geradezu winterliche. Diese Unbeständigkeit zerrte zusätzlich an Alexanders gespannten Nerven, er empfand sie wie gegen sich gerichtet. Jeden Morgen sagte er sich wieder: Einen Tag warte ich noch. Nur einen Tag noch. Einen einzigen Tag. So bändigte er sich monatelang selbst – eine Ewigkeit, wie ihm vorkam.

An einem sonnigen Samstagnachmittag Anfang Juni, als die Wetterlage sich stabilisiert hatte, beschloss er, dass die Zeit reif und er lange genug geduldig gewesen sei. Sobald der Entschluss gefasst war, wurde er aufgeregt, ja hektisch. Rasch, so rasch wie noch nie, rasierte er sich, wechselte das Hemd und zog seinen sandfarbenen Anzug an und schlüpfte in die Mokassins. Im Laufschritt verließ er die Wohnung, stieg ins Auto und fuhr in die Stadt.

Er war fast angekommen, es fehlten nur noch ein paar Hundert Meter bis zu ihrem Haus, da bremste er jäh ab, änderte die Richtung und fuhr, die halbe Stadt durchquerend, zum Stadtpark und kaufte an dem Stand an der Ecke gegenüber dem Museum einen Strauß weißer Tulpen.

Als er die da und dort gesprungenen und zerbröckelnden Stufen der Vortreppe hinaufgestiegen war und die Klingel drückte, flogen ein paar Spatzen auf, die auf einer aus dem geharkten Kies neben der grobkörnig verputzten Hausmauer wachsenden Beifußstaude gesessen waren und Samen gepickt hatten, und die vom Gewicht der Spatzen zu Boden gedrückte Staude richtete sich auf und schwang sacht, Alexander ihren würzigen Geruch zufächelnd. Es war nach zwei, heiß; von der Treppe drang Kühle durch die Ledersohlen. An der Tür hing ein schwarzumschleifter Kranz, der – wie war das möglich? – noch keine Nadel verloren zu haben schien. Die Lichtflecken, die wie kleine Tiere über die Hausmauer liefen, waren auf der spiegelnd weißen Tür nicht zu sehen. Vögel – keine Spatzen – zwitscherten ungeheuer laut. Zerstreut wandte er den Kopf und blickte in ein Durcheinander grüner Blätter empor, das gerade, ohne dass man eine Bewegung darin ausmachen konnte, frisch aufrauschte und hinter dem sich ein hoher, blauer Himmel wölbte. Schritte näherten sich. Er drückte die Hand fester um die Blumen. Die Tür öffnete sich. Lilo trug ein leichtes blaues Kleid und flache braune Sandalen.

»Du?«, sagte sie und musterte ihn von oben bis unten. »Was willst du?«

Er wollte etwas sagen, stockte aber unter ihrem Blick, der einem Fremden zu gelten schien. Er spürte einen Widerstand in sich, der ihn nicht antworten ließ. Sein Blick wanderte rastlos zwischen ihren Augen umher, die vollkommen still standen.

»Ja?« Sie zog die Brauen hoch, hob das Kinn an – und ließ es wieder sinken. Merkte sie ihm seine Begierde an, die ihn fast zittern ließ?

»Hier«, sagte er, und seine Kehle schnürte sich ihm derart zusammen, dass er einen leichten Schwindel verspürte.

Er hielt ihr die Blumen hin. Nach kurzem Zögern nahm sie sie, roch daran, tat es aber wie automatisch und verzog dabei keine Miene. Sie hielt den Strauß weiter vor ihr Gesicht und sah durch die Blumen hindurch Alexander an, und da huschte auf einmal, kaum sichtbar für ihn, ein Lächeln über ihre Lippen, das er nicht zu deuten vermochte, das vielleicht traurig, vielleicht erheitert war, und jetzt wusste er, weshalb er ihr keine Antwort gegeben hatte: Weil nichts, was er sagte, ihr irgendetwas bedeuten würde; sie würde es womöglich nicht einmal glauben. Aber er wusste plötzlich nicht mehr, ob ihn das kümmerte.

»Meinetwegen«, sagte sie, als spreche sie mit sich selbst, und ließ die Blumen sinken. »Ich sitze im Garten. Du kannst außen herum gehen.«

Und dann war es Herbst geworden. Nahezu den ganzen Sommer hatten sie bei ihm verbracht. Lilo war gern dort, ihr Sohn ebenso; er liebte es, unbeaufsichtigt in dem nahen Wald herumzustreifen wie in einem eigenen Königreich. Lilo überlegte, das Stadthaus zu verkaufen, denn Alexander konnte sich nicht vorstellen, jemals dort zu wohnen, und sie selbst wurde befangen, wenn sie am Wochenende hinfuhren, um sich um den Garten zu kümmern oder die Post zu holen. Bisher war es bloß eine Überlegung, sie hatte noch keinen Entschluss gefasst, aber nach und nach nahm sie immer mehr Sachen mit und fing an, Dinge in Kartons zu packen, während Alexander den Rasen und die Hecke und die Blumen goss oder mit dem Buben Fußball spielte.

An einem solchen Tag warf Alexander im Vorbeigehen einen flüchtigen Blick in die Kiste, die auf dem Küchentisch stand, und blieb an einem Zeitungsausschnitt hängen. Er wollte danach greifen; Lilo bemerkte es und klopfte ihm auf die Finger.

»Lass das«, sagte sie, »das sind meine Sachen. Und wie oft soll ich dir noch sagen, dass du zum Rauchen hinausgehen sollst? Ich mag das nicht.«

»Was ist das?«, fragte er.

Sie beachtete ihn nicht.

»Hast du das von mir mitgenommen?«

»Du sollst das lassen! Was denn überhaupt?« Sie nahm das Papier – ein Artikel über jenen Prozess –, überflog es und lachte in einer Weise auf, die nach Glück und Schmerz zugleich klang. Sie machte einen Schritt beiseite und schloss ein Türchen in der Anrichte, das offen gestanden war.

»Ach, das. Nein, das ist meines. Ich habe das selber ein wenig verfolgt. Weißt du, nachdem du mir davon erzählt hattest. Erinnerst du dich? Du kannst das nicht wissen, aber ganz gleich, wovon du erzählt hast, ich habe mich danach immer damit beschäftigt. Sogar diesen Wälzer habe ich nur deinetwegen angefangen – ich hatte ihn bei dir auf dem Schreibtisch liegen gesehen.«

Wenig später packte Alexander die Kiste in den Kofferraum, und sie machten sich auf den Weg. Es dämmerte bereits. Rasch hatten sie die Stadt hinter sich gelassen, und sobald sie von der Autobahn abgefahren waren, breiteten sich flache, sandige Äcker neben ihnen aus.

»Sieh mal«, sagte Alexander und drehte sich nach dem Jungen um.

»Er schläft«, sagte Lilo.

Alexander drehte sich noch einmal um; das Kind schlief wirklich.

»Kannst du ein Foto machen?«, fragte Alexander. »Hast du dein Telefon bei der Hand? Sieh dir doch nur diesen Himmel an!«

Der Himmel hatte sich fast vollständig mit einem von weißen Schleiern durchwebten tintenschwarzen Wolkenteppich bezogen, nur ganz im Westen nicht; dort schien er zu brennen. Ein Kleintraktor mit Anhänger bog vor ihnen auf die Straße; Alexander bremste ab; obwohl kein Gegenverkehr war und der Fahrer ihm sogar ein Zeichen machte, überholte er nicht; er fuhr hinter dem Traktor her und blickte alle paar Sekunden auf den glutroten Himmelssaum.

»Ich war ein paarmal dort«, sagte Lilo.

»Wo?« Alexander wusste nicht, was sie meinte. Ihm kam vor, das Rot werde immer noch dunkler. »Doch nicht bei dieser Sekte?«

»Ach was«, sagte sie. »Ein paar Leute, die gerne beten, nichts weiter.«

Sie fuhren in ein Waldstück ein, das die Sicht auf den Horizont nahm. Alexander setzte den Blinker und scherte aus und überholte den Traktor.

»Wäre ich gläubig, ich würde vielleicht auch lieber dorthin gehen als in die Kirche. Es ist nett, wirklich. Von wegen Sekte, Alexander. Es ist vollkommen harmlos. Es hat fast etwas Witziges, wie naiv diese Elvira ist, findest du nicht?«

»Ja«, sagte er, fuhr auf die rechte Fahrspur zurück und schaltete in den höchsten Gang.

»Ich habe mich sogar mit ein paar Leuten unterhalten. Ich erinnere mich an einen jungen Mann – ich weiß noch, wie gerne ich mit ihm gesprochen habe. Soll ich dir sagen, warum? Er sah dir ähnlich.«

Sie lachte und griff nach seiner Hand, die auf dem Schaltknüppel lag.

»Ja«, sagte er und drückte das Gaspedal noch tiefer.

Er hörte nur mit halbem Ohr zu, denn er wollte von alldem nichts mehr wissen. Immer wieder beugte er sich vor, als wäre es ihm auf diese Weise möglich, eher zu sehen, wann das Waldstück endete und der Himmel sich wieder zeigte.

»Ja«, wiederholte er, obwohl Lilo nichts mehr gesagt hatte, und lehnte sich wieder in den Sitz zurück. Und sowie er sich zurückgelehnt hatte, sah er den blutroten Himmel durch die Wipfel der am Waldrand sich lichtenden Bäume leuchten.

»Schau«, sagte er und zeigte mit dem Finger hin und nahm Geschwindigkeit weg und drückte sich noch tiefer in den Sitz und schob seine Hand wieder unter ihre und war glücklich, dass sie diesen Moment zusammen erlebten, dieses Schauspiel zusammen sahen, und wieder sagte er: »Schau, Lilo«, und dann dachte er auf einmal an Jakob und daran, dass er vor ein paar Tagen angerufen hatte. Er hatte sich ein wenig durcheinander angehört. Wenn Alexander recht verstanden hatte, wollte Jakob sich verpflichten lassen. Er schien so rasch als möglich von zu Hause fort zu wollen. Alexander konnte das nur allzu gut verstehen. Jetzt war also auch Jakob erwachsen geworden. Er überlegte, was er ihm raten sollte. In welcher Heeresabteilung wäre sein Bruder am besten aufgehoben? Er war ein so zarter Junge.